文春文庫

横浜大戦争 川崎・町田編

蜂須賀敬明

文藝春秋

目次

挿画　はまのゆか

横浜大戦争

川崎・町田編

- Yokohama Wars
A Tale of Three Cities -

序章　扇島事変

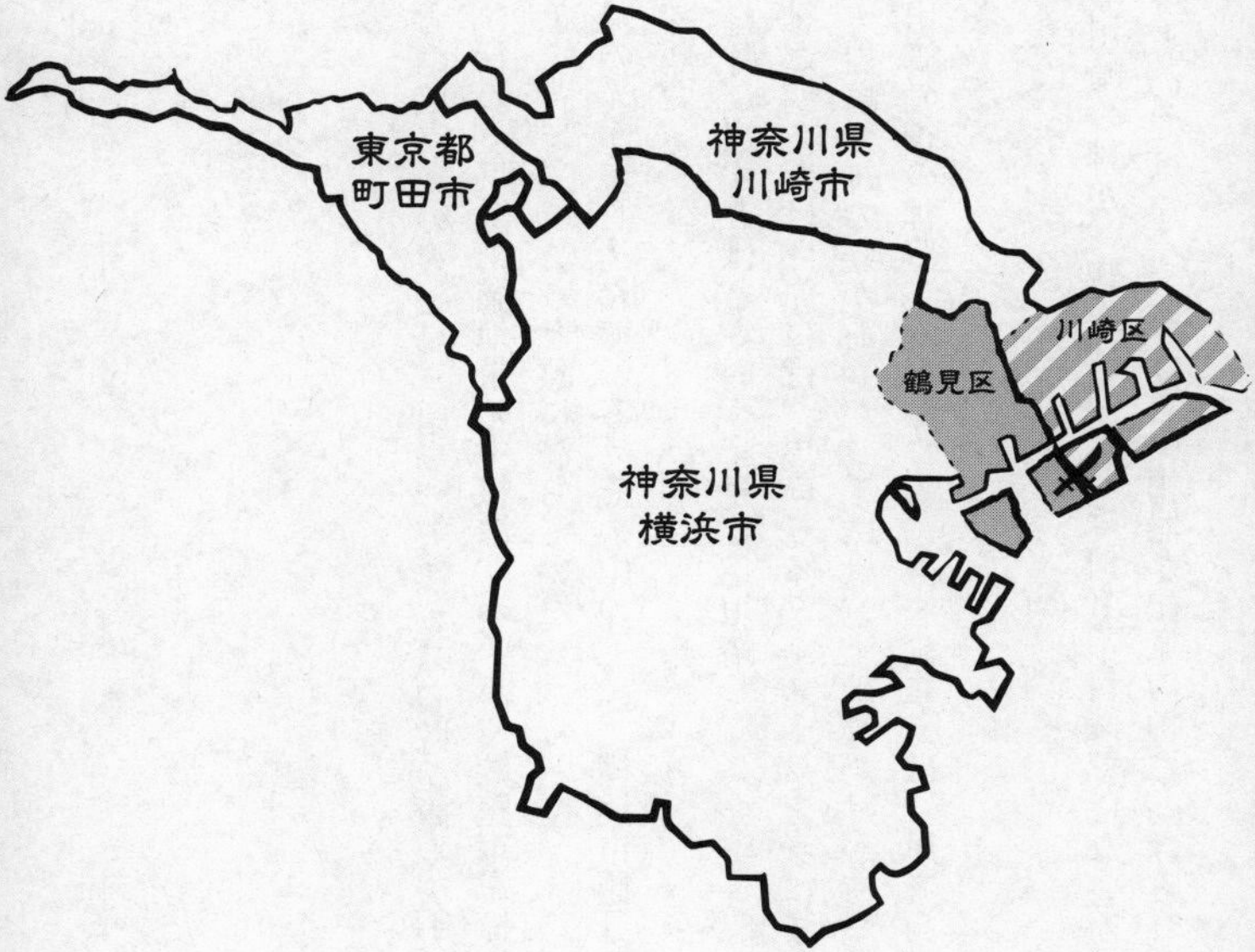
東京都
町田市
神奈川県
川崎市
川崎区
鶴見区
神奈川県
横浜市

横浜市[1]と川崎市[2]の市境に位置する東京湾の人工島・扇島。天然ガスの貯蔵庫や火力・太陽光・風力発電所、製鉄所がひしめく京浜工業地帯の中核は、ホテルや観覧車を擁《よう》するみなとみらいの煌《きら》びやかな景色を背に、ほこりと熱に満ちていた。

赤茶色をした鉄鉱石の山に、月の光が差し込んでいる。その山の上に、横浜市鶴見区を司る土地神・鶴見[3]の神が座っていた。

「わざわざ立ち入り禁止の扇島に呼び出すとはどういう了見だ、川崎」

指をポキポキ鳴らして鶴見の神が問いかけた先には、黒いライダースーツを身にまとった川崎市川崎区を司る土地神・川崎[4]の神の姿があった。手には、土地神だけが持つことを許されている神器《しんき》がある。川崎の神の神器『鞭《むち》ノ知《ち》』の一撃を食らえば、思考力が奪われ、まともに立っていられなくなる。

「鞭は、馬をしつけるためのもんじゃねえのか」

川崎競馬場で調教師を務める川崎の神が、鞭を持つことは何も不自然ではないが、『鞭ノ知』は競走馬の調教で使うものではなく、今はその神器が鶴見の神に向けられていた。

鶴見の神に返事をすることなく、川崎の神は『鞭ノ知』を振るった。鋭い風が鶴見の神の頬に、小さな切り傷を付けていく。鶴見の神は、傷口を指でなぞる。

「面白くねえ冗談だな、オイ。腕っ節を試してえなら、武器なんか捨ててかかってこいや。神器を使うってことは、覚悟を決めてきたんだろうな?」

人に似て、人ならざる土地神が持つ神器。その濫用《らんよう》は天界より固く禁じられており、禁忌《きんき》を破った代償を知らない二人ではない。

川崎の神はより強く、『鞭ノ知』を振るった。鶴見の神が座っていた山に風が激突して、鉄鉱石が周囲に飛び散っていく。寸前で高く飛び上がり、衝撃を回避した鶴見の神

---

1 **横浜市** 神奈川県の東部に位置する市。一八八九年市制施行。人口は約三七七万人。面積は約四三八㎢。一九七八年に大阪市を抜いて以来、市としての人口は日本一。

2 **川崎市** 神奈川県の北東部に位置する市。一九二四年市制施行。人口は約一五四万人。面積は約一四四㎢。一九七二年に政令指定都市となる。

3 **鶴見区** 横浜市の北東部に位置する区。一九二七年に区制施行。人口は約三〇万人で市内三位。面積は約三三㎢で市内三位。約一二万五〇〇〇年前に起きた日本の平野に海が進入した下末吉海進の名称は、この地の下末吉地区に由来する。

4 **川崎区** 川崎市の南東部に位置する区。一九七二年に区制施行。人口は約二三万人で市内四位。面積は約四〇㎢で市内一位。川崎駅の所在地であり、多摩川の河口に当たる。川崎大師や川崎競馬場、川崎競輪場のほかラ チッタデッラや川崎アゼリアなどの商業施設も充実。

は、着地して川崎の神をにらみつけた。

「テメェ……」

右の拳で左の手のひらを殴り、鶴見の神は臨戦態勢に入る。川崎の神は『鞭ノ知』を鶴見の神に突きつけた。

「最後通牒《さいごうちょう》を突きつけるのは、アタイの方だ」

「ああ?」

川崎の神のピンク色に染まったロングヘアが、海風で揺れている。

「オメーらに、横浜を司《つかさど》る資格はない。一度目はバカげた内乱で神奈川の品位を傷つけた。二度目は過去へ飛ばされる禁忌を犯す有様。こんな失態を犯してもなお、のうのうと神奈川の地に顕現《けんげん》し続けるつもりか?」

鶴見の神は一気に距離を詰め、川崎の神の胸ぐらをつかもうとした。川崎の神は『鞭ノ知』で風を起こし、間合いを取る。

「一度目は大神のじーさんが勝手に始めたこと。二度目は飛ばされたやつらがしかるべき任務を果たしただけ。それを、よその土地神であるテメェに、うだうだ言われる筋合いはねえんだよ!」

鶴見の神は、両手に装着した革手袋の神器『百火繚乱《ひゃっかりょうらん》』で炎を起こそうとするが、すんでの所でやめた。扇島は可燃性の物質で満ちており、土地神が炎を起こせば大爆発を起こす恐れがあった。

早くも鶴見の神は、川崎の神が扇島を指定した理由を察した。

「端《はな》からブチのめすつもりでいやがったか」

鶴見の神は地面を殴り、鉄鉱石が宙を舞う。鉄鉱石の雨が、川崎の神に襲いかかる。

『鞭ノ知』で降り注ぐ石を吹き飛ばしたところに、鶴見の神が右ストレートをくりだしてきた。川崎の神は開脚をして避け、堤防の上へ駆けていく。

夜の海を横目に、川崎の神は、追いかけてきた鶴見の神に言い放った。

「これは、大神の命令だ」

「川崎のじーさん、頭がおかしくなったのか？」

鶴見の神は、殴打で間合いを詰めようとする。川崎の神は、風で鶴見の神のニッカボッカを切り裂きながら距離を保つ。

「土地神の座に居座る権利のないバカどもに、引導を渡してやろうってだけの話だ」

襲いかかる風に臆することなく、鶴見の神は殴打を続け、川崎の神は後退していく。

下手に間合いを詰めるのは愚策だった。『鞭ノ知』の一撃を食らえば、思考力が減退し、戦闘不能に陥《おち》いる。川崎の神が風を起こして接近を拒んでいるのは、体力の消耗が目的だと鶴見の神は考えていた。

鶴見の神と川崎の神は、隣接する土地神ゆえに小競り合いは日常茶飯事。力では及ばない川崎の神が、身体の柔らかさや奇策で対抗してくるのは予想できたからこそ、鶴見の神は早めに勝負を仕掛けたかった。

土地神は、自ら司る地にいれば相応の加護が得られる。逆に、相手の陣地で戦えば戦うほど、相手が有利になる。扇島は川崎区と鶴見区の区境でもあったので、鶴見の神は川崎の神を後退させ、陣地に引きずり込もうとしていた。

鶴見の神は相手を押し込みながら笑った。

「俺様たちがいなくなった後の横浜は、誰が守護するってんだ？　まさか、テメェら川崎の連中が後を引き継ぐなんて言わないだろうな？　規模も歴史も重みも、テメェらとは格が違う！」

川崎の神が貨物用線路の上に飛び乗った辺りで、場所が川崎区から鶴見区に移った。これまでも、川崎の神々とのいざこざは何度かあったが、神器で攻め込んでくるなど前代未聞だった。事態が悪化する前に相手を黙らせて、他の横浜の神々と連携を取り、収拾を付けなければならない。

貨物車に背中をくっつけた川崎の神は、『鞭ノ知』を向けた。

「相変わらず芸のない力押しだな。少しは変わり身を見せたらどうだ」

「そりゃこっちのセリフだ。無様《ぶざま》に逃げているうちに、俺様のテリトリーに入り込んでやがるんだよ。俺様たちと陣取り合戦するんだったら、もっと攻め込んで来いよ」

「その必要はない」

鶴見の神は『鞭ノ知』を握った川崎の神の右手を狙った。神器さえ手放してしまえば、相手ではなくなる。その狙い自体は間違っていなかったが、相手に近づいた瞬間、不意にめまいが起こり、力が入らなくなった。異変に気付いた鶴見の神は、接近するのをやめ、後ずさりする。

「テメェ、何をしやがった」

川崎の神は武闘派の土地神であり、遠隔攻撃を行うタイプではない。『鞭ノ知』を食らったわけでもない。他の土地神と連携して襲いかかってきていることも考えられたが、めまいを起こすような力を持つ神器に覚えがなかった。

鶴見の神は足に力が入らず、地面に膝をついてしまった。

「クソッ、どうなってやがる」

その言葉を吐き捨てた瞬間、川崎の神の長い足が、鶴見の神の身体を吹っ飛ばした。倉庫の壁に激突し、背中に痛みが走る。

「……ナメやがって」

手加減をしていたらやられる。鶴見の神は神器『百火繚乱』で火を起こそうと拳に力を込めた。

「嘘だろ？」

神器が応えることはなく、川崎の神は再び右足で鶴見の神を蹴り飛ばしていく。倒れた身体を起こせなくなるくらい、鶴見の神は消耗していた。

「ここは鶴見の地のはずだ。なぜ、力が出ねえ。クソッ……」

意識を保っているのが難しくなるほど、頭がクラクラする。川崎の神は、鶴見の神に近づき、両手から神器『百火繚乱』を奪い取った。

「テメェ……返しやがれ」

必死の抵抗をするが、かすれて声になっていなかった。

「オメーには過ぎた代物なんだよ。さあ、横浜征伐戦の、幕開けだ」

川崎の神は堤防を飛び越えて海に消えていった。鶴見の神は揺らぐ意識の中で、扇島の焦げ臭いにおいを感じる。何か引きずるような音が聞こえ、かすむ目を開けながら、周囲を見た。

視線の先には、つるつるとした肌の大きな獣《けもの》が口を開けていた。

「……な、なんだこいつは」

鶴見の神の顔ほどある大きな歯の隙間から、温かい呼吸が漏れている。獣から伸びた長い舌が鶴見の神を捕らえると、咀嚼することなく丸呑みにしてしまった。鶴見の神の叫び声が、喉の奥へ消えていく。鶴見の神を平らげた獣は、ふわりと宙に浮かび、音もなく扇島を離れていった。

第一章　新百合ヶ丘の戦い

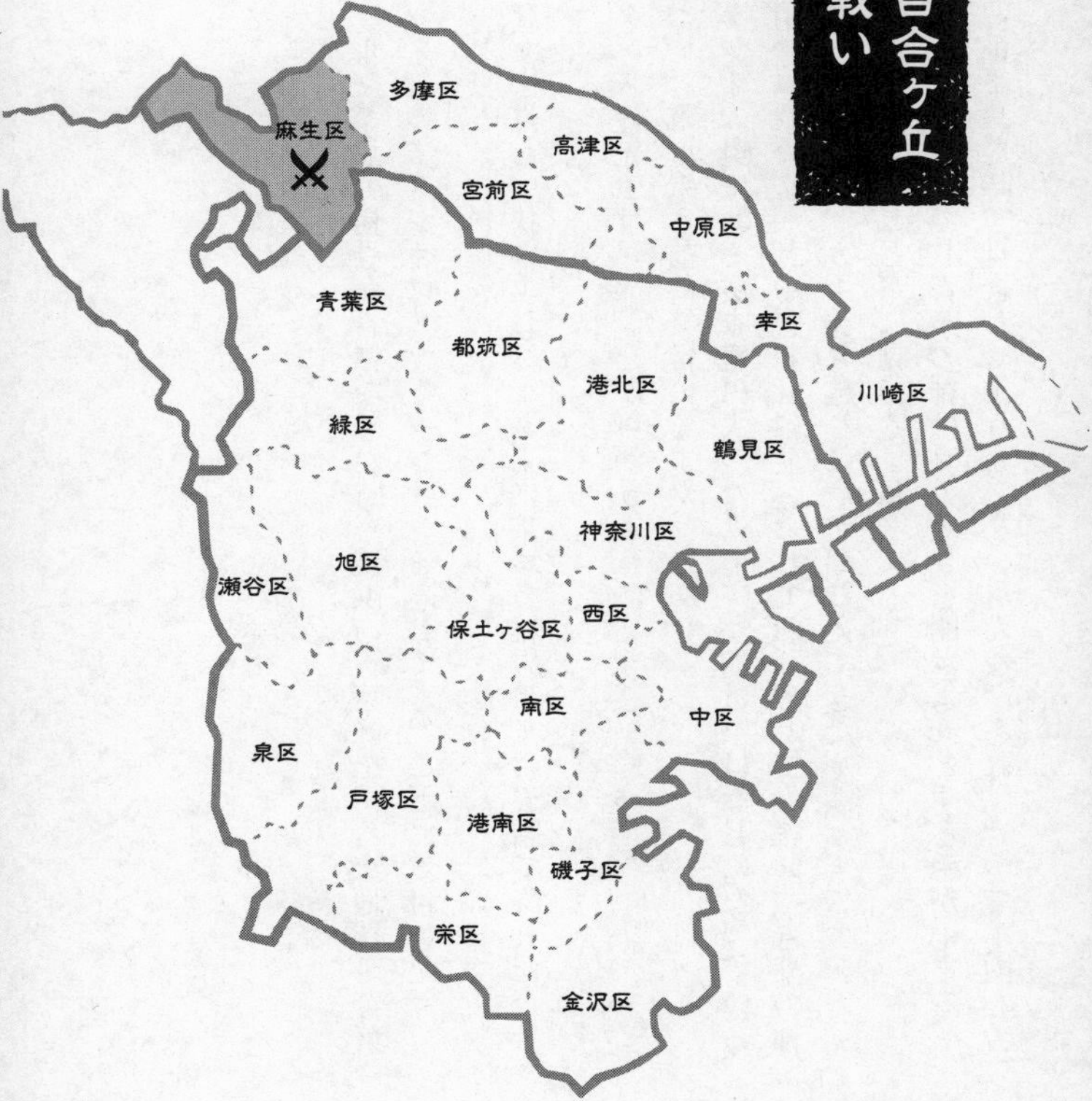

渋谷のスクランブル交差点の信号が青になった時、横浜市青葉区を司る土地神・青葉の神は、ダンスレッスンのスタジオにスマートフォンを忘れてきたことに気付いた。

「やっば」

センター街にきびすを返し、狭いエレベーターに乗って雑居ビルの五階で降りた。

「あれ、忘れ物？」

受付をしていたダンスの先生は、ドジをからかうように笑う。

「スマホ忘れちゃって。電車乗る前に気付いてよかったあ」

青葉の神は、スタジオの奥にある更衣室に入った。ドアが開けっぱなしになっている。中は職員用と生徒用のロッカーが背中合わせに並べられており、とても狭い。青葉の神がロッカーに向かおうとすると、カーテン越しに声が聞こえてきた。

「てかさ、あの子、あたしらのこと下に見てるよね？」

そのとげとげしい声を耳にして、青葉の神はカーテンを開けようとする手が止まる。

「わかるわー。練習止まった時、目合わせようとしないもんな。あれ、ぜってー内心舌打ちしてるわ」

「直接言われるよりムカつくんだよね、あーゆうの。ボイトレとかバレエも掛け持ちしてんだっけ？　モデルの仕事までやってるし、あんたたちとは違うんだよオーラでまくってんだよね、あの子」

「わかるー！」

甲高い笑い声が起きる。

「お嬢様ならお嬢様らしく、お花とかお茶とかやってろって感じだわ。うまいのかもしんないけど、なんかあの子のダンスつまんないんだよね」

「それな。いかにも習い事ーって感じ」

「向いてないよね、ダンス」

更衣室のドアをノックする音が響いた。慌てた青葉の神は、職員用のカーテンを開けて中に隠れる。

「ねー、まだいるの？」

声はダンスの先生だった。

5　**青葉区**　横浜市の最北部に位置する区。一九九四年に港北区と緑区から分区。人口は約三一万人で市内二位。面積は約三五㎢で市内二位。区内のあざみ野駅から川崎市麻生区の新百合ヶ丘駅まで、横浜市営地下鉄の延伸が計画されている。

「すんませーん」

生徒用のカーテン越しに気のない返事が届く。

「娘から連絡がないってママから電話あったよ。とっとと着替えておうちに帰んな」

「はーい」

着替えは終わっていたらしく、残っていた女子たちはすぐに更衣室を出ていった。

青葉の神の心臓は、まだ速いリズムを刻んでいた。陰口をたたかれるのは、珍しいことではない。ただ、直接耳にすると、身体は熱くなるのに寒気を感じる。

「どうしてぼくが隠れなくちゃいけないんだ」

青葉の神は、ため息をついて自分のロッカーからスマートフォンを手に取った。井の頭線に乗って、下北沢で小田急線に乗り換えても、心臓は落ち着かなかった。

土地神は、土地を守護する義務の他に、何らかの社会的な役割を担わされる。中学生として地上で生きることになった青葉の神は、あまり積極的に人前に出ることを望む性格ではなかったが、双子の姉であり横浜市都筑区を司る土地神・都筑[6]の神は、青葉の神が静かに暮らすことを認めなかった。

青葉の神には、光るものがある。その輝きは、広く知らしめなければ。妹を溺愛する都筑の神は、青葉の神をアイドルとしてデビューさせる夢を持っており、ダンスやボイストレーニング、バレエにピアノや芝居のレッスンまでお膳立てし、あちこちからオーディションの話を引っ張ってきていた。その甲斐あってか、青葉の神は雑誌のモデルや小さなCM出演を果たしていたが、当の本人は都筑の神ほど熱心というわけではない。都筑の神が楽しそうにしているなら続けてみよう、という青葉の神に比べ、レッスンに通う女子たちは、みな名を上げようと必死に練習をし、なんとなく通っている自分が目立つくらい真剣だった。

さっきの陰口にしても、自分のダンスが退屈だという点を指摘されたのは図星だった。自分でも、他の子たちと比べると、何かが足りていないのを感じている。都筑の神が自分のどこに輝きを見出しているのかも、分からなかった。

「ぼく、向いてないのかもな」

落ち込み気味だった青葉の神からすれば、今日の予定は渡りに船だった。新百合ヶ丘で下りた青葉の神は、駅からほど近い小劇場へ向かった。スマートフォンを取りに戻ったせいで、公演はすでに始まっており、青葉の神は急いで席に着く。

劇場では、『ハムレット』の一人芝居が行われていた。舞台上に置かれた三枚の液晶モニターには、事前に録画したハムレットやホレイショーたちの映像が映し出され、それに合わせてオフィーリア役の主演が芝居を行うものだった。録画した他の役者の芝居

6　都筑区　横浜市の北部に位置する区。一九九四年に港北区と緑区から分区。人口は約二二万人で市内七位。面積は約二八㎢で市内七位。港北ニュータウンの中心であり、モザイクモール港北、ノースポート・モール、港北みなも、港北TOKYU S.C.、ららぽーと横浜など大型商業施設が並ぶ。

も、すべて主演が一人で演じていた。

映像との掛け合いには寸分の狂いもなく、青葉の神は一番前の席で主演の演技に見とれていた。

「やっぱり、麻生《あさお》さんはすごいや……」

物語はオフィーリアの死が近づくシーンになり、芝居にも熱が入る。舞台上で熱演を見せる女優こそ、川崎市麻生区を司る土地神・麻生[7]の神だった。麻生の神は、映画や舞台に出演する女優として、土地神の中でも珍しい芸能の仕事に就いていた。自らの芝居に自信を持ち、どんな役にでもなりきってしまうその演技力を、青葉の神は尊敬していた。

撮影のスケジュールが忙しくとも、麻生の神はこの一人芝居だけは一年に一度必ず公演するよう心がけており、青葉の神はいつもそれを観るのが楽しみだった。ファンは女性が多く、すすり泣く声が後ろの席から聞こえてくる。

舞台で役に入りきった麻生の神を見ていると、自分の課題が浮き彫りになる。なぜ、ここまで演技に夢中になれるのだろう？　どうして、空想の物語に入り込めるのだろう？　自分は、芸能の世界で何をすればいいのだろう？　自分は何がしたいのだろう？

時に芝居は、見ているものの根源に触れようとする。青葉の神は、麻生の神の芝居に惹かれるにつれて、自分が今の仕事に本気になれていないことを突きつけられていた。

オフィーリアからハムレットに着替え、最後のシーンを終えると、幕が下り、万雷の拍手に包まれた。青葉の神も感動して、スタンディングオベーションに加わる。もう一度幕が上がり、深々と礼をした麻生の神が姿を現した。

「本日は、ご鑑賞くださいまして誠にありがとうございました」

麻生の神は顔に汗一つ浮かんでいない。

「私が芝居に打ち込めるのは、世が平和であればこそ。世が乱れていれば、人は文化に触れることなく、せわしない日々に追われ、人生は単調になるばかり。たとえ世の中が苦しくなろうとも、文化から人とのつながりを見出そうとすることを忘れてはいけません。心の余裕がなくなった時、人は本当に貧しくなるのです」

舞台挨拶にしては、いつもと趣向《しゅこう》が違っていた。普段の麻生の神は、挨拶をするにしてもコメントは最小限だったからだ。

「私も世に生きるものとして、少しでも人が心に余裕を持てるよう、尽力してきました。ところが、最近はそんな人の世を乱す災いが、皆さんの知らないところで起きているのです」

まだ芝居が続いているのだろうか。青葉の神は周りの人々を見た。客たちは麻生の神

7　**麻生区**　川崎市の北西部に位置する区。一九八二年に多摩区から分区して区制施行。人口は約一八万人で市内六位。面積は約二三㎢で市内二位。区内の王禅寺地区で見つかった禅寺丸柿は、日本最古の甘柿として知られている。

の演説に釘付けになっている。

「この世には、皆さんの営みを陰で見守っている守り神のようなものがおります。彼らは、人の世が栄えようと滅びようと、それをじっと見守るだけ。そうして、何千年も昔から、人を思い続けてきましたが、見守るべき存在である彼らが今、人の世を乱そうとしているのです。これは、人の世の安寧《あんねい》を願う私からすれば、決して看過《かんか》することはできません」

青葉の神は心臓が高鳴り始めた。

「そうでしょう、青葉?」

麻生の神は、舞台上から青葉の神を見下ろした。客たちも青葉の神に視線を送る。麻生の神が何について言及しているのか、青葉の神はすぐに理解した。

「だ、だけど、横浜大戦争は解決したし、過去に飛ばされた先生たちだって、立派に役目を果たしてきたじゃないか!」

客席から、青葉の神は声を震わせて反論した。

「それらの騒ぎはみな、土地神がいなければ起こらなかったことではなくて?」

青葉の神は言葉が喉の奥に引っ込んでいく。

「我ら神奈川の地は、子が減り行く日の本の中で、未だ賑わっています。土地神が民の安寧を脅《おびや》かすなど言語道断。横浜の神々の蛮行に、私たちは愛想が尽きました。あなたたちは、地上に顕現するに値しません」

麻生の神の言葉で、青葉の神は足が震える。麻生の神はハムレットのマントを腕で広げた。握る拳に力が入り、顔は紅潮していく。

「青葉、あなたがこの地にやってきた時、私は希望を持ちました。川崎の名でありながら、市の中心から外れた私と、横浜ながら海を持たないあなたたちとなら、新しい川崎と横浜の姿を作り上げていける。そう信じていました。なのに、あなたは私を失望させた！」

突き刺さるような鋭い声が、青葉の神に向けられた。

「横浜大戦争に際しても、あなたはわがままを言うだけで、解決に導いたのは古い神々。新しい横浜の神として、何の力にもなれてはいなかった！　あなたは心のどこかで、誰かがなんとかしてくれると甘えているのではなくて？」

麻生の神が演技で言っているわけではないのが、青葉の神には伝わってくる。そこには失望と共に、内陸の土地神である同士への情けなさが含まれていた。麻生の神が指摘した点が間違っているとは、青葉の神も思えなかった。

誰かがなんとかしてくれる。信頼と言えば聞こえはいいが、自分の場合は相手に報いていない。容赦ない言葉に、青葉の神は息が苦しくなる。

「先ほど、川崎の大神様から、横浜の土地神に対して宣戦布告が行われました。理由は、横浜の神々の統治力の欠如」

「そんな！　川崎の大神様がそんなことを言うわけない！」

青葉の神は声を上げたが、麻生の神の目に迷いはない。

「あなたに土地神の荷は重すぎました。これからは、私たち川崎の神々が責任を持って横浜の地を司ります。さあ、神器『思春旗《ししゅんき》』を渡し、天界へ還《かえ》りなさい」

一人芝居を見に来て欲しい。毎年のように麻生の神は、青葉の神を誘ってくれていたのに、こんな形で土地神失格の烙印《らくいん》を押され、神器を引き渡すよう要求されるなんて。未熟さは痛感しているが、土地神として譲れないものもあった。

「嫌だ！　たとえ川崎の大神様がぼくたちに宣戦布告をしたとしても、ぼくは青葉区を司る土地神だ！　至らないなりに、責任を果たしてみせる。この『思春旗』は、天界がぼくに託したものだ。麻生さんだとしても、これを渡すことはできない！」

麻生の神は、ステージの一歩前に出た。

「二度は言いませんよ」

「こんな形で神器を奪おうとするなんて間違ってる。文句があるのなら、神器なんて使わずに話し合いをすればいい！」

麻生の神は返事をせず、指を鳴らした。すると、劇場に詰めかけていた客が兵隊のように一斉に立ち上がった。さらに指を鳴らすと、客は一斉に青葉の神を見る。その統率された行動に、青葉の神は鳥肌が立つ。

「……まさか、人間相手に神器を使ったの？」

麻生の神の持つ香水の瓶の形をした神器『粧柿《しょうかき》』は、相手を魅了し、意のままに操る力を持ち、その効果を受けた客たちは青葉の神に近づいてくる。神器を人間相手に使うなど、絶対の禁忌である。麻生の神がなりふり構わず『粧柿』を使ってきたということは、本気の姿勢を表していた。

青葉の神はここで『思春旗』を使って、客たちを幼児化させれば、劣勢は覆せるかもしれない。それは分かっていても、やはり人間相手には神器を使えなかった。

「それが、あなたの弱さです、青葉」

麻生の神がそう告げると、客たちは一斉に青葉の神に襲いかかった。青葉の神は『思春旗』を抱きしめたまま、しゃがみこんだ。

その時、客たちの動きがぴたりと止まった。動きを止めた客たちは煙のようにふわりと消え、満員だった劇場は青葉の神と麻生の神の二人だけになる。

入り口の扉が開いた。

「『ハムレット』の観客にふさわしい亡霊たちの前で、猿芝居は済みましたかしら？」

入り口で立っていたのは和傘を広げた着物の少女、横浜市都筑区を司る土地神・都筑の神だった。

「都筑！」

青葉の神が駆け寄っていくと、都筑の神は不機嫌そうに麻生の神をにらみつけている。

麻生の神は、突然いなくなった客たちに驚きを隠せずにいる。

「まさか、人間を黄泉《よみ》の世界へ引きずり込んだとでも？」

「わたくしがあなたのように人間相手に神器を使うとでも、本気でお思い？」

都筑の神は和傘の形をした神器『狐狗狸傘《こっくりさん》』をくるくると回す。

「残念ですわ、お芝居をなさるのなら、青葉だけでなくわたくしにも招待状を送ってくださればよかったのに。のけ者にされてさみしかったものですから、この舞台には冥府《めいふ》のお友達を招待してあげましたの。みな、あなたの独りよがりな芝居を見て、笑いながら黄泉の国へ還っていきましたわ」

麻生の神は『粧柿』を手に持っていた。

「あなたが用意した亡霊を魅了していたとは、うかつでしたわ。けれど、あなたが何でもかんでも助けようとすればするほど、青葉が弱い土地神になっていくのではなくて？」

「何ですって……？」

普段は冷静な都筑の神も、青葉の神のこととなると頭に血が上る。

「あなたは確かに優秀よ、都筑。それほど有能なあなたがいるのなら、青葉の存在意義は何なのかしら？」

「お黙りなさい、女狐！」

取り乱した都筑の神を見て、麻生の神は言葉を続ける。

「土地神は、民が生きる地を見守る超然とした存在。それが内輪もめを起こしたあげく、解決に何ら力を貸せない存在となれば、顕現する意味がありません。横浜の神々を征伐した後、あなたは徴用《ちょうよう》するに値するでしょう。いっそ、ここで服従を誓いなさい。今なら、処遇を考えてあげましょう」

「おあいにく。わたくしのパートナーは終生青葉のみ。あなたのようなとうが立った土地神の下につくつもりは、これっぽっちもなくってよ」

「とう、ですって！」

いきり立つ麻生の神をよそに、都筑の神は小声で青葉の神に伝えた。

「少しの間、息を我慢してください。『粧柿』から発されるにおいをかいだら、彼女に服従してしまうのです。密室から抜け出して、策を練りましょう」

早くも都筑の神は次の行動を考えていた。その動きの速さに、青葉の神は言葉が出てこなくなる。

「どうかしましたか、青葉？」

「あ、うん」

「さあ、走って！」

青葉の神が劇場を抜け出すと同時に、都筑の神は回した傘から動く影を呼び出し、壇上の麻生の神の身体に巻き付けた。

「だからあなたは招待しなかったのですよ」

「わたくしたちを襲うなら、それなりの覚悟をお持ちになったらいかがかしら。次の戦いを楽しみにしておきますわ」

都筑の神は影で麻生の神をぐるぐる巻きにして、劇場を飛び出した。外で待っていた青葉の神の手を取ると、都筑の神は傘を回して自分の影の上に乗り、駅前の坂をスノーボードに乗るように下っていった。背中にくっついた青葉の神を落ち着かせるように、都筑の神は笑う。

「間一髪でしたわね。まあ、わたくしがいれば青葉に傷一つ付けることさえ不可能ですけれど」

「ありがと」

感謝しつつも、青葉の神に元気はない。

「どうやら川崎の大神様の宣戦布告は、冗談というわけではないようですわね。青葉を新百合ヶ丘に呼び寄せたタイミングでの布告ですから、周到にわたくしたちを襲撃する計画が立てられていますわ。このままわたくしたちが川崎と接する地域にいるのは危険です。事態を把握するためにも今は南下し、ママたちとの合流を図るのが得策でしょう」

都筑の神は、落ち着いて作戦を練っていた。かたや自分は、信頼していた麻生の神に残酷な事実を突きつけられて、震えが止まらなくなっている。青葉の神が大人しいことに、都筑の神は気付いていた。

「あの女狐が言ったことなら、気にする必要はありませんわ。あの女がこれまで幾度となく青葉を目の敵にしていたのは、とっくに承知の上ですもの。まあ、嫉妬に狂うのも無理はありませんわ！　これほどまでに才気あふれ、天真爛漫で、愛らしい土地神が隣にいれば、羨むのも当然のこと！　先日、麻生さんが潔癖症キャラでインタビューを受けていたのには、笑ってしまいましたわ。彼女が本当は油まみれになりながら一人でトラクターを修理するようなたくましい方だということを、市井に知ってもらえばよろしいのに」

麻生の神は青葉の神たちより少し先輩の土地神だったが、都筑の神は恐れるどころか、いつもくってかかっていた。

「ねえ、都筑は怖くないの？」

青葉の神は、都筑の神の着物を引っ張った。

「宣戦布告されたってことは、川崎のみんなと戦うってことでしょう？　そんなの嫌だよ。ぼくが未熟なら勉強だってするし、不満があるのなら改善する。こんな形で問題を解決しようとするなんておかしいよ」

都筑の神と青葉の神を乗せた影は、日本映画大学のキャンパスを横切って王禅寺の近くへ向かおうとしていた。

「川崎の神々が、横浜の神々にけんかを売るなんていい度胸していますわ。川崎の大神直々に宣戦布告をしたということは、もう大手を振って相手をたたきのめしていいということ。やってやろうじゃありませんの」

「土地神同士の戦いは固く禁じられているはずだよ。こんなことをしたら、他の土地神が黙っちゃいない」

都筑の神は、ふふと笑って青葉の神の頭を撫でた。

「もちろん、その通りですわ。ただ、大神自らが宣戦をしたということは、雌雄を決する以外に、何か狙いがあるとは考えられなくて？」

「そう、かもしれないけど……」

「川崎の神々とは全力で戦いますが、今回の大戦争も裏で何かが糸を引いている気がしてなりません。横浜の神々は、敵を迎え撃ちながら、本当の狙いを探ることに……」

王禅寺近くの公園を進んで青葉区へ向かおうとしたその時、突如として襲いかかってきた衝撃波が都筑の神と青葉の神を吹き飛ばした。二人はまともに受け身が取れず、雑木林に突っ込んでいく。

背中が激しく痛むのをこらえて、立ち上がった都筑の神は木の下で倒れ込む青葉の神に近づいた。

「大丈夫ですか、青葉！　しっかりなさい！」

青葉の神は、こめかみから血を流してぐったりしていた。青葉の神が傷つく姿を見て、都筑の神の血液は沸騰したかのように熱くなる。

「隠れていないで出てきなさい！　冥界へ送って差し上げますわ！」

都筑の神が叫ぶと、遠くからギターの音色が聞こえてきた。哀愁《あいしゅう》漂うギターソロのフレーズは、レッド・ツェッペリンの『天国への階段』だった。川崎の神々には音にまつわる神もいるが、強力な衝撃波を起こせる神器など、見当がつかなかった。

雑木林の奥から、枯れ葉を踏んで誰かが近づいてくる。ギターの響きも大きくなり、都筑の神も『狐狗狸傘』を握る力が増すが、現れた土地神を見て、都筑の神は力が抜けてしまった。

「あ、あなたは！」

髪をマゼンタとシアンに染め、耳にはおびただしい数のピアス、目には濃いアイラインとマスカラ。唇は真っ赤なリップが塗られ、鋲のついたレザージャケットを身にまとった小柄な少女は、年季の入った黒のエレキギターを握りしめていた。

「ま、町田様……！」

都筑の神は後ずさりする。激しいソニックブーム、卓越したギタースキル、堂々としたバンギャメイクを施した少女こそ、東京都町田市を司る土地神・町田の大神であった。[8]

エレキギターの形をした神器『弦界突破《げんかいとっぱ》』は、しびれる音を奏でている。

再び、都筑の神にソニックブームが襲いかかり、広場まで吹き飛ばされる。『弦界突破』の衝撃を受けるだけで、身体が四散しそうになる。

「これは、いけませんわね」

都筑の神は影を操って、倒れ込んだ青葉の神を近づけさせた。町田の大神は演奏を続

8　**町田市**　東京都の中央南部に位置する市。一九五八年市制施行。人口は約四三万人。面積は約七二㎢。明治時代に八王子から運ばれる生糸の中継地点として発展し、戦後は都心へのベッドタウンとして開発が進んだ。三方を神奈川県に囲まれ、日本で唯一、三つの政令指定都市と隣接している。

け、予期せぬ方向から衝撃波が都筑の神を襲う。

都筑の神たちは最下級の土地神だったが、町田の大神は横浜の大神や川崎の大神と肩を並べる大神の位にある。その強さは街の規模や歴史によっても大きく異なるものの、格の違いは、受ける衝撃波を食らえば嫌でも痛感させられるものだった。

町田の大神の後ろから、麻生の神がゆっくりとした足取りで近づいてくる。

「さすが町田様。素晴らしい演奏です」

都筑の神は笑みを浮かべた。

「まさか、町田様をわたくしたちの争いに巻き込むとは。この騒動に幕が下りたら、あなたこそ川崎には残れないでしょうね」

麻生の神は、『粧柿』でフレグランスを撒《ま》いていた。

「川崎が数的に不利なのは百も承知。他の神々に協力を要請するのは当然の選択ではなくて？」

「神器で操ることを、あなたの頭の中では協力というのですね」

都筑の神は影を操って、町田の大神に巻き付けようとしたが、ギターの旋律で跳ね返されてしまう。麻生の神を狙おうにも、影が言うことを聞かなくなっていた。

「『粧柿』は厄介ですわね……」

意識ははっきりしつつも、身体は麻生の神に服従し始めている。青葉の神は目を覚ましそうにない。まだ麻生区内なので、神器の力もフルに発揮はできず、町田の大神を前に打つ手がなかった。それでも都筑の神は諦めず、町田の大神のギターを影で包み込んだ。真空状態となり、音が響かなくなる。町田の大神は、まとわりついた影を剝《は》がそうと腕を上下させた。その隙に青葉の神を抱き上げた都筑の神は、広場から離れようとした。

目を覚ました青葉の神が目にしたのは、都筑の神の背後から、まとわりついた影ごとギターで殴りかかる町田の大神の姿だった。

「都筑！　避けて！」

避けきれないと判断した都筑の神は、青葉の神を強く抱き寄せる。しかし、都筑の神の頭を鈍い一撃が襲うことはなく、その代わりに耳をつんざく金属音が鳴り響いた。

「わっはっは！　なんという腰の入った重い一撃！　演奏家にしておくのはもったいないな！」

町田の大神のギターを真っ向から受けていたのは、月夜にきらめく日本刀型の神器『化鳥風月《かちょうふうげつ》』を持ったつなぎ姿の男こと、横浜市旭区を司る土地神・旭[9]の神だった。

「開幕早々、とんでもないやつと出くわしちまったな」

公園の入り口からのんびりと歩いてきたのは旭の神の兄、横浜市保土ケ谷区を司る土

9 **旭区** 横浜市の中央部に位置する区。一九六九年に保土ケ谷区から分区。人口は約二四万人で市内六位。面積は約三三㎢で市内四位。横浜駅近くを流れる帷子《かたびら》川は、区内の若葉台を源泉としている。

地神・保土ケ谷[10]の神だった。よれよれの大洋ホエールズのユニフォームを着た保土ケ谷の神は、やる気なさげだったが、青葉の神を安心させるには充分だった。

「先生！」

青葉の神は、負傷した都筑の神を支えながら声を上げた。

「……余計な手出しは無用ですわ。わたくしたちだけでも、退けてみせましたのに」

都筑の神は気丈に言い切ったが、保土ケ谷の神は肩をすくめた。

「そう言うと思ってしばらく黙って見ていてやったが、あのままじゃお前、死んでたぞ」

窮地《きゅうち》に陥っていたことは誰よりも分かっていたが、強気な都筑の神は決して劣勢を認めようとしなかった。旭の神は町田の大神と距離を取って、都筑の神に近づく。

「それだけ痛みながら、なお立ち上がろうとする気勢やよし！よく持ちこたえた！」

旭の神は手を貸そうとしたが、都筑の神は『狐狗狸傘』を杖にして立ち上がった。

「情けは無用ですわ」

「わっはっは！　青葉殿も大丈夫か？」

「うん」

青葉の神は、保土ケ谷の神たちが助けに来てくれたことでほっとしていたが、都筑の神は安心するどころか、不名誉と言わんばかりに眉をひそめている。都筑の神の表情を見ていると、青葉の神は心がもやもやした。

再びギターを弾こうとする町田の大神に対して、保土ケ谷の神は金属バットの形をした神器『硬球必打《こうきゆうひつだ》』を向けて叫んだ。

「町田ァ！」

これまで何を問いかけても反応しなかった町田の大神は、保土ケ谷の神の声に身体をびくっとさせて演奏が止まる。保土ケ谷の神は、地団駄を踏みながら続けた。

「テンメェ、横浜対川崎の戦いだっつってんのに、どうしてお前が首を突っ込んでくるんだよ、このアホ！　川崎のジジイが思い上がったことを抜かしてきやがったから、どう返り討ちにしてやろうか百の案を考えてたってのに、お前が乱入したせいで全部がパーだ！」

町田の大神を前にしてもひるむどころか、悪態をつく保土ケ谷の神に、青葉の神は驚いていた。

「先生、町田様にそんなことを言っちゃまずいんじゃ……」

青葉の神の心配する声を聞いて、旭の神は笑う。

「わっはっは！　町田様は拙者たちより格上の大神ではあるが、地上に顕現したのは戦後で、土地神としては兄者の後輩に当たるのだ」

10　保土ケ谷区　横浜市の中央部に位置する区。一九二七年に区制施行。人口は約二一万人で市内九位。面積は約二二㎢で市内一一位。県立保土ケ谷公園は神奈川県で初めて整備された運動公園で、戦時中は防空緑地として利用されていた。

旭の神は青葉の神と都筑の神に耳打ちした。

「自分より後輩がトントン拍子で出世したものだから、兄者は町田様を憎たらしく思っているのだ」

「まあ、肝っ玉の小さいこと」

都筑の神にくすくす笑われていることに、保土ケ谷の神はすぐ気付いた。

「そこ！　何陰口叩いてやがる！　これは断じて逆恨みなどではない！」

びくびくする町田の大神に、保土ケ谷の神は咳払いをして続けた。

「仮にも大神であるお前が、この手の騒動に首を突っ込む意味、承知した上での行動なんだろうな？　俺たちは、相手が大神だろうが超神だろうが、意に沿わないことには従わねえぞ」

下級の土地神と大神がまともにやりあったところで、勝敗は目に見えている。保土ケ谷の神や都筑の神こそ、そのことをよく分かっていたはずなのに、どうしてここまで強気になれるのか。同じ下位の土地神である自分は、なぜ刃向かおうという気が起こらないのか。青葉の神は迷いが生じていた。

「くっ……右手が……！」

保土ケ谷の神の叱責を受け、町田の大神は包帯をぐるぐる巻きにした右手を押さえ始めた。

「町田様の様子が変です！」

青葉の神は、震え始めた町田の大神を見て声を上げる。

「ぐっ……！　ダメだ、まだ目覚めてはならない……。オレサマの右手に封印した暗黒破壊神の力が目覚めたら、日の本どころか地球が滅ぶ！　闇の力を封じし一族の末裔として、オレサマはこの痛みに耐えなければならない……！　まだその時ではない、右手よ、オレサマに従え……！」

町田の大神は苦しそうに右手を押さえ続けているが、何も起きる兆しはない。都筑の神は顔を赤く染めていた。

「……見ていられませんわ」

「な、何なの、あれは？」

青葉の神が問いかけると、旭の神は笑った。

「わっはっは！　十代の少年少女にはよくある、自分だけが特別な運命や力を背負い、世界を滅ぼしたり、あるいは世界を救ったりする妄想に陥る現象によく似ているな！」

「……それってつまり、中二病ってこと？」

青葉の神は、拍子抜けしていた。

「わっはっは！　町田様は年齢こそ拙者より上ではあるが、若者文化に精通していて、気持ちはとても若々しいのだ！　時折ああやって、若者にしか分からない何かを受信しておる！」

右手を押さえてうずくまる町田の大神を見限った保土ケ谷の神は、麻生の神に『硬球必打』を向けた。

「町田を籠絡《ろうらく》したのは妙案だが、ご覧の通りこいつはポンコツだ。お前の神器ではコントロールしかねるほどのじゃじゃ馬だよ。とっとと降伏しろ。たとえ町田がいようと、お前一人じゃ俺たちには勝てねえ」

　麻生の神は腰に手を当てて笑っていた。

「あら、ずいぶんと自信たっぷりですのね。その思い上がりが……」

「旭」

　保土ケ谷の神が一言発すると、旭の神は指笛を吹いた。その瞬間、木々に隠れていたコウモリたちが一斉に麻生の神を取り囲む。

「何ですの！」

　コウモリを追い払おうと、麻生の神は『粧柿』からフレグランスを撒《ま》いた。再び指笛が鳴り、コウモリたちが麻生の神から離れた瞬間、神器『化鳥風月』を握った旭の神が背後に立っていた。その速さに、麻生の神の首筋を汗が流れ落ちていく。

　旭の神が背後を取ったのを見て、保土ケ谷の神は告げた。

「鶴見と連絡がつかねえ。神器の気配も消えてやがる。お前ら、陣地争いに飽き足らず、神器まで集め出すとはどういう了見だ？　何を企んでやがる？」

　ここまで追い詰められてもなお、麻生の神は笑みを絶やさずにいた。すると、町田の大神のうめき声が大きさを増す。

「おい、うるせえぞ！　こっちは事情聴取してんだから少しは黙っとけ……」

町田の大神の頭上に、五メートル以上はある鼻の長い白黒の生き物が浮かんでいた。肌はつるつるとして、目は細く、バクに似ている。予期せぬ生き物が出現し、旭の神は麻生の神から離れた。

「な、なんだこりゃ？」

驚いていたのは保土ケ谷の神も同じだった。うめき声を上げる町田の大神とは対照的に、空に浮かんだ鼻の長い生き物は、何事もないかのようにふわふわと浮かんでいる。

保土ケ谷の神はすぐ異変に気付いた。

「旭、これはマズイ！　撤退するぞ！」

「逃がすものですか！」

これを好機と捉えた麻生の神は『粧柿』でフレグランスを撒き、旭の神と保土ケ谷の神の行動を阻害《そがい》した。

「いかん！　このままでは！」

旭の神は『化鳥風月』を自分の足に突き刺して、正気に戻そうとするが刀を持つ手も言うことを聞かなくなっていた。

「この生き物は何だ？」

地面に這いつくばりながら、保土ケ谷の神は問いかける。

「見た目はバクに似ているが……」

町田の大神の神器『弦界突破』に、巨大なバクを呼ぶ力などない。こんな生き物を、青葉の神たちはもちろんのこと、旭の神や保土ケ谷の神すら見たことがなかった。麻生の神もバクに似た生き物を見て驚いているのを、保土ケ谷の神は見逃さなかった。

保土ケ谷の神は鳥肌が立っていた。身体が危険であることを察知し、今すぐ逃げろと告げてくる。

空に浮かんだ巨大なバクは、身体をくるりと回転させ、口から長い舌を伸ばすと保土ケ谷の神を捕まえた。舌に捕まった保土ケ谷の神は、長い鼻でくんくんにおいをかがれている。

「うお！　生暖けえ！」

「兄者！」

旭の神が動物を手なずける指笛を吹いてみても、バクは言うことを聞かない。バクの長い舌が保土ケ谷の神をなめ回し、よだれで身動きが取れなくなる。

「やめろお！　俺はおいしくないって！」

その様子を、青葉の神は見ていることしかできなかった。

「先生！」

麻生の神と距離がある分、『粧柿』の効果を受けていない青葉の神はまだ身動きが取れた。ここで何かできるのは、自分しかいない。それは分かっていても、何をしたらいいのかがまるで思いつかなかった。

「青葉」

都筑の神が地面に伸びる影に手を当てていた。いつの間にか青葉の神の身体には、都筑の神が伸ばした影が巻き付いている。

「都筑！　何をするつもり？」

都筑の神の影は、倒れ込む旭の神と、バクの舌に捕らえられた保土ケ谷の神の足にも巻き付いていた。

「……青葉、わたくしはずっとあなたに憧れ続けているのです」

巻き付いた影は力が強く、青葉の神がもがいても剝がすことができない。

「何言ってるの？」

「生まれながらにして持っている可憐さや人なつっこさ。気持ちに正直で、何事にも真剣で、常に成長を望む勤勉な姿勢は、時にわたくしのプレッシャーになることさえありました。わたくしがあなたを尊敬し、愛しているのは、わたくしにはない可能性を感じているからなのです。それは、あなたよりもあなたを見てきたわたくしだからこそ、分かります」

「ねえ、変なこと言わないでよ！」

「あなたがこれだけ明るい土地神なのは、その地に集まる民が、よい展望を持っている何よりの証。わたくしたちは、民に歩み寄ることはできなくとも、その地を愛し、安寧を望めば、他の誰でもない土地神でいられます。青葉、自分を信じなさい。あなたは、このわたくしが誰よりもすごいと思っている土地神なのです」

「わけわかんないよ！」

「食われる！」

バクが大きな口を開けた瞬間、長く張ったゴムが切れるように、巻き付いた影が保土ケ谷の神を舌から解放し、公園の外までふっ飛ばした。旭の神と青葉の神も、影に引っ張られて雑木林へ放り出される。保土ケ谷の神は、都筑の神の元へ戻ろうとする青葉の神の腕をつかんだ。

「都筑！」

「ダメだ、青葉！」

広場に取り残された都筑の神は力を使い果たし、動けなくなっていた。町田の大神は『弦界突破』を奏でながら、浮かんだバクを見つめ、麻生の神は、地面に落ちた『狐狗狸傘』を拾い上げる。餌を失ったバクは、地面に都筑の神が落ちていることに気付くと、舌を伸ばして持ち上げた。大きな口に運び、意識を失った都筑の神をごくんと飲み込んでいく。

「うそ……」

「旭！」

保土ケ谷の神の合図に合わせて、バイクに乗った旭の神が飛び込んできた。保土ケ谷の神は、サイドカーに青葉の神を乗せてその場を離れる。今は少しでも町田の大神たちから離れて、態勢を立て直さなければならない。戦いは、始まっている。

「おい、しっかりしろ！」

茫然自失《ぼうぜんじしつ》となりサイドカーから落ちそうになっていた青葉の神に、保土ケ谷の神は叫んだ。目の前で都筑の神が食べられた景色が頭から離れず、青葉の神は声も出ずに涙を流していた。

「くそっ！」

深夜の横浜上麻生道路に、バイクのエンジン音がむなしく響いていた。

第二章　第三京浜の変

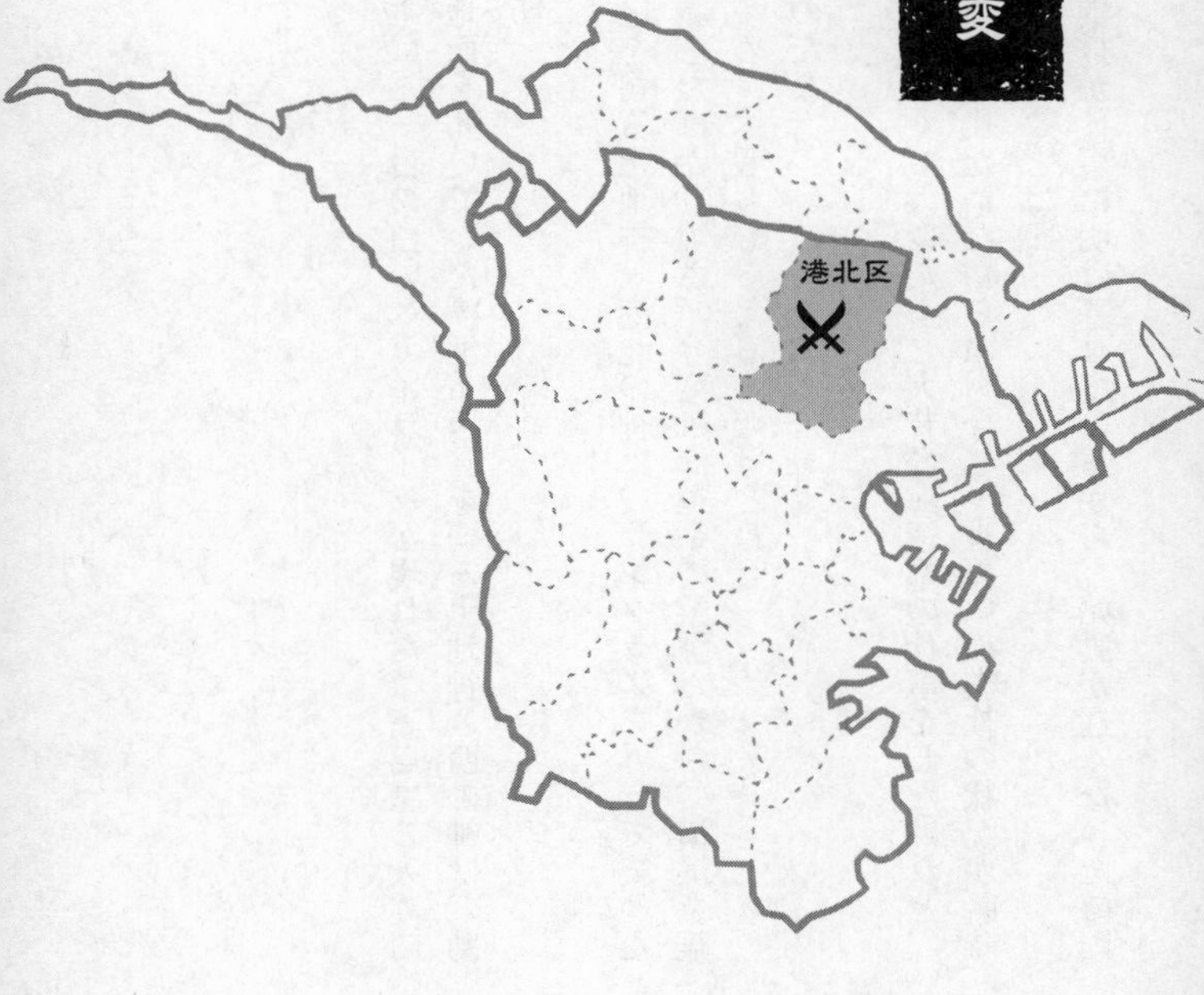

横浜駅西口のバスロータリーに、一台の白いスカイラインが現れた。高島屋の入り口で腕組みをして、何度も足で地面を叩いていた横浜市西区を司る土地神・西[11]の神は、助手席のドアを開けて文句を言う。

「遅いぞ」

運転席に座った横浜市港北区を司る土地神・港北[12]の神は、サングラスを外して笑った。

「ごめんごめん。この間、転職したばかりでさ。今度は海運系の業種だから、横浜を離れることも多くて。その分、多めに休暇ももらえるんだけどね」

「貴様、ずいぶんのんきなものだな」

港北の神はため息をついた。

「のんきなものか。覚える仕事が多くて大変だよ。大昔に海運系の仕事をしたけれど、パソコンがろくに普及していない時代だったからね。今じゃ世界中の支社の状況が瞬時に分かるんだから、こんなに楽しいことは……」

「仕事の話はいい！　大体、貴様が仕事に明け暮れているから、始動が遅くなったのだぞ」

横浜駅を離れた車は、三ツ沢公園から第三京浜に合流した。港北の神はアクセルを強く踏み、サングラスをかけた。

「川崎のみんなが攻めてきているらしいね」

「先日、川崎の大神様が統治力を失った横浜の土地神から支配権を剝奪《はくだつ》すべく、宣戦布告が行われた」

「やれやれ。統治力を失った覚えはないんだけどな」

港北の神のスカイラインは、軽やかに大型トラックを追い抜いていく。

「横浜大戦争の一件や、私たちが明治へ送られたことも含め、川崎の大神様は神奈川の権威が傷つけられたとご立腹のようだ。私たちが明治へ行かなかったら、今の世がないのかもしれないのだから、非難される筋合いはない」

西の神が恨みがましく言うと、港北の神は笑った。

11　西区　横浜市の中央臨海部に位置する区。一九四四年に中区から分区。人口は約一一万人で市内一八位。面積は約七㎢で市内一八位。横浜駅の所在地。横浜港開港以前、現在の横浜駅周辺は海だった。

12　港北区　横浜市の北部に位置する区。一九三九年に神奈川区と都筑郡から分区。人口は約三六万人で市内一位。面積は約三一㎢で市内五位。相鉄線西谷駅から区内の新横浜駅を経由して東急線と直通する、相鉄・東急新横浜線が二〇二三年三月に開業。

「それを川崎の大神様に直接言ってやればいい」

「言えるものなら言ってやりたい」

「うちの大神様はなんて言っているんだ？」

今度は西の神がため息をつく。

「おかんむりだ。横浜にけんかを売るとはいい度胸だとたんかを切って、私たちには全面対決の命が下っている」

「私たちはこれから川崎のみんなを殴りに行こうと？」

港北の神は右手でジャブの構えを見せた。

「バカを言え。貴様たちをボコボコにするのは躊躇《ちゅうちょ》しないが、よその神々と刃を交えるつもりはない」

港北の神はラジオの音量を下げた。

「君は変わったね」

「何だと？」

「きっと以前の君なら、川崎と戦争だと言われたら、真っ先に飛び込んでいっただろうから」

西の神は怒りたくなる気持ちを抑えて、息を吸った。

「土地神は、民を見守るのが役目だ。私たちは、民のために存在している。上位の神に命令されたところで、それが民のためにならないのならば、首を縦に振らないこともある。それだけの話だ」

背後からバイクが迫ってきていたので、港北の神は道を譲った。激しいエンジン音を立てながら、バイクはあっという間に見えなくなる。

「横浜大戦争で、私たちは醜態《しゅうたい》を晒した。腹を立てる他の土地神がいても無理はないけど、あれは決して無駄なことではなかった。君が明治時代に行ったこともだ。キャリアの長い土地神は、常に正しい姿勢が求められる。後輩の模範となるべく振る舞わなければならないし、そのプレッシャーが大きいのも理解できる」

「中にはその模範を端から放棄するバカもいるがな」

西の神が悪態をついたとき、ちょうど保土ケ谷料金所を通過したところだったので港北の神は笑った。

「完璧な土地神はいない。神なんて仰々しい存在ではあるが、失態を犯すし、古代の神ほどの力があるわけでもない。キャリアの長い君たちが、悪戦苦闘する様子を見て、若い神たちは力をもらっているはずだ」

「私たちが振り回されるのがよほど楽しいようだな？」

西の神は鼻を膨らませていたが、港北の神は肩をすくめた。

「私も明治時代に行ってみたかったよ。昔のすき焼きを食べてきたんだろう？　うらやましい限りだ」

「簡単に言ってくれるな」

港北の神は、西の神の苦労を想像するだけで楽しかった。

「後輩からすれば、何でも完璧にこなしてしまう先輩より、ピンチをどう立て直すか苦心する先輩の方が親しみやすくて頼りになるのさ。青葉と都筑も、明治から戻ってきた君を見て、以前より話しやすくなったと言っていたよ」

西の神は何も言わなかった。

「川崎のみんなとやり合うのは私も反対だ。特に私たち、港北や緑[13]、青葉や都筑に鶴見は川崎と縁深い土地だからこそ、無用な争いは避けなければならない。君に戦うつもりがないと分かって、ほっとしたよ」

「向こうはそういうわけでもないようだ。すでに鶴見と連絡が取れなくなっている」

西の神はスマートフォンで通話履歴を見返していた。

「神奈川[14]からも返事がない。この二人がいきなりやられることは考えにくいが、何かしらに巻き込まれていると考えた方がよさそうだ」

車は鶴見川を越え、港北インターチェンジを過ぎていった。

「宣戦布告を受けてから、君や中[15]はどういう行動を取ったんだ？」

「すぐ姉上に連絡をし、保土ケ谷と共に作戦会議を行った。鶴見、神奈川の行方が分からない以上、私と貴様が対川崎の防波堤を担う形になり、保土ケ谷は旭と共に青葉、都筑、緑たち内陸部のバックアップへ回った。姉上は海側の神々と連携を取りに行き、向こうの攻撃が激化した場合は、戸塚[16]まで戦線を下げる計画になっている」

「へえ、いきなりだったわりにはきちんと対策を立てられているじゃないか」

「向こうは電撃戦を展開してきている。川崎の神々は数こそ少ないが、みな強力な神器を擁する。横浜との戦いとなると躍起になる連中も多い。油断をしていたら、一気に心臓部まで攻め込まれる。私たちに、さほど猶予はない」

「それで、君が交渉相手に選んだのが、高津[17]というわけか」

　早渕川を越えた車は、横浜市から川崎市へ入った。

「高津は、色物揃いの川崎の神々の中では、一点を除けば最もまともと言っていい。や

---

13 **緑区**　横浜市の北西部に位置する区。一九六九年に港北区から分区。人口は約一八万人で市内一二位。面積は約二六㎢で市内八位。新治《にいはる》市民の森や三保市民の森の一帯には里山の景色が残されている。

14 **神奈川区**　横浜市の中央東部に位置する区。一九二七年に区制施行。人口は約二五万人で市内五位。面積は約二四㎢で市内九位。二〇一九年に開業した相鉄・JR直通線の羽沢《はざわ》横浜国大駅は、令和になって初めてのJR新駅だった。

15 **中区**　横浜市の東部に位置する区。一九二七年に区制施行。人口は約一五万人で市内一四位。面積は約二一㎢で市内一二位。第一回の横浜農林省賞典四歳呼馬（現在の皐月賞）が行われた横浜競馬場は戦況悪化で閉鎖となり、米軍に接収された後、現在の根岸森林公園に整備された。

16 **戸塚区**　横浜市の南西部に位置する区。一九三九年に鎌倉郡の一部が横浜市に合併して区制施行。人口は約二八万人で市内四位。面積は約三六㎢で市内一位。柏尾川沿いには日立製作所やポーラ、ブリヂストンに山崎製パンなどの工場が建ち並ぶ。

つは、川崎市の真ん中として、北西部と南東部の橋渡しの役目を果たしている。交渉役にはうってつけだ。ところで、今何時だ?」

「お昼過ぎだね」

西の神の表情が曇る。

「まずいな。もっと飛ばしてくれ。間に合わなくなる」

「まだお昼だよ? そんなに急がなくても」

「いや、今は一分一秒を争う!」

川崎市に入ってから、西の神の表情は険しさを増していった。京浜川崎料金所から一般道に戻った車は、南武線沿いにある音大の近くで速度を落とした。駐車場に車を止め、エンジンを切ると西の神はキャンパスへ走っていった。昼休みとあって、キャンパスは学生たちでごった返している。西の神が向かったのは食堂だった。注文の列ができていて、ミートソーススパゲティやカツ丼の香りが漂ってくる。

西の神は、テーブルで食事をしている二人組の女子学生に声をかけた。

「食事中失礼する。午後に高津教授の授業は行われるだろうか?」

いきなりバーテンダーの服を着た西の神に話しかけられ、女子学生たちは食事の手を止めた。新しい形のナンパかとも思ったが、後ろで申し訳なさそうにしている港北の神を見て、カレーを食べていた一人の女子学生がスマホを見て教えてくれた。

「あたし、高津先生のオーケストラでチェロをやっているんです。今日は午前練だけで、午後は授業入ってなかったと思いますけど」

「そうか！　恩に着る！」

即座に西の神は食堂を後にした。港北の神は両手を合わせて謝った。

「ごめんね、ごゆっくり！」

バーテンダーとサラリーマンが慌ただしく去っていくのを、二人の女子学生はぽかんと見つめていた。西の神は、キャンパスを出てから溝の口駅まで駆け抜けた。背後から走ってくる港北の神に向かって喋る表情は、必死そのものだった。

「これは手遅れになるかもしれん！　急げ、港北！」

溝の口駅前のペデストリアンデッキを抜けて、西の神たちは西口に出た。高い商業ビルが建ち並ぶ東口と比べ、西口の南武線沿いはホルモン焼きの煙が立ちこめる飲み屋が軒を連ねている。昼間だというのに、店先ではビールケースを椅子にしてハイボールを飲む飲んべえたちが盛り上がっている。

西の神が目を光らせていると、やきとり屋の横で瓶ビールをグラスに注いでいる燕尾《えんび》服《ふく》を着た男の姿があった。周りの客たちが昼からの飲酒で肩身が狭そうにしているのに、

17　高津区　川崎市の中央部に位置する区。一九七二年に区制施行。人口は約二三万人で市内二位。面積は約一七㎢で市内五位。多摩川から取水した二ヶ領《にかりょう》用水は神奈川県最古の用水路であり、昔から水の権利争いが絶えず、水を均等に分配する久地《くじ》円筒分水が区内に造られた。

燕尾服の男は、堂々とした振る舞いで黄金の酒を注いでいる。燕尾服の男こそ、西の神が追い求めていた川崎市高津区を司る土地神・高津の神であった。

「いた！」

港北の神が指を差すと、西の神は体当たりするような勢いで接近していった。

「高津！　待て！　早まるんじゃない！」

旧友を目にした高津の神は朗らかに笑みを浮かべて、グラスを掲げた。

「西！　それに港北まで！　ちょうどよかった、連絡を取ろうと思っていたところなのだよ！」

高津の神に、敵意はまるで感じられない。ほっとしつつも、西の神はまだグラスから視線を移さなかった。

「いいか、高津！　そのグラスをテーブルに置け！　間違っても今、それを飲んではならない！」

高津の神は露骨にがっかりした顔をする。

「なんて罪なことを言うのだね！　我輩はもう今日の仕事は終えたし、この一杯のために頑張ってきているのだぞ？」

「そんなことを言っている場合か！　横浜に攻め込んでくるとはどういう了見だ？　いくら川崎の大神様が命じたとはいえ、黙って追従するつもりか？」

「そのことについて、話そうと……」

そこまで話しかけたところで、杖をついた常連のおじいさんが近づいてきた。

「おお、高津っちゃんじゃないのお！　今日は早いねえ！　あれ、まだ飲んでないのお？」

おじいさんは酒が回っており、手に持った日本酒のグラスがぷるぷると震えている。

「ええ、これから大事な話し合いがありまして」

残念そうに高津の神が言うと、おじいさんはグラスをビールに近づけた。

「んダメだよぉ、グラスに注いだビールはすぐに飲まないと地獄に落ちるって、習わなかったの？　神様が見ていたら怒るよぉ」

「もう怒っているぞジジイ！」

酒を飲まそうとするおじいさんに西の神は殴りかかろうとしていたが、港北の神がそれを押しとどめていた。おじいさんからゴーサインが出たことで、高津の神はグラスを手に取った。

「おっしゃるとおり！　泡が消える前に飲まなければ、ビールに失礼というものである！」

「よせ！　早まるな！」

西の神は、高津の神からグラスを奪おうとするが、高津の神はグラスに口を付け、金色の酒を飲み込んでいた。

「グラス一杯くらいで何を騒いでいるのだ。酒を覚えたての大学生でもあるまいし……」

高津の神はビールを飲み干して、硬直した。横の線路を南武線がむなしく走っていく。動かなくなった高津の神の両肩をつかみながら、西の神は声をかけた。

「おい、しっかりしろ！　まだ一杯だ！　傷は浅いぞ！　戻ってこい！」

目をがっぴらいた高津の神はピンと背伸びをして、グラスを高々と掲げると、満面の笑みで叫んだ。

「パッ・ヘル・ベル！」

その声は電車が通過する音よりも大きく響き渡った。西の神は両手で頭を抱えた。

「遅かったか……」

目の色が変わった高津の神は、瓶ビールをラッパ飲みして一気に飲み干すと、西の神と港北の神を見やった。

「あんれぇ、おふたりさん、溝の口にやってきてシラフでいるなんてのは、大罪ですぞ！　おおい、店員さん！　ハイボール三つくださいな！」

先ほどまでの落ち着いた調子とは打って変わって、高津の神は活気に満ち満ちていた。

港北の神は慌てて止めに入る。

「私は今日車なんだ！」

高津の神はきょとんとした顔をする。

「何言ってらっしゃるの、社長！　このハイボールはワガハイの分でありますぞ！」

「は？」

港北の神は開いた口が塞がらなかった。

「港北社長が飲めないのは残念でありますが、そうなると今日は西社長が、ワガハイとこの神聖にして不可侵なる酒宴に付き合ってくれるというわけでありますな！　僥倖《ぎょうこう》僥倖！　お兄さん！　ハイボールもう一つ追加でお願いしますぞ！」

テーブルには、ハイボールが四つとウーロン茶が置かれ、やきとりのもも、とかわ、砂肝にナンコツが湯気を立てている。香ばしいにおいに、港北の神は腹が鳴ったが、西の神の表情は青ざめている。港北の神は耳打ちをした。

「ちょっと付き合えば大丈夫だって。君はバーテンダーなんだから、お酒に強いだろう？　何をびびっているんだ」

ジョッキを片手に、西の神は港北の神を見た。その表情は、横浜大戦争で見せたものよりも鬼気迫っている。

「こうなってしまっては、貴様が頼みの綱だ。私がどうなろうとも、戦いを終幕へ導け」

ここぞこそ話をする二人をよそに、高津の神はジョッキを掲げる。

「さあ、社長！　昼間からせっせと働く民を思って、今は乾杯しましょうぞ！　乾杯《プロースト》！」

ジョッキとジョッキを激しく打ちつけた高津の神は、ちびちびと喉を潤す西の神をよそに、底の抜けたバケツのごとく酒を飲み干していく。十秒もかからずにジョッキを飲み干すと、二杯目に取りかかり、こちらは五秒もかからなかった。早飲み競争をしているのではないかと思う勢いで三杯目も飲みきると、高津の神は腹の底から幸せそうな声を出した。

「ヴォルフ・ガン・グ！」

西の神は魔界の扉を開いてしまったことを肌で感じていた。高津の神の酒を飲むペースは衰えることを知らず、早くも店のジョッキがなくなったのでずっと同じものを使ってくれと店員に懇願された。店員は迷惑というより、高津の神の飲みっぷりにおびえていた。

横浜駅の外れでバーを経営する西の神からすれば、酒飲み対決は得意とするものだった。酒の知識やカクテル作りだけでなく、飲む方もいける口だったので、大酒飲みの横浜の神々とも対等に渡り合ってきた。

高津の神は次元が違った。酔うとか酔わないという以前に、飲む量とペースが度を超えており、陽気にはなっても気持ち悪そうなそぶりは見せず、トイレにも行こうとしないのだから、身体がどうなっているのか理解が及ばない。

「聞いてくださいよ、社長！　最近の学生は真面目で、飲みに行こうと誘ってもなめる程度の酒しか飲まずに一次会で帰っちゃうし、酒もたばこも恋にも消極的なんですわ！　音楽とは、人間の命の鼓動なわけです！　人間たちは知らず知らずのうちに、ルールやモラルや世間体に縛られて、自由な音を出せずにいる！　ですが、人の心に訴えかける音楽は、つまらないものに縛られず、自由を感じさせるものでなければならないわけです！　欲望をさらけ出すことを抑え込んでいる人間が、感動させる音など出せるわけがないでしょう！　学生たちは内にこもることをストイックだと履き違えている！　誰もが内向的な時代だからこそ、ストイックに酒を飲み、失敗を繰り返して、自らの真の姿を知るべきだとは思いませんか？」

高津の神の溜まりに溜まった愚痴を、西の神は受け流すのに必死だった。

「この男、学生たちにも同じことを言っているのか？」

西の神は高津の神に見つからないように、港北の神に問いかける。

「言えないからこそ、今ぶちまけているんだよ。かくいう本人が一番抑圧的なんだもの」

店員からハイボールのサーバーを自由に使っていい許可をもぎ取った高津の神は、厨《ちゅう》房《ぼう》から戻ってきてジョッキをテーブルにたたきつけた。

「それに比べて、川崎の土地神たちは自由が過ぎる！　横浜と戦争だなんてバカげた話にどうしてみんな乗っかるんだ！」

本題に近づいたのを察して、西の神はハイボールを飲んだ。おかわりをしないと高津の神は話を中断するので、西の神の酒量も増している。まだ悪酔いとまではいかないものの、頭はぼうっとしてきている。ここで何かしらの結論を出さないことには来た意味がないので、西の神は高津の神に問いかけた。

「貴様にやり合う気はないのか？」

高津の神はハイボールを飲み干し、深々と息を吐き出した。隣の客は、高津の神が一瞬でジョッキを空にするさまを見て、酔いが覚めているようだった。

「社長たちと戦ってどうなるっていうんでござんしょ？　ワガハイたちはただでさえ民との暮らしで忙しいのだから、ドンパチしてるヒマなんてどこにありますか！　こんな無駄なことはとっととやめて、大神を説得しようと思ったのに、宮前[18]にも幸《さいわい》[19]にも連絡がつかないし、麻生たちは勝手に動き始めるし、もうめちゃくちゃですわ！」

「麻生たちが動き始めるとはどういうことだ？」

核心に近づき、西の神は高津の神に顔を近づける。高津の神は厨房へおかわりを作りに行ったが、肩を落として帰ってきた。

「店のウィスキー、なくなってしまったであります……」

「もう充分飲んだだろう。麻生たちが何を企んでいるのか話せ！」

高津の神は西の神と肩を組んで、ジョッキを掲げた。

「さあ社長！　この店はぶっ潰したであります！　このまま溝の口じゅうの酒を飲み干して、戦いは無駄だと他の神々に見せつけてやろうではありませんか！」

「貴様、いい加減に……」

西の神の手は隠し持ったチェーン型の神器『神之碇《かみのいかり》』に触れていたが、港北の神がそれをとどめた。

「こらえるんだ、西。じきに高津は口を割る。たとえ君が潰れても、私が責任を持って伝令を果たす。あとちょっとだ」

「クソッ！」

西の神と肩を組んだ高津の神は、田園都市線の高架近くにある焼肉屋へ進軍していった。西の神はテーブルに案内され、メニューを見ているうちに意識が飛びかけた。他の神々が、横浜と川崎の命運をかけて戦っているというのに、酒に溺《おぼ》れているなどあってはならない。何度も太ももをつねりながら眠気を殺し、横に座った港北の神に涙目でつぶやく。

「横浜大戦争、明治での戦いなど、苦しい局面は何度もあったが、今ほど苦しかったことはない。港北、気をつけろ。高津の酒量は、人間はおろか神の常識さえも超越している。このままともに相手をしていたら、全滅する」

瀕死の西の神をよそに、高津の神は注文を始める。

「えっと、じゃあまずハイボール三つと、西社長も同じで構いませぬな?」

「ああ……」

「それとウーロン茶を一つ。お肉は上カルビ八人前と、タン塩八人前、ホルモンも八人

18　宮前区　川崎市の北西部に位置する区。一九八二年に高津区から分区。人口は約二三万人で市内二位。面積は約一九㎢で市内四位。一九六六年の田園都市線の開業に伴いベッドタウンとして発展。鷺沼車両基地は元々東急電鉄の管轄下にあったが、現在は東京メトロに引き継がれている。

19　幸区　川崎市の東部に位置する区。一九七二年に区制施行。人口は約一七万人で市内七位。面積は約一〇㎢で市内七位。川崎駅直結のラゾーナ川崎の所在地。多摩川沿いに、川崎競馬場のトレーニングコースが広がる。

前で、あとサンチュにキムチくらいにしておこうかな。港北社長は何か食べたいものはございますかな？　ワガハイがなんでもご馳走しちゃいますぞ！」

「いや、大丈夫だよ」

港北の神は長年のサラリーマン生活で鍛えた深酒回避術で、高津の神の攻撃をかわしていく。

「これは、間違いなく戦いだ」

何杯目かも数えられなくなったハイボールのジョッキを握りしめて、西の神から言葉が漏れる。

「乾杯《プロースト》！」

乾杯の声が響き、二次会が始まった。三杯のハイボールを飲み干した高津の神は、気分がよくなり西の神にも酒を勧めた。勧められたら飲み干すのが礼儀であり、意識が遠のいていく。

「私は、こんなところで屈してはならない」

「社長！　まだ宴は始まったばかりなのに元気ありませんな！　お、彼らは！」

音大のサークル仲間が早い時間から飲み会を始めていたが、厳しい指揮者で知られる高津の神に発見されて緊張が走る。

「諸君！　今すぐ楽器の準備をしたまえ！　店長は君かな？」

酒を運んでいた店長を捕まえて、何やら耳打ちをする。西の神は頭がくらくらしてそれを止める力もなかった。

　高津の神は店の厨房から鍋のふたや菜箸、飲み干したハイボールのジョッキや野菜の入っていた段ボールなどを集めて、学生たちの近くに並べ始めた。楽器を準備させられても、何をしたらいいのか分からず、楽譜も何も用意されていない。ビールケースに座って、業務用の油が入っていたアルミ缶を並べると、高津の神はそれを菜箸で叩き始めた。

　リズムを刻み始めた途端、場の空気が静まりかえった。演奏が始まったのに、学生たちはもちろん、他の客たちも気付いた。高津の神は、アルミ缶や鍋のふたをテンポよく叩いてリズムを取っていく。その音は、学生たちを挑発していた。楽器を持っているのだから、ぼけっとしてないではやく流れに乗ってこい。察した学生たちは、自分なりの音を出し、音が重なり合っていくにつれ、他の客たちもリズムを刻み始める。

　高津の神は時に激しく、時に姿を消すように静かにリズムを取り続け、学生たちもアドリブの楽しさを味わい始めた。その場に居合わせた学生と、店にあったものだけでリズムを取る即興演奏の原点のようなライブは、聴くものを楽しませ、いつの間にか、高津の神は手拍子を要求し、客も港北の神も、眠くてたまらなかった西の神も手を叩いていた。

「これは、やつの神器『指揮《しき》折々《おりおり》』の力ではないのか？」

　港北の神は笑った。

「だったとしても、悪い気分ではないね」

即興のライブが終わると、拍手を受け、学生たちに礼を言ってから、高津の神は借りた食器や段ボールを片付けていた。突然のライブで気をよくした客たちは、他のテーブルにもお邪魔してわいわい話をしている。店全体が貸し切りパーティのような雰囲気になっていた。その空気を生み出したことに、西の神は驚いていた。

「見事だ」

高津の神はまたハイボールを三杯頼んで乾杯をし、飲み干した。

「いやあ、すみませんねえ！　社長たちにもっと飲んでもらうためには、しゃきっと目を覚ましてもらわないといけませんからな！」

「戦いを終わらせたいのであれば、貴様の神器を使うのはどうだ。『指揮折々』は神々の鼓動を調律できる。言うことを聞かない連中を、『指揮折々』で操ってしまえばいい」

西の神の提案を聞いて、高津の神は身震いした。

「ワガハイは、ハーモニーが好きなのです。無理矢理つなぎ合わせたリズムなんて、美しくありません。今の川崎は北部と南部がバラバラに動いて、にっちもさっちもいかぬのです。麻生たちがあれだけのスタンドプレーをするとなればなおのこと。これだけ調和を欠いていれば、たとえ神器が強力だとしても横浜には勝てないでしょうな」

「麻生たちは何をしようとしている？」[20]

「この戦いで川崎のキーになるのは多摩です」

西の神は真剣に耳を傾けた。

「土地神は、地名や風土、歴史や地形、多くの環境的要因に影響を受けていることは、言うまでもありません。川崎市と言えば川崎の神がその名を負うのだから、最も力があるのは自明のこと。多摩もまた、川崎や横浜の神々に強く影響を与えているのです。それが何かお分かりかな？」

「横浜や川崎の多くは多摩丘陵《きゅうりょう》[21]に位置しているね」

港北の神の回答に、高津の神は指を鳴らした。

「ブラーボ！　多摩が持つ神器『多摩結《たまむすび》』は小さな裁縫《さいほう》針に過ぎませんが、あれは多摩に関係する土地の神器を封じる強い力を持ってもいるのです。これは破格の力ゆえ発動には時間がかかり、その間しばらく無防備になります。おそらく、多摩たちは『多摩結』の力を発揮すべく連携を取って、横浜を攻めつつ、守りを固めているのでしょうな。そのおかげで、ワガハイでさえも多摩には連絡が取れないのです！」

20　多摩区　川崎市の北西に位置する区。一九七二年に区制施行。人口は約二二万人で市内五位。面積は約二〇㎢で市内三位。区内の駅名にもなっている向ケ丘遊園は一九二七年に開業し、大いに賑わったが二〇〇二年に閉園。その後の二〇一一年、跡地の一部に藤子・F・不二雄ミュージアムが建設された。

21　多摩丘陵　高尾山麓の東から町田市や川崎市、横浜市にかけて広がる丘陵であり、三浦丘陵とつながっている。

意識をなんとか正気に戻しながら、西の神は問いかけた。

「多摩丘陵に位置する横浜の神器が無力化されたら、数的優位がなくなるどころか、一気に押し込まれる。その案を私たちに教えていいのか？」

高津の神は飲み干したいくつかのジョッキに、量を確かめながら新しいハイボールを注いでいった。箸で叩くときれいな音階が鳴り、高津の神はグロッケンを叩くようにジョッキで演奏を始める。

「ワガハイは、調和を望む土地神であります。今の川崎はバラバラで、ハーモニーになっていない。川崎と横浜が争うとなれば、もう少し興味深い音が出るものだと期待をしていましたが、これではただのノイズ。それに、妙な不協和音がワガハイをいらだたせます」

「不協和音？」

「ワガハイたちのリズムを乱す何か。川崎と横浜のハーモニーに覆い被さってくる、いびつな音。これは、ただの川崎対横浜の争いというわけではないかもしれませんな」

学生たちが高津の神に乾杯をせがんできた。ジョッキが音を立てて、高津の神は西の神を見る。

「戦いを止めたいのであれば、多摩の元へ急ぐのが吉でしょう。うかうかしていたら、突然神器が使えなくなってギブ・アップ、なんてことになりかねませんからね」

西の神はよろめきながら立ち上がった。

「港北、この旨を保土ケ谷に伝えてくれ。私は多摩に会いに行く」

「分かった」

港北の神は一足先に店を後にし、西の神もそれを追おうとしたが、高津の神に強く右手を引っ張られていた。

「急げと言ったのは貴様だろう。その手を離せ」

「離すわけないでしょう」

「何だと？」

高津の神は肩を揺らして笑った。

「だって、じぇんじぇん飲み足りないんだもんねえ！」

ジョッキを握った高津の神は、西の神ににじり寄ってくる。

「せっかく、西社長とお酒が飲めるまたとない機会なのに、つまらない争いで時間を奪われるなんてワガハイはぁ、悲しいよ！」

「まだ飲むつもりか、貴様！　横浜の命運がかかっているというのに、これ以上酒など飲んでいられるか！」

「ダメなのだー。飲むのだー。西社長ともセッションをしたいんだから、まだ帰ってもらっちゃ困るのだ！　さあ、もう一杯！」

新しい酒を出されて飲まずにいるのは、敗北以外の何物でもない。こうなったら、徹底的に飲ませて酔い潰すまで、戦い続けるしかない。覚悟を決めた西の神は、ジョッキのハイボールを飲み干し、高らかに叫んだ。

「いいだろう！　貴様ごとき、ひねり潰してくれる！　店主！　サーバーのノズルにホースを繋いでおけ！　飲み干してやろう！」

大きな拍手が起こり、高津の神はゲラゲラと笑っていた。

魔手を逃れた港北の神は、駐車場に戻って車にエンジンをかけ、第三京浜を下った。高津の神のひどい飲み方のせいで、近くにいただけでも酔っ払ったような気分になる。頬を軽く叩いて、港北の神は気合いを入れた。

「よし、伝令の任務を果たすとしようか」

青葉の神と都筑の神は、保土ケ谷の神たちが一緒にいてくれるだろうから心配はない。緑の神にもメッセージアプリで連絡を取ってみたものの、返信がないので無事であることを願うほかない。

「疲れてるのかな」

運転の途中、港北の神は、かすかな眠気を感じた。一週間眠らずに働き続けることができる港北の神からすれば、大好きな運転中に眠くなるなんて滅多にないことだった。ミントのタブレットを口にして、横浜市に戻った。

港北インターチェンジを通過して、小机城址《じょうし》の横を進んでいた、その時だった。竹藪《たけやぶ》になっている小机城址から、突如として黒い影が飛び出してきた。港北の神はドライキーの形をした神器『閃光一車《せんこういっしゃ》』で、車の速度を急激に低下させるが、それでも衝突は避けられそうにない。ハンドルを切って右に大きく避けたが、白いスカイラインは遠心力に耐えきれず激しく横転した。エアバッグが作動したものの、右腕に鋭い痛みが走った。幸いにも、周囲に車は走っておらず、港北の神は血を流しながら、車を抜け出した。

「まいったな、タヌキか何かが飛び出してきたのかな？」

負傷したわりに冷静な港北の神は、道路の上でたたずんでいる白黒の生き物を見た。アリクイにも似た長い鼻を持ち、背中が黒く、お腹が白い生き物は、港北の神をじっと見ていた。

「あれは……バク？」

そっと近づいてみると、竹藪からギターの音が鳴り響いた。ガードレールに腰掛けていたのはマゼンタとシアンのツートンヘアーをした町田の大神だった。

「町田様！」

予期せぬ神が現れて、港北の神は戸惑いを隠しきれない。

「これはいったいどういうことですか？　もしや、横浜と川崎の戦いを止めに？　このバクは……」

町田の大神はギターを鳴らした。

「悪夢が終わるのさ」

「悪夢？」

「ちぎれた運命の糸が交じり合い、夢は現実に変わる」

町田の大神のレトリックには慣れていたので、港北の神は笑った。

「私には少し難しすぎますよ。確かに、横浜と川崎が戦うなんて、悪い夢です。それを終わらせるために、町田様が力を貸してくださるのなら、こんなに頼もしいことはありません」

港北の神は気付いていなかった。後ろに居たバクが口を大きく開いて、港北の神に迫っていることを。

生暖かさを感じて港北の神が振り返ると、長い舌がうねっているのが見えた。その瞬間、港北の神は舌に巻き付かれて身動きが取れなくなる。

「町田様！」

港北の神は『閃光一車』を握って、スカイラインをバクに激突させようとしたが、車は大破して反応がない。バクは大きな口で港北の神を、丸呑みにしてしまうと、騒ぐ声は聞こえなくなった。

町田の大神は静かにエアロスミスの『ドリーム・オン』を弾き終え、地面に落ちた『閃光一車』を拾い上げた。

「悪夢は、オマエたちだ」

バクはぱっと姿を消し、町田の大神は大破した港北の神のスカイラインを第三京浜に残して、藪に消えていった。

第三章　中原街道の乱

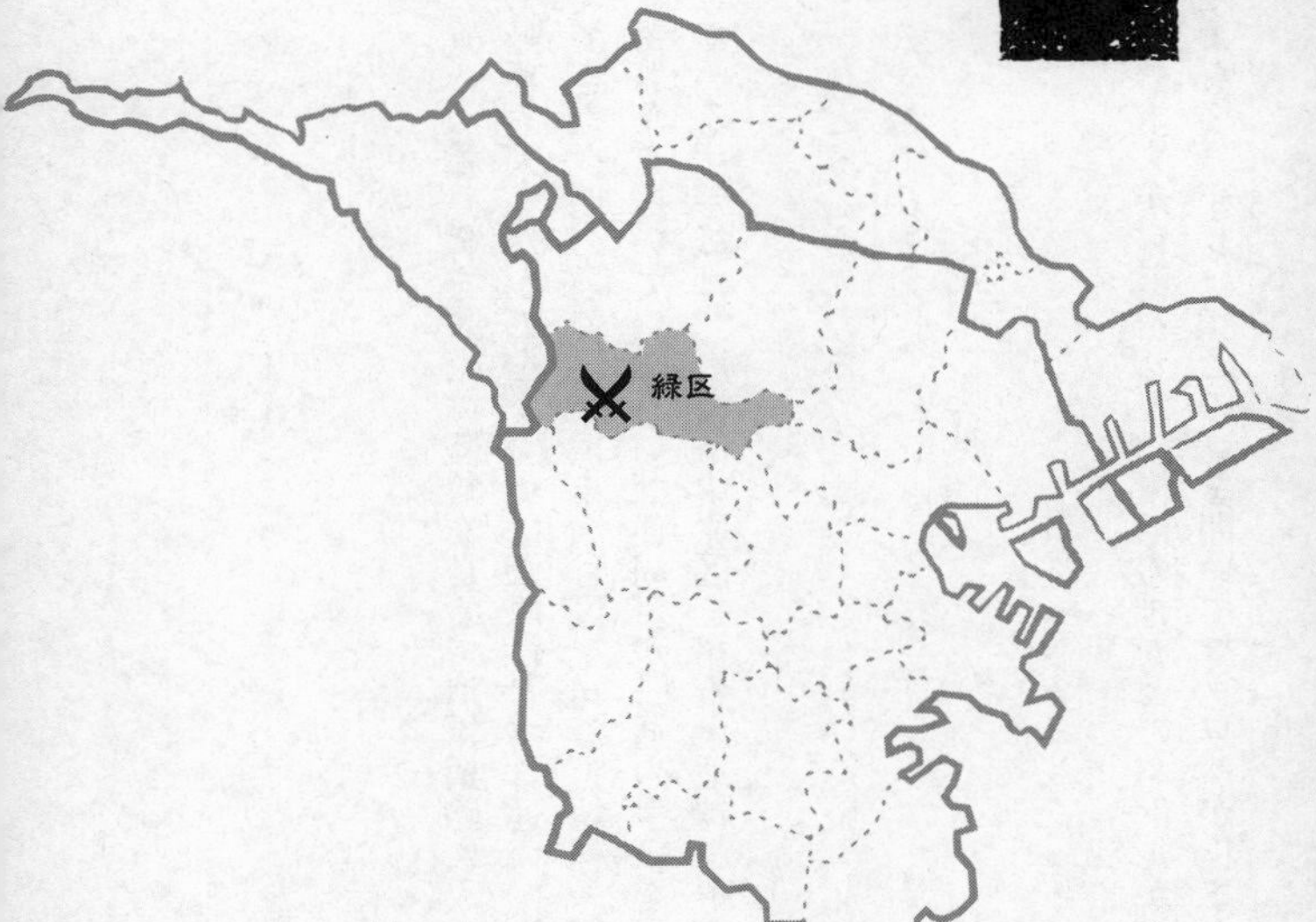

交通量の多い環状四号線を北に進み、相鉄線をまたぐ陸橋を越えて海軍道路に入ると、のどかな畑が姿を現す。軽トラや野菜の入ったかごをくっつけた原付とすれ違い、生け垣に囲まれた屋根付きの門が見えてきた。門の前で、横浜市瀬谷区を司る土地神・瀬谷[22]の神が、あくびをしながら竹箒で落ち葉を掃いていると、郵便局員が一通の手紙を届けてくれた。差出人は中原と書かれている。手紙は、川崎市中原区を司る土地神・中原[23]の神からだった。

「珍しい、中原くんから手紙だ。一体どうしたんだろう?」

その場で封を開き、一枚の便せんを取り出した。

『親愛なる瀬谷クンへ

やあ、元気にしているか? うちのボスが宣言をした、横浜の神々とのバトルが始まったことを瀬谷クンはもう聞いたよな? オレは、この話を聞いてワクワクが止まらない！
キミたちとバトルができるなんて、夢みたいだもんな！　オレはキミたちとバトルをして、中原街道[24]沿いの区を収め、中原特区の神として、このバトルに勝利するつもりだゼ！　横浜の地は、オレたちがいただく！　オレは奇襲とか策略なんてのは嫌いだ。正々堂々、力と力のぶつかり合いで、キミたちに勝つ！　中原街道の主役は、このオレだ！　戦う場所は指定しておいた。他のみんなにも伝えておいたから、絶対に来てくれよな！

追伸　スマホのメッセージにも同じ内容を送っておいたけど、念のため手紙を送らせ

22　瀬谷区　横浜市の西部に位置する区。一九六九年に戸塚区から分区。人口は約一二万人で市内一六位。面積は約一七㎢で市内一六位。二〇一五年に米軍から返還された約二四二haに及ぶ上瀬谷通信施設跡地では二〇二七年に国際園芸博覧会が行われる予定。

23　中原区　川崎市の中央部に位置する区。一九七二年に区制施行。人口は約二六万人で市内一位。面積は約一五㎢で市内六位。武蔵小杉駅の所在地。江戸時代に中原街道の小杉宿が置かれ、昭和になってからは工業地帯に変わり、二一世紀に入ると工場の跡地にタワーマンションが林立するようになった。

24　中原街道　東京都の西五反田から神奈川県の茅ヶ崎までを結ぶ街道。古代より相模国と武蔵国を結ぶ道として発展し、江戸時代に東海道が整備されてからは虎ノ門から中原下宿を結ぶ脇街道となり、小杉や下川井、中原に御殿が造られた。

てもらったゼ！　四季の森公園で、オレとバトルだ！』

瀬谷の神の手から、手紙がはらりと落ちていく。

「は、はあ？　よ、横浜の神々とのバトルってどういうこと？　スマホにメッセージって……」

スマホを取り出して、メッセージアプリを起動した。アプリを更新するよう通知が来ていたので、瀬谷の神は素直に従う。アプリを再起動し、これまで受信されていなかったメッセージが次々に送られてくる。送り主は、戸塚の神や保土ケ谷の神、旭の神に緑の神など近辺の神々はもちろんのこと、中原の神から送られてきたメッセージにも、同じ内容が書かれていた。

瀬谷の神の血の気が引いていく。また気付かぬうちに戦いが起こっていた。しかも、決戦は今日に設定されている。保土ケ谷の神のメッセージは、いつまでも既読がつかないことにしびれを切らしていて、最後は一人で滅べと激怒していた。

「まずい……。これはまずいよ！」

戦いが苦手な瀬谷の神からすれば、川崎の神々との争いなど望むはずもない。中原の神がやる気満々で攻め込んでくる以上、何か策を練らない限り負けは確実。瀬谷の神もいっぱしの土地神なのだから、易々と敗北を認めるわけにもいかない。

手紙には中原街道沿いの区を収め、と書いてあった。中原区から瀬谷区までの間にある中原街道沿いの横浜市の区は、都筑区、緑区、旭区の三つ。都筑の神はおそらく青葉の神と連携して行動しているだろうし、旭の神は保土ケ谷の神と動いている。港北の神は出張で事態に気付いていない可能性を考慮すると、緑の神の支援に向かうのが得策だった。緑の神も武芸に秀でた土地神ではないからこそ、早めに合流する必要がある。

「こうしちゃいられない！」

瀬谷の神はスマホで緑の神に電話をしたが、応答はない。すでに戦いに巻き込まれているかもしれないし、旭の神や青葉の神たちと合流している可能性もある。後者を願いつつ瀬谷の神は軽トラのエンジンを点火し、海軍道路を北上して横浜線沿いにある緑の神の家へ向かった。

恩田川沿いの田んぼが広がる一角に、緑の神は居を構えていた。車庫に、緑の神の車は止まっている。いつも朝早くに畑へ向かっているはずだったが、タイヤにくっついた土は乾いたままだった。軽トラから降りて、瀬谷の神はインターフォンを押した。反応はない。

「おーい、緑ちゃん！　僕だよ！　いるのかい？」

車も自転車も残されたまま。家の鍵は開いていた。

「勝手に入るのは悪いけど、今は仕方ないよね」

そっと戸を開けた瀬谷の神は、もう一度玄関から緑の神を大声で呼んだ。反応はない。靴を脱いでリビングに向かうと、テーブルに冷めたご飯と味噌汁、あじの干物に漬物とお茶が置かれていた。瀬谷の神の視線を奪ったのは、椅子から落ちて床で倒れ込んでいる緑の神の姿だった。

「緑ちゃん！」

瀬谷の神は大慌てで、倒れ込んだ緑の神の身体を起こそうとする。脈と呼吸はあり、顔色も悪くはないが、大きな声で呼びかけても反応がなかった。

「緑ちゃん！　しっかりしてよ！」

瀬谷の神が呼びかけているうちに、緑の神は目を開けた。

「あれ、瀬谷ちゃん？」

涙目の瀬谷の神とは裏腹に、緑の神は大あくびをして伸びをすると、テーブルの上の食事を見て声を上げた。

「うそっ！　食べてる途中に寝ちゃったのお？　そんなバカなあ」

いつもと変わらない様子の緑の神を見て、瀬谷の神はため息をつく。

「もう、食事中に寝ちゃうなんてどんだけ疲れてるのさ！　って、それどころじゃない！　大変なんだよ！」

緑の神は、冷たくなったご飯をそのまま食べようとしていたが、瀬谷の神が止めた。

「どうしたの？　そんなに慌てちゃって。瀬谷ちゃんにしては珍しいなあ」

瀬谷の神は中原の神からの手紙を見せた。

「見てよ、これ！　川崎のみんなが攻めてくるんだ！　中原くんから、果たし状が届いたんだけど、もうどうしたらいいか分からなくて！」

頭を抱えてジタバタする瀬谷の神をよそに、緑の神は冷たくなったお茶を飲みながら手紙を見た。

「バトル……って、ゲームか何かするの？」

「違うよ！　神器を使って攻め込んでくるの！　戦争が始まるんだよ、横浜と川崎の！　中原くんは中原街道沿いを攻めてくると宣言しているから、僕や緑ちゃんも狙われることになる！　都筑ちゃんだってそうだ！」

都筑の神の名前が出て、緑の神ははっとした。

「これって、もう始まってるの？」

「昨日から始まっていたみたいなんだ。僕は、スマホのアプリを更新してなくて、手紙で知ったんだけど、緑ちゃんはスマホ見なかったの？」

緑の神がテーブルに置いてあったスマホを見てみると、何件も通知があった。

「昨日は早く寝て、朝も早かったから見忘れちゃってたみたい」

メッセージを見るにつれて、緑の神の顔がこわばる。

「緑ちゃん、いつから寝ていたの？」

緑の神は食べ損ねた朝食を見た。

「朝食の準備をして席に座ったところまでは覚えているの。妙にうとうとしちゃって、次に目を覚ましたら瀬谷ちゃんが呼んでたんだ」

「よっぽど疲れてたのかな？」

「そうなのかも。最近、寝坊することが多い気がして」

緑の神があくびをすると、家の外で大きなエンジン音が鳴った。

「な、なんだ？」

瀬谷の神は緑の神を守るように近づいて、聴診器型の神器『内憂外管《ないゆうがいかん》』に触れた。対象の異常を感知する神器では戦うことなどできなかったが、せめてもの役目を果たすべく、瀬谷の神は勇気を振り絞る。

エンジン音が止まり、ドタドタという音と共に家の戸が開けられた。

「おい、緑！　無事か？」

家になだれ込んできたのは、ボロボロになった保土ケ谷の神と旭の神、うつむき加減の青葉の神だった。

「みんな！」

「青葉！」

瀬谷の神は安心して腰が砕け、緑の神は青葉の神を抱きしめた。

「わっはっは！　瀬谷殿もいたのは好都合！」

ボロボロになっても旭の神は胸を張っていたが、保土ケ谷の神はおかんむりだった。

「緑に瀬谷！　珍しく俺から連絡したってのに、電話に出ろ！」

「ごめんよお、保土ケ谷くん！」

瀬谷の神は保土ケ谷の神にしがみつきながら謝った。

「離れろ！」

緑の神も青葉の神を抱きしめながら、保土ケ谷の神に頭を下げた。

「ごめんねえ、保土ケ谷ちゃん。あたし、さっきまで寝ちゃってて」

「寝てただと？　のんきなもんだな」

申し訳なさそうにする緑の神だったが、テーブルの上に残された朝食を見て、保土ケ谷の神は質問をした。

「朝飯食ってる途中に寝たのか？」

「なんかね、ご飯を作ったところまでは覚えているんだけど、それから寝ちゃったみたいで。さっき、瀬谷ちゃんが大慌てで起こしてくれなかったら、もっと寝ていただろうな」

自分に呆れるように緑の神は笑ったが、保土ケ谷の神はそれ以上責めようとはしなかった。瀬谷の神は、保土ケ谷の神たちの服装がボロボロな点が気になった。

「保土ケ谷くんたちこそ、どうして緑ちゃんちに？　ずいぶんひどい格好をしているけど」

緑の神にお茶を注いでもらい、旭の神は礼を言いながら受け取った。

「川崎の大神様の宣戦布告を受け、横浜の北部が戦線になると考えた兄者は、拙者を連れて青葉殿の援護に向かったのだ。案の定、麻生殿と青葉殿の間で戦いが始まっており、都筑殿も助太刀にやってきていた。麻生殿との長期戦は分が悪いと判断し、青葉殿と都筑殿を連れて、南下しようと思ったのだが……」

「麻生は町田を引き入れていた」

保土ケ谷の神は静かに言った。瀬谷の神は驚いて眼鏡がずり落ちそうになる。

「ま、町田って、町田様？　どうして大神が！」

旭の神は話を続ける。

「戦いに乱入した町田様は、大きなバクのような生き物を呼び出して、拙者たちの動きを封じた。絶体絶命のところを、都筑殿が影を動かして拙者たちだけは難を逃れたのだが……」

瀬谷の神は保土ケ谷の神の背後を見た。

「都筑ちゃんはどこなの？」

「都筑は、そのバクに食われた」

保土ケ谷の神は、容赦なく伝えた。青葉の神は鼓動が速くなり、その様子に気付いた緑の神は強く手を握った。

「そんな……。青葉は大丈夫？」

青葉の神は黙ってうなずくことしかできなかった。瀬谷の神は取り乱している。

「く、食われたって、どういうこと？　旭くんなら、そのバクが何なのか知っているんじゃないの？」

旭の神は首を横に振る。

「形こそバクだが、土地神の力を封じられるのだから普通の生き物ではない」

「町田様の神器はギターで、バクを呼べる力なんてないはずじゃ……」

瀬谷の神の考えに同意するように、保土ケ谷の神はうなずいた。

「あれは、町田の神器によるものではないが、町田があのバクの力を使って俺たちに襲いかかってきたのは確かだ」

「保土ケ谷くんでも分からないの？」

保土ケ谷の神は天を仰いだ。

「さっぱりだ。どういうからくりで俺たちの動きを封じたのかは分からないにせよ、あのバクとまともに戦ったって勝ち目はない」

瀬谷の神は震え始めた。

「川崎のみんなが攻めてきているのに、無敵になった町田様まで乱入したら僕たちはおしまいじゃないか！　いきなりゲームオーバーになるなんてあんまりだよ！」

「泣き言を言うな！　なに勝手に負けたことにしてんだ」

「じゃあ何か策があるんだね？」

瀬谷の神に呆れつつ保土ケ谷の神は続けた。

「この戦いには、裏がある」

「裏？」

緑の神は、青葉の神の手に自分の手を重ねたまま問いかけた。

「川崎のジジイが横浜に宣戦布告をして、ハマ神のジジイもその挑発に乗って戦いが始まった。俺たち下級の土地神同士で争わせる大神どもの考え方は腹立たしいが、町田が乱入してくるとなると話は別だ。やつは仮にも大神だし、下級の神々に攻め込むなんて明確な侵略行為だ。町田が川崎の神々と結託《けったく》して横浜に襲いかかってきている現状に、おそらく川崎のジジイもハマ神のジジイも気付いている」

「本当なら、川崎の大神様やおーかみ様が町田様を止めなければいけないということ?」

震えをこらえながら青葉の神が口にした。保土ケ谷の神はうなずく。

「基本的に、同級の神々で問題を解決していくのが土地神の原則。ジジイたちが動かずに俺たちだけが動かなければならない状況になっているということは、それなりの理由が存在するに違いない」

麻生の神と町田の大神の戦いから逃げ延びるだけで、青葉の神は精一杯だったのに、すでに保土ケ谷の神が騒動の原因を考えていることに驚いていた。

「わっはっは! なんだかんだ言って兄者は大神様を信頼しておるのだな!」

旭の神が腰に手を当てて笑うと、保土ケ谷の神は頬がひくひく震える。

「いつまで経ってもハマ神のジジイが連絡してこないから、身動きが取れない可能性があると考えただけだ。これで、俺たちが右往左往する様子を黙って見ているだけだったら、俺は町田や川崎のジジイの前にハマ神のジジイをぶちのめしてやる」

保土ケ谷の神は呼吸を整えて続ける。

「ともあれ、横浜対川崎の戦いを続けて、両者とも消耗したら漁夫の利を得るのは攻め込んできている町田だ。どのような意図があるにせよ、このまま川崎との戦いを長引かせるわけにはいかない。川崎が攻め込んできたことより、町田がこの戦いに参入してい る理由を考える方が、よほど重要だ」

中原の神からの宣戦布告を思い出した瀬谷の神は、慌てて手紙を保土ケ谷の神に見せた。

「そうだ！　これを見てよ、保土ケ谷くん！　中原くんからとんでもない手紙が届いたんだ！」

保土ケ谷の神は手紙を読んでいるうちに、どんどん猫背になっていく。

「……あのアホ、何も考えず、バカ正直に攻めて来やがったな」

瀬谷の神は神々が合流したことで、少しだけ強気になっていた。

「中原くんは一人で攻め込んでくるんだよね？　こちらは数が多いし、場所だって僕らに有利な横浜なんだからきっと勝てるよ！」

保土ケ谷の神は首を横に振る。

「中原は戦場を四季の森公園に指定してきたから、本来ならこの地を司る緑が力をいかんなく発揮できる。一方、中原街道沿いで戦うと、中原は街道の加護を受けることになる。中原街道は古い街道だ。古く知名度のある地に関連する土地神ほど、強くなる。例えばうちの神奈川も、俺たちとはレベルの違う神器を持っているのは、神奈川という知名度のある名前を共有しているからだ」

「旭くんと保土ケ谷くんがいるんだ！　どうにかなるって！」

「俺たちだけじゃなくて、お前もしっかり働くんだよ、アホ！」

保土ケ谷の神は手紙を突っ返しながら言った。

「中原の進撃は強烈だが、それを真っ向から受けていては、消耗が激しい。事態収拾の目処が立たないうちに、戦力を集中させるのは危険だ。となれば、知恵を働かせる必要がある」

「知恵？」

青葉の神が問いかけると、保土ケ谷の神はにやりと笑った。

「中原を罠にはめるのさ」

「わっはっは！　それでこそ兄者！」

「さすがだよ、保土ケ谷くん！　卑怯《ひきょう》な手を使わせたら神奈川一、いや、日の本一の天才だよ、君は！」

旭の神と瀬谷の神は手を叩いて喜んだ。

「バカにしてんのか！」

保土ケ谷の神は咳払いをして話を元に戻す。

「中原はバカ正直なやつだ。向こうがタネも仕掛けもない戦法で来るのなら、こちらはたっぷり罠をしかけて、時間を作らせてもらう。中原と戦う班と、情報収集に回る班に分ける。まず、中原を迎え撃つキーになるのは緑、お前だ」

「あ、あたし？」

驚く緑の神を見ながら、保土ケ谷の神ははっきりとうなずく。

「安心しろ、中原を直接相手にするのは旭の仕事だ。現場の指揮は旭に委ねるから、言われたとおりに行動すれば大丈夫だ」

「僕は戦いに向いてないし、情報収集をする班だね？」

瀬谷の神の肩を両手で叩いて、保土ケ谷の神は満面の笑みを浮かべた。

「お前は生《い》け贄《にえ》だ」

「そんな！　あんまりだよ！」

瀬谷の神は泣きついてくるが、保土ケ谷の神はその身を剥がそうとする。

「中原からの果たし状はお前に届けられたもんだろうが！　中原街道の乱だってのに、お前がいなくてどうするんだよ！」

「わっはっは！　安心するがよい、瀬谷殿！　すでに策は兄者から聞いている！　拙者と緑殿に任せれば、中原殿とよい戦いができるだろう！」

旭の神は作戦会議をするために、瀬谷の神を持ち上げて隣の部屋に向かった。緑の神も向かおうとしたが、青葉の神が呼び止めた。

「ママ、ごめん」

「なんで謝るの？」

「本当なら、ぼくが都筑を助けてあげなきゃいけなかったのに、何もできなかった」

青葉の神は目に涙を溜めて、鼻を赤くしていた。緑の神は、青葉の神の頭に手を置く。

「そんな顔しないの。都筑は、青葉ならなんとかしてくれると思ったからこそ、逃がしたんだよ」

「都筑は、期待しすぎなんだ。ぼくは、たいした土地神じゃない」

青葉の神を、緑の神はそっと抱き寄せる。

「そんなことないよ。生き延びてるってことは、まだ何かやることが残されているんだ。あたしも戦いは得意じゃないけど、中原ちゃんを迎え撃つ準備は精一杯やるよ。あたしの戦いっぷりを見てて！　やってやるんだから！」

緑の神はマッスルポーズを取って笑い、隣の部屋へ向かった。リビングは保土ケ谷の神と青葉の神だけになっていた。

「先生、ぼくはどうすればいいんだろ」

旭の神や緑の神はもちろんのこと、瀬谷の神もきちんと役目を果たそうとする中、青葉の神は自信を失っていた。戦いは得意ではなかったものの、流されるままここまできてしまった自分が情けなかった。

保土ケ谷の神は椅子に座って、青葉の神を見た。

「お前はどうしたい」

「先生には何か作戦があるんじゃないの？　ぼくはそれのお手伝いをするよ。この戦いでは、自分からできることなんて何もなさそうだから」

青葉の神は自嘲して笑ったが、保土ケ谷の神は真剣だった。

「お前、悔しくないのか？」

青葉の神ははっとした。横浜対川崎の大戦争に、町田の大神まで加わって、自分のような若い神は大人しくしているしかない。そう考えるのが正しいと、青葉の神は思っていたが、麻生の神に攻め込まれ、半身である都筑の神を失ってしまった。

あれだけ自分を大切に思ってくれている都筑の神を失ってもなお、おびえたまま戦局を見つめ続けるのか？　逆の立場だったら、都筑の神は、何が何でも自分を助けに来てくれるはずだ。今の自分はどうだろう。都筑の神を助けることさえ考えないでいた。

青葉の神は手を強く握りしめた。目から涙がこぼれ落ちる。

「悔しいに決まってるよ！　だけど、麻生さんや町田様は強力で、ぼくがどうしたって勝ち目はないんだ！　何もできない自分にうんざりするよ！」

青葉の神は、ずっとこらえていたものを吐き出していた。

「相手のことはどうでもいい。こんな状況になって、お前は今何をしたいと思っている？」

いつの間にか、保土ケ谷の神の作戦を待っている自分がいた。保土ケ谷の神は確かに頼りになるが、一人の土地神として、指をくわえて見つめているだけの状況は歯がゆい。

何より一つの強い願いが、青葉の神の胸にはあった。

「ぼくは、都筑を助けたい」

青葉の神が言い切ると、保土ケ谷の神は笑みを浮かべた。

「聞き分けの良さは、時に個性を殺す。お前はもう一人前の土地神で、自分の考えがあるのなら、それを貫く権利がある。自分の気持ちに素直になることはとても大事だ。それが、誰かを思ってのことならば、大切にした方がいい」

保土ケ谷の神にそう言われると、青葉の神は胸のつかえが下りていく。

「ありがとう、先生。だけど、川崎のみんなと町田様を相手にしながら、都筑を助けるのがとても困難なのは変わらない。先生は怖くないの？」

保土ケ谷の神は椅子から立ち上がった。

「できないことに思い悩むより、できることを探すのが正しい時間の使い方だ。一つずつ対処していけばいい。川崎の連中の相手は、旭や緑に任せてある。俺たちは、あのバクの正体が何なのか、探るのが先決だ。そうすればきっと、この騒ぎを鎮めることにもつながる」

もっと頭を使いたい。青葉の神は素直にそう思った。窮地に陥っても冷静に考え続ける力は、今の自分に最も必要なものだった。

「分かった。ぼく、やるよ」

作戦会議を終えた一行は二手に分かれ、瀬谷の神は四季の森公園の展望台で中原の神を待っていた。

「嫌だなぁ……生きた心地がしないよ」

時計を見ると、約束の時間まであと一分。土煙を巻き起こしながら、展望台への坂を走ってくる男の姿があった。夜になって肌寒いにもかかわらず、半袖半パンにハイソックスとスパイクシューズ。ヘアバンドをして小刻みにジャンプする日焼けした男こそ、中原の神だった。

「瀬谷クン！　待たせたな！」

大声で挨拶するものだから、瀬谷の神は耳をふさぐ。

「よ、夜だから静かに！　って、寒くないの？」

中原の神は屈伸をしながら笑った。

「こんなの全然寒くないゼ！　オレは武蔵小杉から走ってきたからな！」

「何キロあると思ってるのさ……」

快活そうに中原の神は瀬谷の神を指さした。

「じゃあ早速、バトルを始めようゼ！　って、瀬谷クンしか来てないのか？　おっかしいなあ、都筑チャンたちにも手紙を送ったはずなのにな」

意気込む中原の神が本気になる前に、瀬谷の神は説得を試みる。

「僕たちが戦う意味なんてないよ。こんなことが神奈川の超神様や日の本の大元神様に知られたら、地上に顕現できなくなっちゃうかもしれない」

中原の神は腰に手を当てて笑った。

「ハハッ！　そんな小さいことを気にしているのか、瀬谷クン？　オレたちは何のために神器を持たされていると思っているんだ？　アツいバトルをして、土地神としての力をもっと輝かせるためサ！」

「僕の神器、聴診器だからどう見てもバトルには向いてないんだけど……」

瀬谷の神の声を無視して、中原の神は続ける。

「オレは川崎の主人公なんだ！　今、川崎で最もホットな場所は、中原の地をおいて他にない！　武蔵小杉には民も増え、勢いは東京や横浜さえ超えていると言ってもいい！　そんな民が誇れる土地神として、オレはこのバトルに勝利し、中原街道沿いをすべて手中に収めるゼ！　瀬谷クンの民も情熱の中原特区民として、新たに生まれ変わるのサ！」

「そ、そんなめちゃくちゃな！　僕の民はきっとそんなこと望んでないよ！」

中原の神は指を振る。

「チッチッチッ、甘いゼ、瀬谷クン！　日の本は今、人口は減るばかり。どの地域も、民を呼び寄せようと躍起になっている！　いつまでも横浜が神奈川の玉座に座っていられると思ったら大間違いだゼ！　これからは、土地神が力を付けて、民を引き寄せていく新しい時代になったのサ！」

中原の神は指で鼻の下をこすった。

「オレはアツいバトルがしたい！　いきなり襲いかかるなんてのは、主人公のすることじゃない！　正々堂々、正面からぶつかって、オレはキミに勝ち、栄光の中原特区を築き上げてみせる！　ルールは、どちらかが降参をするか、神器が奪われたら終了だ！

さあ、バトルを始めようゼ！」

中原の神は足下にあるボールの形をした神器『一日千蹴《いちじつせんしゅう》』をキックした。白い光を放ちながら、瀬谷の神をめがけて飛んでくる。

瀬谷の神は展望台の階段を駆け下りながら叫んだ。

「い、嫌だあ！」

駆けだした瀬谷の神は、ジャンボすべり台に乗って、下の広場まで滑っていく。

「逃がさないゼ、瀬谷クン！　キミの神器をいただくのは、このオレだ！」

中原の神は『一日千蹴』を天高く蹴り上げる。白く光った球体が空中に浮かび上がった後、隕石のような速さで瀬谷の神に襲いかかった。

「うわあ！」

すべり台からジャンプして、坂を転げ落ちた瀬谷の神は、土まみれになった顔を手で拭いながら叫んだ。

「し、死んじゃうって！」

公園の野外ステージまで逃げてきた瀬谷の神は、逃げ道を探すが、再び『一日千蹴』が迫ってくる。

「当たる！」

瀬谷の神はとっさにしゃがみ込んだ。ボールが激突する痛みを想像したが、ぼよんという軽くはじけた音が鳴った。瀬谷の神が目を開けると、『化鳥風月』を握った旭の神が白い歯を見せて笑っていた。

「わっはっは！　なんとも面妖《めんよう》な感触！」

「旭くん！　遅いよ、もう！」

瀬谷の神は、旭の神の背中をぽこぽこと叩いた。

「やっぱり来てくれてたんだね、旭クン！」

中原の神は『一日千蹴』でリフティングをしながら拍手した。

「キミのことだから、保土ケ谷クンと組んでかかってくるのかと思っていたけど意外だ！」

「瀬谷殿、作戦通りに」

瀬谷の神はうなずくと、林の中に逃げ込んでいった。中原の神は目で瀬谷の神を追ったものの、その場を離れなかった。

「わっはっは！　中原殿は一対一の決闘をご所望だったかな！」

「そんなことはないゼ！　オレは相手が何人だろうと、コテンパンにしてやる！　中原特区を司るんだから、古い神くらい倒せなきゃ務まらないだろ？」

「それは頼もしい！」

旭の神は、間髪容れずに中原の神へ斬り込んでいく。中原の神は『一日千蹴』で旭の神を狙う。旭の神は身体をくねらせて避けるが、軌道を変えて再びボールが襲いかかってくる。『化鳥風月』で斬り込んでも、『一日千蹴』は真っ二つになることはなくゴムのように跳ね返り、中原の神に戻っていった。

「さすが、旭クン！　これならどうだ！」

地面を踏み込んで、中原の神は『一日千蹴』を蹴った。

「ゼロ・グラビティ・シュートッ！」

勢いよく蹴ったものの、『一日千蹴』はふわりと宙に浮かんだまま落ちてこない。出方をうかがっていると、旭の神は足が地面から離れて、身体が空へ浮かび始める。

「なんと！　身体が！」

空中に浮かび上がった旭の神は逆さになり、足をジタバタさせるが地面に落ちる気配はない。中原の神は猛然とダッシュし、旭の神の『化鳥風月』を奪いにかかった。

「いただきだ！」

旭の神は思い切り『化鳥風月』を振り、風を起こした反動で『一日千蹴』から離れると重力が戻り、地面に降り立った。

「なるほど、玉に近づくと無重力になるというわけか」

中原の神は『一日千蹴』を地面に落とし、再びリフティングを始めた。

「それだけじゃないぜ！」

中原の神が『一日千蹴』を蹴ると、今度は球が消えた。身構えていた旭の神の背後に、突然現れたボールが襲いかかり、鈍い音を立てて身体に激突する。その勢いのあまり、旭の神は倒れ込む。球はぶつかっても威力が落ちることはなく、四方から絶え間ない連打が続く。

「お次は消える魔球だ！」

このまま避け続けていても埒があかず、旭の神は林の中へ駆け込んでいく。

「わっはっは！ これは敵わん！」

「逃がすかよッ！」

中原の神が蹴った『一日千蹴』は光を放ちながら旭の神を追尾してくる。木の陰に隠れようにも、体温に反応して追いかけてくるので、走り続けるほかない。

「今度はホーミング！ 正面からでは勝ち目がないな！」

中原の神は見かけによらず、トリッキーな作戦を駆使してきた。つくづく、戦いには知性が大事なのだと思い知らされる。こちらも知略で応酬すべく、旭の神は叫び声を上げる。

「緑殿！ 今だ！」

その瞬間、旭の神を追いかけていた中原の神に枝が巻き付いてきた。

「おっ！ これは緑チャンだな！」

姿を隠した緑の神の神器『森林沃《しんりんよく》』の力を受け、急速に成長した木々が次々と中原の神に絡まっていき、自由を奪う。中原の神は笑みを失っていなかった。

「だけど、そうはいかないゼ！」

寸前で中原の神に蹴り上げられた『一日千蹴』は、発光すると、今度は熱を帯び始める。真夏の炎天下にいるよりも激しい熱が放たれて、旭の神は距離を取った。強い光を浴びた木々が、急激に水分を失い朽ちていく。中原の神に巻き付く枝は痩せ細って枯れ木になり、中原の神は開脚をして体勢を整えていた。

「まだだ！」

旭の神の声を受けて、もう一度草木が中原の神を襲うが、今度は熱を持った『一日千蹴』が焼き切ってしまった。普通のサッカーボールに戻った『一日千蹴』をヘディングしながら中原の神は笑う。

「どうだ！　オレのサンシャイン・シュートは！」

「わっはっは！　まるで曲芸師だ！」

中原の神の対応力の高さに、旭の神は笑うしかなかった。接近戦では重力を操作されて近づけず、離れても追尾弾で攻めてくる。加えて、たぐいまれな身体能力を持つ中原の神は、強敵だった。

旭の神は、さらに森の奥深くへ逃げるほかない。

「逃げるなんてキミらしくないゼ、旭クン！　もっと技を見せてくれッ！」

旭の神は、保土ケ谷の神からの忠告を思い出していた。

「身体能力だけでみれば、中原は神奈川随一。剛柔併せ持つと言っていいが、猪突猛進《ちょとつもうしん》過ぎるのは大きなウィークポイントだ。やつの愚直さをついて、消耗戦に導け」

保土ケ谷の神は、こちらの予想しない策を提案し、旭の神ができる前提で難しい案を出してくる。いつも自分を信頼してくれるからこそ、旭の神もそれに精一杯応えたかった。

中原の神は『一日千蹴』で旭の神を狙ったり、木を倒して道をふさいだりしていたが、旭の神は逃げ続けていた。真っ正面から戦えると思っていた中原の神は、文句を言う。

「キミはいつからそんな退屈なバトルをするようになったんだ！　これじゃただの鬼ごっこじゃないか！」

その言葉を耳にして、旭の神は足を止めた。十分近く走り続けていたのに、中原の神は息一つ乱れていない。

「ようやくオレの的になる覚悟ができたみたいだな！」

旭の神は人差し指を天に掲げた。

「見よ」

中原の神は素直に見上げた。林の木々が二十メートル以上の高さになっており、木々の間から空が見えなくなっている。

「木々が成長している！」

中原の神は『一日千蹴』で激しい熱を放射させるが、今度は木が枯れることはなかった。

「拙者も、中原殿との戦いを楽しみにしていたのだが、公園を破壊するのは拙者の望まぬこと。ならば、土地神同士が全力でぶつかっても問題のない戦場を用意するのが、客人への礼儀であろう」

「そうか！　緑チャンと瀬谷クンは植生のプロ！　二人が本気で手を組めば」

旭の神は満足そうにうなずく。

「迷いの森を生み出すことも造作ない。中原殿には、終わらないピクニックを楽しんでもらうことにしよう。さあ、逃げも隠れもせぬ！　かかってこい！」

中原の神は、興奮のあまり武者震いが起こる。

「それでこそ旭クンだ！」

足に力を込め、『一日千蹴』を蹴り上げようとした瞬間だった。激しい爆発音と共に熱風が、中原の神と旭の神に襲いかかる。熱を無視して成長を続けていた木々も、黒焦げになっており、爆心地には大きなクレーターができていた。

「なんだ！」

中原の神は木に隠れながら爆発のあった周辺を見ていると、黒い影が殴りかかってきた。ねじりハチマキにニッカボッカを穿いた鶴見の神が、中原の神の間合いに飛び込み、腕をつかむと思い切り投げ飛ばした。その速さに、中原の神は『一日千蹴』を蹴り上げる余裕さえなかった。

「鶴見クン！　キミまで来たんだね！」

木に激突し、背中に激しい痛みを覚えながらも、中原の神は笑みを浮かべていた。立ち上がったすぐ隣では旭の神が『化鳥風月』を構えている。鶴見の神と連携して攻撃をされたら、さすがの中原の神も分が悪い。ところが、鶴見の神は旭の神を見つけると、低い姿勢のまま激突していった。旭の神は『化鳥風月』で突進を受け止めたものの、吹き飛ばされていく。

「どうしたんだ、鶴見クン！　もしかして仲間割れか？」

突然旭の神を攻撃した鶴見の神に驚き、中原の神は攻撃の手が止まる。鶴見の神の全身から燃えさかる炎は、急成長した木々を燃やし、辺りは火の海になっていた。体勢を立て直した旭の神は、中原の神に近づく。

「鶴見殿は川崎殿の襲撃を受けて、行方が分からなくなっていたはず……」

鶴見の神は地面を殴りつけ、大地がぐらぐらと揺れた。

「テメェら……」

鶴見の神は、旭の神と中原の神をにらみつけた。

「町田の地で、何好き放題暴れてやがる！」

叫び声に合わせて、炎が激しく燃え上がった。旭の神は、聞き間違えたかと思い、鶴見の神に問いかける。

「町田の地？　ここは横浜ではないか！」

「まあ、これからは中原特区として、栄誉ある川崎市になるけどな！」

自信たっぷりに宣言した中原の神に、炎が襲いかかる。『一日千蹴』で風を起こし、直撃こそ免れるが、肌がかすかに焼ける。

「笑えねえ冗談だな、旭、中原。向上心があるのは認めるが、いつから横浜と川崎が独立したんだ？」

会話がかみ合っていなかった。中原の神はもちろんのこと、旭の神でさえ鶴見の神の言っていることがよく分からなかった。

「横浜と川崎が独立？」

旭の神は鶴見の神の迷いなき口調に、ぞっとしていた。鶴見の神は手から大きな炎を巻き起こした。

「横浜だ川崎だと、過去の地名を標榜《ひょうぼう》し、争うなんてのは見過ごせねえ。そんなものはな、もうとっくに滅んだんだよ！　ただのけんかならまだしも、町田の土地神であることを捨てるなど、言語道断！」

旭の神は『化鳥風月』を強く握りしめ、不安を押し殺す。

「何を言っておるのだ、鶴見殿！　拙者たちは横浜の土地神、中原殿は川崎の土地神ではないか！　町田の土地神とはどういうことだ？」

鶴見の神は瞬《まばた》きする間も与えず旭の神に近づいて、殴り飛ばした。意表を突かれた旭の神は、木に激突する。

「テメェらこそ、何言ってやがる！　ここは、町田県緑区！　テメェらは、町田の土地神だろうが！　バカんなっちまった頭は、ぶったたいて治してやんねえとな！」

鶴見の神は怒りを込めて、倒れ込んだ旭の神へ襲いかかる。

「待て、鶴見クン！　オレは町田の土地神になんてなった覚えはないゼ！」

ものすごい勢いで進路を変えて、鶴見の神は中原の神を殴りつけた。『一日千蹴』をぶつけたものの、鶴見の神の勢いは殺せず、中原の神は木にめり込んだ。

「自ら庇護《ひご》する土地を捨てるなんざ、ほんとにどうかしちまったみたいだな！」

鶴見の神は、冗談で言っているわけではなさそうなのが、旭の神に恐怖を生んだ。荒っぽいものの、古参の土地神として戦前から横浜に顕現していた鶴見の神が、町田の土地神を名乗るなど考えられない。中原の神と旭の神が、どう説得すればいいか悩んでいると、森の奥から悲鳴が聞こえた。

「緑殿！」

緑の神の声だと察知した旭の神は、木々の間を駆け抜けていった。中原の神も旭の神を追い、鶴見の神は声を上げた。

「待てや！」

森が深くなったことで地形が変わり、緑の神の居場所が分かりにくくなっている。だが、探すまでもなく、あっさりと見つかった。

「バク……！」

薄暗い林に大きな白黒のバクが浮かんでいた。細い目をしたバクは、長い舌を瀬谷の神に向かってチロチロと伸ばしている。

「おお！　なんだあの生き物は！」

大きなバクを初めて見た中原の神は嬉々《きき》とした声を上げるが、迫られている瀬谷の神は小枝をぶんぶん振り回しながら涙目で叫んでいる。

「う、うわあ！　来るなあ！」

瀬谷の神は、緑の神をかばうように後ずさりしていく。緑の神は、『森林沃』の消耗が激しかったせいか、肩で息をしていて、今にも倒れそうだった。

「……瀬谷ちゃん。逃げて。このままじゃ食べられちゃうよ」

「そ、そんなことできるわけないだろ！」

バクのすぐ横で、ビートルズの『アイ・ウォント・ユー』を弾いている町田の大神の姿もあった。

「町田サマじゃないか！　いよいよ混沌としてきたぜ！」

旭の神は瀬谷の神に近づいて、『化鳥風月』をバクに向けた。バクに近づいただけでも、身体が重くなったような疲労感と眠気に襲われる。ぐっとこらえながら、旭の神は町田の大神に問いかけた。

「町田様、これはいったいどういうことです？　お戯れにしては度が過ぎますぞ！」

町田の大神は演奏を続け、ソニックブームが旭の神を襲う。旭の神は『化鳥風月』で抵抗するが、衝撃波で後ろへ倒れそうになる。

「悪夢が終わり、夢は現実になる」

「悪夢？」

「……オレサマはいつだって仲間はずれだ。オレサマを誰も受け入れてはくれない。誰もが色眼鏡でオレサマを見て、ほんとのオレサマを知ろうとしない。誰も分かってくれない世界なんて、現実じゃない。オレサマの夢こそ、現実だ！」

町田の大神はロックバンドのフロントマンとして、年間に数多くのライブを行う。いつもは口数の少ない町田の大神は、ライブになると感情を前面に押し出し、観客を沸かせるパフォーマンスは別人格が憑依していると思わせるものだったがこの変容は異常だった。

「町田サマと戦えるなど、滅多にないこと！　胸を借りるつもりでいくゼ！」

中原の神は、『一日千蹴』を町田の大神めがけて蹴り上げたが、駆けつけた鶴見の神がボールをパンチングし、『一日千蹴』は勢いを失う。

「無駄な抵抗はやめろ。これ以上、町田様の手を煩わせるな」

鶴見の神は腕を回しながら、旭の神たちを見た。

鶴見の神と町田の大神を相手にするだけでも骨が折れるのに、正体不明のバクとも戦わなければならないのは、あまりに分が悪かった。

「どどど、どうしよう旭くん！」

瀬谷の神は泣きながら問いかけてくる。

保土ケ谷の神は言っていた。横浜対川崎の戦いではなく、町田の大神が乱入している事実に注目しろと。開戦当初から行方の分からなくなっていた鶴見の神が、町田の土地神を名乗って襲いかかってきている事実。バクに食べられた都筑の神。あまりに大きなバク。なぜバクなのか？　じっと見ているうちに、旭の神は何かがひらめいた。

「鶴見川……？」

ふわふわと浮かんだバクは、舌を出しながらゆっくりと近づいてくる。その形に、旭の神は見覚えがあった。

「動物とやりあうのは、オレの主義じゃない！　でっかいバクは少し大人しくしていてもらおう！」

しびれを切らした中原の神は、『一日千蹴』で重力を引き起こし、バクを引き寄せようとした。

「いかん、中原殿！」

ボールが宙に浮かんだ瞬間、旭の神は視界が暗転した。強烈な眠気に襲われ、膝が力を失いガクンとなる。それは中原の神も同様で、ボールは地面に落ちていた。

「何が起きた？」

動揺する中原の神に向かって旭の神は叫んだ。

「このバクを刺激するとひどい睡魔に襲われる！　近づいてはならん！」

このままでは全滅を免れそうにない。額の汗を腕で拭って、旭の神は背後で震えている瀬谷の神に、小声で言った。

「緑殿を、少しでもあのバクから遠ざけるのだ」

「と、遠ざけるって、どこへ行けばいいの？」

「兄者と合流するのだ。とにかく、緑殿だけは死守しなくてはならぬ」

「何か分かったんだね？」

旭の神は歯を強く噛んだ。

「一つはっきりしたことがある」

またしても眠気が襲ってきていた。

「このままでは、横浜が消滅する」

その警告を耳にし、瀬谷の神は緑の神の手を取って走り出した。鶴見の神が追いかけようとするが、旭の神は『化鳥風月』で周囲の木々を斬り刻み、道をふさいだ。

「こしゃくな真似を」

鶴見の神が倒れた木を殴り飛ばそうとするのを、旭の神が防ごうと斬りかかる。緑の神たちの気配が離れていくのを確認してから、旭の神は中原の神に叫んだ。

「中原殿！　拙者たちの戦いは一時休戦だ！　今は町田様と鶴見殿を相手に、思う存分武勇を見せつけようではないか！」

「望むところサ！　オレたちのバトルを邪魔しようなんて、いい度胸してるゼ！」

中原の神は意気揚々と、鶴見の神に襲いかかっていった。

強く共闘を宣言したものの、旭の神はこれで自分の役割が終わったことを悟っていた。今は少しでも瀬谷の神たちが逃げる時間を確保する。それしか、やることは残されていない。『化鳥風月』を握り直しながら、旭の神はつぶやいた。

「後は頼んだぞ、兄者」

交戦地帯から離れた瀬谷の神は、緑の神の手を引きながら森を走っていた。

「どこが出口なの？　僕、方向音痴だから迷っちゃいそうだよ！」

闇雲に走り続けていたが、緑の神の足取りが重くなっている。ついに緑の神が足を止めて座り込んでしまうと、瀬谷の神は肩を貸そうとした。

「しっかりするんだ、緑ちゃん！　このままだとあの変なバクに追いつかれちゃうよ！」

これだけの樹海を生み出した緑の神の消耗は激しく、自分で身体を支えるのも難しくなっていた。

「……ごめんね、瀬谷ちゃん。足が動かないの。なんだかとっても眠くって」

「ダメだって！　逃げないと……！」

緑の神を背負って、瀬谷の神は駆けだした。これは、もはや横浜と川崎の戦いではない。大神も交えた大騒動が起ころうとしている。いち早く保土ケ谷の神と合流して、町田の土地神を名乗る鶴見の神が襲いかかってきたことを、伝えなければならない。

そう思った直後、急に背中が軽くなった。慌てて振り返ると、ふわりと浮かんだバクが長い舌で緑の神を絡め取っていた。

「緑ちゃん！」

緑の神はすでに深い眠りについてしまっており、抵抗することもなくバクに飲み込まれていった。

「嘘でしょ……」

瀬谷の神は足が震えてくる。こんなにもあっけなく、土地神が食べられてしまうなんて。どうあがいても勝ち目なんてない。逃げなければ。そう思っても、足が言うことを聞かなかった。瀬谷の神も、睡魔に襲われていく。

「寝たら一巻の終わりだ」

足をつねろうにも、指に力が入らない。瀬谷の神はスマホを取り出し、大音量で音楽を流し始めた。大きい音が聞こえていれば、眠気も収まるに違いない。音が大きくなった瞬間、ぴたりと眠気が覚めた。眠気が簡単に晴れたので瀬谷の神は驚いたが、バクがスマホに興味を示して力が弱まっていた。

バクは瀬谷の神のスマホに近づいて、舌でそっと取り上げた。顔の近くにスマホを動かして、興味深そうに眺めている。

「もしかして、音に反応しているの？」

一瞬の隙が生まれていた。この機を逃したら、自分もバクに食べられてしまう。緑の神を助けたい気持ちもあったが、ここで全滅しては旭の神たちの助けが無駄になる。スマホを失うのは大きな痛手だったが、そんなことを言っている場合ではなかった。

「緑ちゃん、ごめん。必ず助けるからね！」

力を振り絞って叫んだ瀬谷の神は、森を駆け抜けていった。音楽を鳴らし続けていた瀬谷の神のスマホは、バクの口に飲み込まれると音が聞こえなくなった。

第四章　町田電撃戦

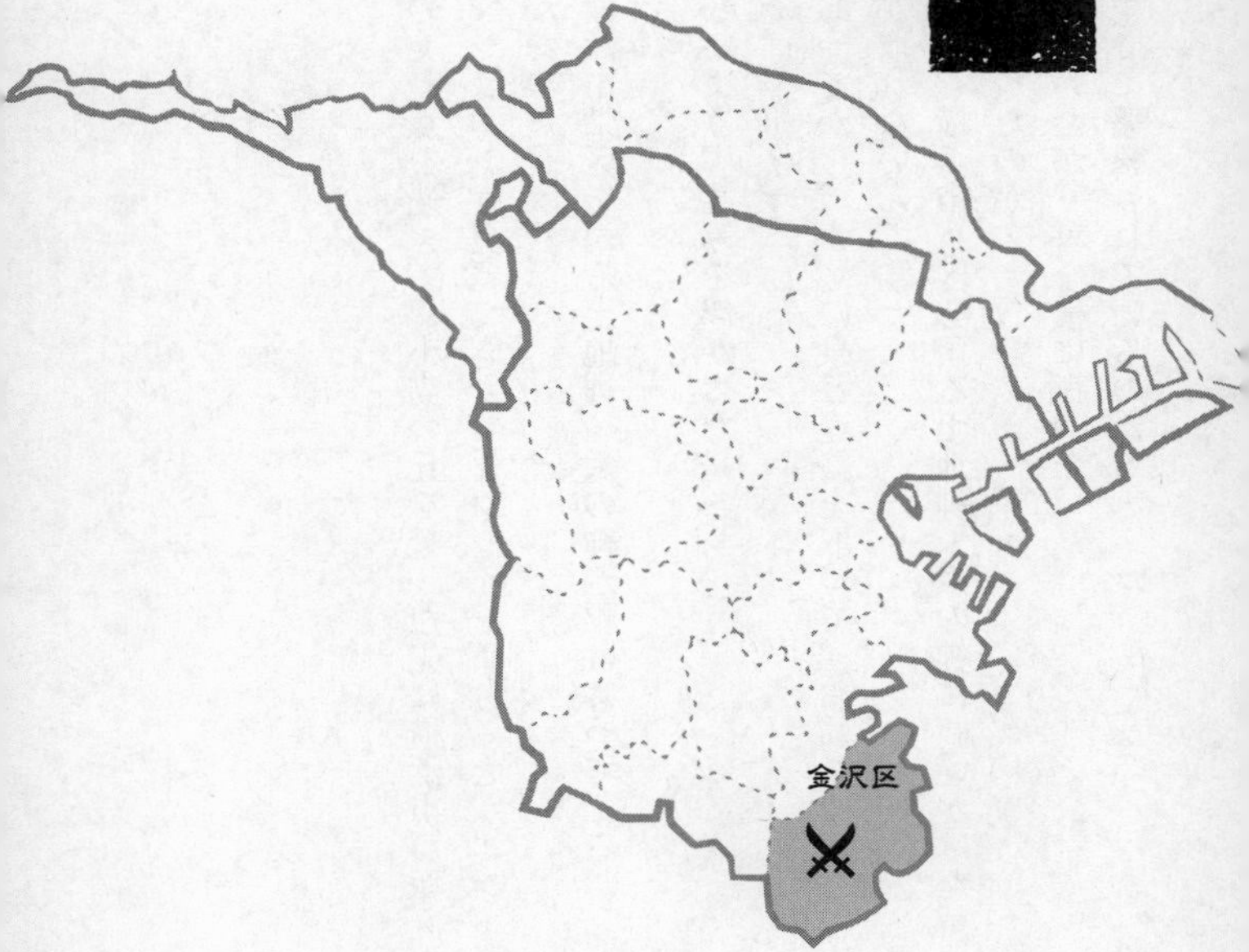

環状四号線を南下し、原宿の交差点を過ぎて、小高い丘を登った先に横浜市戸塚区を司る土地神・戸塚の神が住むマンションが見えてきた。タクシーを下りると、エントランスに戸塚の神の妹たちの姿があった。

憔悴した青葉の神を見て、横浜市栄区を司る土地神・栄[25]の神が駆け寄ってくる。

「大丈夫ですか、青葉さん！」

青葉の神は弱気な姿を見せないよう、笑みを浮かべた。

「うん、大丈夫。栄ちゃんこそ、無事？」

「はい。川崎様の宣戦布告があってから、すぐに泉と連絡を取って、お姉ちゃんと合流しようとしたのですが、連絡が取れないんです」

支払いを終えた保土ケ谷の神は、横浜市泉区を司る土地神・泉[26]の神に問いかけた。

「で、ねぼすけ姉ちゃんは見つかったのか？」

泉の神はスマホで電話をかけていたが、首を横に振った。

「まだダメ。もしかしたら、すでに襲撃されているのかも……」

離れていくタクシーを見ながら、保土ケ谷の神はレシートをポケットに突っ込んだ。

「あいつは、不意打ちを食らうようなヘマはしねえよ。家の中は調べたのか？」

「これからよ」

「今回は戸塚の力が不可欠だ。何でもいいから手がかりを見つけるぞ」

一行はエントランスからエレベーターに乗って、戸塚の神の部屋までやってきた。栄の神が合鍵でドアを開け、中へ入っても、留守だった。

「宣戦布告は聞いたけれど、もう戦いは起こっているの？」

泉の神の問いに、保土ケ谷の神はうなずいた。

「先手を打たれた。青葉は麻生に襲われ、その最中に都筑がバケモノに食われた」

「ば、バケモノ？」

栄の神はリビングの明かりを点けながら驚いた。戸塚の神は整理整頓が苦手なので、テーブルの上には空の段ボールや裁縫道具が山積みになっている。制作途中の縫い物や

25　栄区　横浜市の南部に位置する区。一九八六年に戸塚区から分区。人口は約一二万人で市内一七位。面積は約一九㎢で市内一五位。区内を東西に流れる犾川《いたち》の源流の一つである荒井沢市民の森は、断崖絶壁の地形から横浜のグランドキャニオンと称される。

26　泉区　横浜市の南西部に位置する区。一九八六年に戸塚区から分区。人口は約一五万人で市内一五位。面積は約二四㎢で市内一〇位。区内を流れる和泉川は瀬谷市民の森を源流とし、境川と合流した後に河口の江ノ島に向かって続いていく。

ミシンが無秩序に並び、まるで裁縫工場のようだった。散らかったテーブルの上に、分厚い本が何冊か置かれていた。それは、図書館から借りた横浜の郷土史だった。保土ケ谷の神はページを適当にめくっていく。

「でっかいバクみたいな生き物だ。近づくと、強烈な睡魔に襲われる。近接戦闘じゃ、手の打ちようがない。それを町田が操っていた」

「町田って、町田様？　町田様も襲いかかってきているの？」

食器を片付けようとしていた泉の神の手が止まった。

「そうだ。町田は様子がおかしかった。我を失って、うわごとをつぶやいていた」

「……町田様のライブは過激ですからね。いつものパフォーマンスの延長なんじゃないですか？」

栄の神にそう言われ、保土ケ谷の神は頭をかく。

「そうあってほしいものだが、ありゃ、むしろバクに操られている可能性の方が高そうだ。バクの正体は見当つかないが、眠りに関係する力なら、戸塚が詳しいと思って連絡をしてみたんだが……」

家主の姿はなかった。保土ケ谷の神は郷土史の表紙を改めて見た。

「この分厚い本はなんだ？　裁縫の新しいテーマでも探していたのか？」

「お姉ちゃん、どこへ行っちゃったんでしょうか。宣言を受けて、先に行動するのなら、私たちに声をかけてくれればよかったのに」

「あるいは、私たちに声をかけるより先に、やっておかなければならないことがあったのでしょうね」

栄の神と泉の神が手がかりを探している中、青葉の神も郷土史をぱらぱらとめくっていると、途中のページに布の切れ端が挟まっていた。そこに書かれていた記述に、青葉の神は目を奪われた。

「先生、これ見て！」

青葉の神に呼ばれ、一同は郷土史に目をやった。

「鶴見川に関する記述だな。昔はしょっちゅう洪水や氾濫を起こしていて、俺も鶴見と一緒に片付けを手伝ったもんだ。そうそう、流域の形がバクに似ていることでも有名で……」

保土ケ谷の神はそこで、鶴見川とバクの関係性を思い出した。

「もしかして、鶴見川の流域がバクに似ているのと、都筑を食べたバクは何か関係している？」

青葉の神の問いかけに、保土ケ谷の神はうなずいた。

「鶴見川の源流は町田市だ。町田も鶴見川に縁が深い。無関係とは言えないな」

「そのバクって何なんですか？　土地神、ではないでしょうし、特別な神器から生み出されたものなのでしょうか？」

栄の神は当然の疑問を投げかけた。

「神器と関係があるのは確かだろうが、町田が呼び出したものではないはずだ。やつは音を司る神であって、神獣を呼び出す力があるなんて聞いたことがない」

「そうなると、古代神器の力、っていう可能性が高そうね」

泉の神の推測で、保土ケ谷の神は頭を抱える。

「また古代神器か……」

保土ケ谷の神たちは、次々と推論を立てて、可能性を探っていく。横浜大戦争や、明治時代での騒乱を経て、保土ケ谷の神たちは、緊急事態に陥っても、冷静に対処するようになっていた。青葉の神にも、気になることがあった。

「町田様は何を考えているんだろう」

青葉の神は一同に問いかけた。

「麻生さんは、町田様に協力してもらって、横浜との戦いに臨んだって、言っていた。麻生さんが協力を要請する理由は分かるけど、町田様が横浜対川崎の戦いに参加する理由って何なんだろう？」

青葉の神と保土ケ谷の神の疑問は一致していた。

「確かに。横浜と川崎の馬鹿騒ぎに、大神である町田が首を突っ込む理由はない」

「町田様だったら、バクの力を借りなくても、『弦界突破』だけでぼくたちを倒せるはず。あのバクを従えているところに、何か大きな理由があるんじゃないのかな」

保土ケ谷の神は何か言いかけて、口をつぐんだ。青葉の神は今、自分の頭でこの戦いを分析しようとしている。ここは、大きな転換点だった。

「青葉。お前が司令塔になれ」

突然の指示に、青葉の神は両手を挙げた。

「ええ？　どうしてぼくが？　ぼくなんかより、先生や栄ちゃんの方がよっぽど頭の回転が速いし、いろんなことを知っているじゃないか」

保土ケ谷の神は首を横に振る。

「お前にとって、この戦いの目的は川崎の連中に勝つことじゃない。都筑を奪還することだ。都筑を取り返したい思いは、誰よりもお前が一番強いはずだ。一番やる気のあるやつが上に立てば、士気も高まる」

「でも……」

青葉の神が戸惑う姿を見て、泉の神はかばうように言った。

「横浜での内輪もめならまだしも、川崎のみんなや町田様まで出てきた戦いの責任を青葉に負わせるのは酷なんじゃない？」

泉の神の意見を聞いても、保土ケ谷の神は何も言わない。栄の神は、何か言おうとしている青葉の神に気付き、声を上げた。

「私は、賛成です。青葉さんの洞察力を私は信頼していますし、物事を最後までやりきる姿勢は尊敬もしています。もちろん、不安はあるでしょうが、川崎のみんなと町田様が同時に襲いかかってくる状況なんて誰もが初めてなのですから、立場はみなイーブンです。それに」

栄の神は青葉の神を見て笑った。

「私も以前の戦いでは、土地神同士の争いを止めたいという一心で駆けずり回り、自分が思っていた以上の働きができました。きっと、青葉さんにとって、都筑さんを死に物狂いで奪還しようとすることは、必ずいい経験になるはずです。せっかくの機会なんですから、最前線に立ってみましょう」

横浜大戦争をくぐり抜けた栄の神から言われて、青葉の神は気持ちが楽になった。

「確かに、青葉なら栄よりスマートに解決してくれるかもしれないわね」

「思っていることは、口に出さずにおいてください！」

栄の神が怒った姿を見て、青葉の神も笑う余裕が生まれた。

期待をプレッシャーに感じないわけでもないが、都筑の神を救い出すのに、自分が先頭に立たなければ誰がやるのか。栄の神の信頼にも応えたい気持ちが芽生えていた。

「分かった。ぼく、やってみるよ。至らぬ点もたくさんあるから、サポートを先生たちにお願いしたい」

青葉の神は頭を下げた。

「任せろ。何のために長生きしてると思ってんだ。なあ？」

「私は保土ケ谷さんほど年寄りじゃありませんから」

栄の神は舌を出した。

「この野郎……」

「他に何か気付いたことはあるの？」

泉の神は話を戻し、青葉の神は推論を再開した。

「ただ戦闘で勝つだけなら、町田様の『弦界突破』やバクの強烈な睡魔を使えば、ぼくらはイチコロだ。あるいは、神器を奪ってしまえば、ぼくらは戦闘不能になる。なのに、バクは都筑を食べてしまった。どうして、食べる必要があったんだろう？　それが、ずっと気になっているんだ」

「見せしめ、とかなのかしら」

泉の神が仮説を述べるが、腑《ふ》に落ちるものではない。

「古代神器について調べられるところ、どこかないかな？」

青葉の神が問いかけると、保土ケ谷の神は頬に手を当てた。

「金沢[27]を訪ねてみよう」

マンションの下でクラクションが鳴った。戸塚の神の自宅を後にすると、動物の絵がラッピングされた幼稚園バスから、エプロンをした大きな男が下りてきていた。

27　金沢区　横浜市の最南端に位置する区。一九四八年に磯子区から分区。人口は約二〇万人で市内一一位。面積は約三一㎢で市内六位。区内の金沢動物園は一九八二年に野毛山動物園の分園として開場し、一九八八年に独立。

「こ、困るよぉ。これから幼稚園に行かないといけないのに」

「おう、悪いな、港南。[28]他に車を出せそうなやつがいなくてよ」

横浜市港南区を司る土地神・港南の神に車を用意してもらい、部隊が結成されつつあった。

「さて、ここから俺たちはどう動けばいいか、指示を出してくれ、司令塔」

「ええ、急だよ！」

「お前が必要だと思う場所に、俺たちを動かせばいい」

青葉の神はしばらく考えてから、口を開いた。

「泉ちゃんは、中原さんと交戦しているママたちの様子を見に行って欲しい。本当はママの神器で中原さんを樹海に閉じ込めておく作戦だったんだけど、連絡がないから戦いが長引いているのかもしれない。合流地点を決めてあるからそこへ向かってもらって、いないようだったら泉ちゃんが交戦地帯に行って退路を作ってあげて欲しいの」

「任せて」

泉の神は返事をすると、早くもその場を離れた。

「栄ちゃんと先生は、ぼくと一緒にバクの調査を手伝って欲しい」

「分かりました」

栄の神は返事をし、保土ケ谷の神は黙ってうなずいた。

「港南さんには運転を任せてもかまわないかな」

「う、うん。で、でも子どもたちを迎えに行かないと」

保土ケ谷の神は笑った。

「お前の仕事は南[29]に任せてある。ちびっ子たちの世話は安心しろ」

「突然ごめんね」

青葉の神が申し訳なさそうに言うと、港南の神は照れながら返事をした。

「へ、へいき。た、戦うのはよくない。お、おれもできる限りの協力はするよ」

幼稚園バスは、環状四号を通って金沢八景へ向かった。

朝焼けに照らされた金沢八景のビーチに、ビニールパラソルの花が咲いていた。ビーチベッドに横たわりながら、ピニャコラーダを飲んでいた金髪の男はご機嫌だった。

「なんて完璧な一日の始まりだ……。のんびりと肌を焼きながら、カクテルで気分は高揚し、波の音を聞いていたら、もはやハワイそのもの。王者には、優雅な時が欠かせない」

---

28 **港南区** 横浜市の南部に位置する区。一九六九年に南区から分区。人口は約二二万人で市内八位。面積は約二〇㎢で市内一三位。区内を流れる馬洗《うまあらい》川は、この地で北条政子が馬を洗ったという逸話に由来する説がある。

29 **南区** 横浜市の中央南部に位置する区。一九四三年に中区から分区。人口は約二〇万人で市内一〇位。面積は約一三㎢で市内一七位。区内を流れる堀割川は横浜港と根岸港を結ぶために造られ、掘った土は吉田新田の埋め立てに用いられた。

横浜市金沢区を司る土地神・金沢の神は、オフを満喫《まんきつ》していた。横に張られたテント[30]からは、煙がもうもうと立ち上っており、その中で横浜市磯子区を司る土地神・磯子の神が、水着の上から白衣を着て、植物からオイルを抽出していた。

「あっひゃっひゃ！　どうやら川崎の宣戦布告は本当のようですね。こんなところでバカンスを楽しんでいてもいいのですか？」

金沢の神はストローでピニャコラーダを飲んでから、眉をひそめた。

「くどいぞ。なぜ横浜の王者であるこの私が、川崎などとやりあわなければならないのだ。あの手の連中は、横浜北部のムシュー・マドモワゼルたちが片付けてしまうだろう。横浜の中でナンバーワンを争うならともかく、我が県、いや我が国において、私を超える土地神などいない。ロサンジェルスや、ニューヨーク、パリの土地神が攻めてくるならまだしも、川崎が攻め込んでくるなどお門違いも甚だしいというものだ」

「ずいぶんと、楽しそうにしてんじゃねえか、コラ！」

瓶ビールを冷やしていたアイスバケツを、金沢の神の頭にぶちまけたのは保土ケ谷の神だった。

「ち、ちべたいっ！」

冷水をぶっかけられた金沢の神は、砂浜にゴロゴロと転がった。

「何をするのだ、ムシュー保土ケ谷！」

全身を砂まみれにしながら、金沢の神は叫んだ。

「何をするのだ、じゃねえよ、アホ！　こっちは死にかけてるってのに、日光浴なんてしやがって！」

テントの中から出てきた磯子の神は、保土ケ谷の神だけでなく、青葉の神や栄の神、港南の神もいることに気付き、破顔する。

「あっひゃっひゃ！　これからバーベキューをするところだったのです！　完全植物由来のステーキ肉の製造に成功しましてね！　実験……いや、試食してくれるのが愚弟だけだったので、ちょうどよかった！」

能天気な兄弟を見て、保土ケ谷の神は言葉を失う。

「ムシュー保土ケ谷、なんだい、そのみすぼらしい姿は。所帯じみた格好をしているのはいつものことだとはいえ、破れた服をそのまま着ているのは感心しないな。そんなに金がないのなら、私の助手として一日バイトでもしたまえ。旧友の誼《よしみ》で交通費くらい上乗せしてやってもいいぞ」

保土ケ谷の神の握った拳が、金沢の神へ襲いかかろうとしている。それに気付いた青葉の神が、間に入った。

30　磯子区　横浜市の南部に位置する区。一九二七年に区制施行。人口は約一七万人で市内一三位。面積は約一九㎢で市内一四位。区内の氷取沢《ひとりざわ》は、上大岡や野毛を通って河口のみなとみらいへ向かう大岡川の源泉。

「実は今、川崎のみんなだけでなく、町田様も横浜に攻め込んできているの」

金沢の神は前髪をかき上げながら驚いた。

「何、マミー町田が？　それは本当なのかね、マドモワゼル青葉！」

青葉の神はうなずいた。

「ぼくは、町田様と手を組んだ麻生さんに襲われたところを、先生たちに助けてもらったんだ。その途中、バクに似た怪物が現れて、都筑が食べられちゃって……」

その話を聞いた途端、金沢の神は目から滝のような涙を流し始めた。

「なんということだ！　あんなにも頭脳明晰なマドモワゼル都筑が敗れるだなんて！　さぞ、悲しかったことだろう、マドモワゼル青葉！　さあ、遠慮はいらない！　この私の胸で、気の済むまで涙を流すといい！」

大きく腕を広げた金沢の神は、青葉の神に近づいたが、スコップ型の神器『匙《さじ》加《か》減《げん》』で栄の神が掘った穴に落ちていった。

「次、青葉さんに近づいたら通報しますからね」

栄の神の表情は真剣だったが、金沢の神はめげていなかった。穴の奥から声が聞こえてくる。

「思春期の少女には、いささか刺激が強すぎたようだ！」

磯子の神は、よく冷えた瓶のコーラを飲みながら、ボロボロになった保土ケ谷の神の服を見た。

「あっひゃっひゃ！　その様子だと、怪物とやらはかなりの難敵のようですね」

「お前らはいいな、お気楽で」

「あっひゃっひゃ！　私は対策を練ってもいいと思うのですが、我が大将はオフを満喫するみたいですからね。その意向に従うだけですよ」

落とし穴からよじ登って、金沢の神は青葉の神に問いかける。

「ところで、マドモワゼル青葉たちは、どうして私たちへ会いに来てくれたのかな？」

青葉の神は、スマホで撮影した郷土史の写真を見せた。

「鶴見川の流域は、バクの形に似ているの。鶴見川の源流は、町田市なんだよね？　もしかしたら、町田様が連れていたバクと関係があるのかもしれない。金沢さんは古代神器に詳しいって聞いたから、何か分かるかもしれないと思って」

金沢の神は指を鳴らし、本の形をした神器『金技文庫《かなわざぶんこ》』を取り出した。

「んー！　それこそまさに、私の出番というわけだ！　セザム・ウーヴル・トワ！」

金沢の神が呪文を唱えると、砂浜に手すりのついたらせん階段が現れた。階段は冷たい風が吹く地下へと続いている。

「さあ、マドモワゼル青葉、ついてきたまえ！」

金沢の神は意気揚々と階段を下りていった。筒状になっている空間の壁に、びっしりと本が詰め込まれていた。青葉の神だけでなく、栄の神も巨大な書庫を目の当たりにして驚いている。

「中はこんな風になっているんですね」

「ねえ、先生、ここはどこなの？」

らせん階段は底が見えないくらい深く続いている。ランプに照らされた何冊もの本を見ながら、保土ケ谷の神は答えた。

「ここは土地神の書庫だ。土地神が地上でまとめ上げる資料は膨大なものになるゆえ、地上に保管しているといずれあふれかえってしまう。そこで、地上と天界の間に書庫を作って、権限を持った土地神ならいつでもアクセスできるようになっているわけだ。世界中のどこにいても、書庫の鍵さえ持っていればここへやってくることができる。日本だけでなく、古今東西の土地神が記録した資料の閲覧が可能だ」

「横浜で土地神の書庫の鍵を持っていたのは、金沢さんだったんだね」

青葉の神の声が広い空間に響き渡る。

「知識に縁深い土地神が鍵を持つことになっている。まったく、金沢に鍵を持たせた天界の連中は何を考えてんだか」

金沢の神は神奈川についての文献が保管されている書庫へ案内し、閲覧室に入って明かりを点けた。

「少し待っていたまえ。鶴見川に関する資料を見繕ってみよう」

「私も手伝いますよ」

栄の神は『匙下減』を床に倒した。

「お前、ふざけてないでマジメに探せよ」

神器で棒倒しをしているようにしか見えなかった保土ケ谷の神は、ため息をついた。

「ふざけてません！『匙下滅』は穴を掘るだけでなく知識を深掘りする神器でもあるので、資料検索の機能もついているんです。金沢さん、こっちです。ついてきてください」

「ウィ！」

栄の神と金沢の神は書庫の奥へ進んでいった。

閲覧室は絨毯《じゅうたん》が敷かれ、大きなテーブルの上には誰かが戻し忘れた本がうずたかく積まれている。初めて訪れる書庫で、青葉の神はびっしり本棚に詰め込まれている資料に目を奪われていた。

保土ケ谷の神は木の椅子に腰掛けて、机に肘をついていた。

「相変わらず陰気な場所だぜ」

高い棚にある本を港南の神に取ってもらった青葉の神は、保土ケ谷の神に問いかけた。

「先生は前に来たことあるの？」

「冥界送りになっていた時期、ここで書庫の整理をやらされていたんだ。おかげで、どの棚に何の本があるのか、嫌でも覚えちまった」

保土ケ谷の神の過去に、青葉の神は興味を引かれた。

「昔の先生はやんちゃだったんでしょう?　てっきり、監禁されていたと思っていたよ」

「書庫整理を任された瞬間に、ラッキーだと思ったよ。この書庫は、世界中のどこにでもつながっているだろ？　ここで書庫の仕事をするフリをして、本を探しに来たどっかの土地神から鍵を奪っちまえば、外へ出られると思っていたんだ」

青葉の神は笑った。

「先生は、昔からすごいことを考えるんだね。でもうまくいかなかったんだ？」

保土ケ谷の神は『硬球必打』を取り出した。

「ここは、神器で戦えない空間なんだ。それでも、俺は冥界に送られて強大な力を与えられていた。土地神を襲って外に出られると思っていたが、力をコントロールすることはできず、あっけなく自爆して、自分がいかに力任せな戦い方をしていたかを知ったんだ」

「それで、刑期が延びなかったの？」

保土ケ谷の神は頭の後ろで手を組んだ。

「冥界は変な場所でな。地上へ帰るための条件が、俺の監督役を倒すことなんだ。しかも、悪さをすればするほど、力を与えてくる。俺があの手この手で脱出しようとして、監督を罠にはめようとしても、怒られることはなかった」

楽しそうに話をする保土ケ谷の神を見ていると、青葉の神には冥界と呼ばれる場所が、刑務所のようなものとは違っていると感じられた。

「自らの弱さを悟った俺は、刃向かうのをやめる代わりに、ここで書庫の整理をしながら本を読むことにした。長く生きていれば、寝食を忘れて読書に没頭する時期があるもんだ。あんなに本を読んだのは、初めてのことだった。頭を冷やすには充分な期間だったよ」

保土ケ谷の神はあくびをした。

「行き詰まった時は、誰かが残してくれた言葉に目を向けて、自分のちっぽけさを忘れさせてもらえばいい。読書は、自分にまとわりついた影を引き剝がしてくれるからな」

栄の神と金沢の神が本を持ってきた。かなり古い本なので紙が朽ちてきており、栄の神はテーブルの上で慎重にページをめくる。

「この辺りに書いてありそうです。ちょっと見てみますね」

昔の字で書かれているので、青葉の神には何が書かれているのか、さっぱり分からなかった。

「何か分かったか？」

保土ケ谷の神も持ち出した本を覗いてみた。

「あっ、ありました！」

栄の神が開いたページには、鶴見と読めなくもない文字が書かれていた。栄の神は文献を読み解いていく。

「えっと、要約しますと、鶴見川の源泉がある地域、今の町田市の真ん中辺りの場所ですね。そこにかつて谷戸《やと》の神という土地神が住んでいたそうなんです」

「谷戸？　そんな名前の神、聞いたことないぞ」

保土ケ谷の神がそう言うくらいだから、青葉の神も金沢の神も聞き覚えがなかった。栄の神は続ける。

「谷戸というのは、丘陵が浸食されてできた谷のことで、治水技術が発展していない時代は、天然の農地として稲作に利用されてきました。町田や横浜、川崎は多摩丘陵に属していますので谷戸が至る所にあり、古くからそこに村や集落が作られて、民が生活をしていました。谷戸の神という名前も後世の土地神が便宜上そう名付けたもので、正式名称ではないようです」

「地形的には、町田も横浜も川崎も同じ生活圏だったんだね」

青葉の神は感心したようにつぶやいた。

「所詮、市や区なんてのは人間が勝手に決めた縄張りに過ぎないからな。行政区域が分かれると別の街のように感じるが、河川流域や地形で意外なつながりがある場所は多いんだ」

保土ケ谷の神がそう言うと、金沢の神は胸を張った。

「そう！　遠く離れた三浦[31]や町田のマミーたちも、この金沢と丘陵でつながっているのだから、さみしくはないのさ！」

「こいつのポジティブさは見習いたくなるな……」

保土ケ谷の神が呆れる中、青葉の神が問いかけた。

「その谷戸の神は、どういう土地神だったの？」

栄の神はかび臭い本のページをめくっていく。

「谷戸の神は、安息の神として知られ、農作業で疲れ切ったり、寒さや暑さで眠れなかったりする時、村に現れては民を深い眠りに誘ったそうです。なんでも、谷戸の神に眠らされると、悪夢が晴れて、理想が叶ったとか。その時、谷戸の神が用いていた笛型の神器は『喰々獏々《くうくうばくばく》』と記されています」

「これが、あのバクなのかな？」

青葉の神は保土ケ谷の神を見た。保土ケ谷の神は眉間《みけん》を指で押さえている。

「民を眠りに誘うってのは、物騒にも思えるな。悪さはしなかったのか？」

「民を積極的に助けて、農作業を手伝ったり、一緒に祭に参加したり、土着性の強い土地神だったようです。定住するというよりかは、各地を転々として、その都度眠りに悩む民を眠らせていたと書かれています。当時は、土地神と民の境界も曖昧《あいまい》でしたから、神器を使って民を救うことに、厳しい制限はなかったんでしょうね」

「『喰々獏々』は笛なんだよね？　バクを呼び出した記述はあるの？」

31

三浦市　神奈川県の南東部に位置する市。一九五五年に市制施行。人口は約四万人。面積は約三二㎢。三浦半島の最南端にあり、三崎漁港はマグロの水揚げで有名。城ヶ島や小網代《こあじろ》の森、諸磯《もろいそ》の隆起海岸など複雑な地層から生み出される名勝が豊富。

青葉の神の問いに、栄の神は首をかしげる。

「それがどうも不思議なんです。絵で記録された古い頃の書物には、バクの姿はないのですが、時代が下るにつれて動物の姿で記されるようになっています。バクと記録されるようになってからは、笛という記述が一切見当たらないんです」

「神奈川の『飛光亀《ひこうき》』も亀型の神器ではあるが、同じ『喰々獏々』なのに形が変わるというのは妙だな。その谷戸の神ってのは、いつ頃いなくなったんだ？」

「詳しくは分かりませんが、大化の改新で律令制が導入されて、日の本の行政区画が設定される頃になると、天界から新しい土地神が顕現するようになるので、その頃に戻ったと考えられます。ただ……」

金沢の神は他の本を読みながら笑った。

「谷戸の神が天界に戻ったのなら、誰が『喰々獏々』を使っているのだろうな！」

その問いは、核心を突いていた。

「町田様じゃないの？」

青葉の神はそう言ったが、保土ケ谷の神は首を振った。

「いや、古代神器は、俺たちじゃとても扱えない代物だ。よほど古くから地上に顕現している土地神ならまだしも、町田ほどの若い土地神は、自分の神器と併用して古代神器を用いるなど不可能だ」

「そうなると、どこか別の場所で『喰々獏々』を使っている土地神がいるということ？」

「そう考えるのが妥当だろうな」

栄の神は本を閉じた。

「青葉さんたちを襲ったのは『喰々獏々』の可能性が高そうです。それには、谷戸の神が関係している。何を目的にしているのかは、まだ見当もつきませんけど」

金沢の神は大あくびをした。

「そろそろ目的は済んだかな？　まったく、私は日当たりのいい場所が好みだから、書庫には長居したくないのだ。最近はお客さんが多くて困ってしまうな」

「お客さんって、俺たち以外に誰かここへ来たのか？」

保土ケ谷の神に問われ、金沢の神は白い歯を見せて笑みを浮かべた。

「マドモワゼル戸塚さ！　書庫で調べ物をしたら大慌てで戻ってきてね」

それを耳にした途端、保土ケ谷の神は金沢の神に詰め寄った。

「どうしてそんな大事なことを黙ってやがった！」

「おいおい、ムシュー保土ケ谷、落ち着きたまえ。貴兄はマドモワゼル戸塚の行方なんて聞かなかったじゃないか！」

「そういうことは聞かれなくても、自分から言うんだよ、アホ！　そんで、戸塚はどこかへ行くって口にしていたか？」

詰め寄る保土ケ谷の神にうんざりしながら、金沢の神は返事をする。

「そうそう、書庫から戻ってきたマドモワゼル戸塚があんまりにも鬼気迫る顔をしていたから、どうしたんだいと問いかけたら、町田へ向かうと言っていなくなってしまったよ」

「それはいつの話だ?」

「案内した次の日に、パピー川崎が宣戦布告をしたのだったな」

のんきな金沢の神をよそに、保土ケ谷の神は慌てて青葉の神と栄の神に声をかけた。

「町田へ向かうぞ!」

その時、らせん階段の上から、笑い声が聞こえた。

「あっひゃっひゃ! みなさーん! 戻ってきてくださーい!」

磯子の神の声だった。らせん階段を駆け上り、金沢八景のビーチに戻ってくると、海から高波が襲いかかってきた。

「溺れる!」

磯子の神が投げつけた試験管の形をした神器『魔放瓶《まほうびん》』が割れ、波は瞬時に蒸発したが、カナヅチの保土ケ谷の神は肝を冷やした。

「な、何だ?」

「あっひゃっひゃ! お客さんがいらっしゃいましたよ!」

海に人影が見えた。手に鞭を持ち、ぴったりとした黒のライダースーツを身にまとったピンク髪の女が、海の中から歩いてくる。栄の神は、すぐに物々しい気配を放つ正体に気付いた。

「か、川崎さん！」

らせん階段から最後に戻ってきた金沢の神は、両手を挙げて飛び上がっていた。

「おお、マドモワゼル川崎！　相変わらず勇ましくも優美な姿！　私と水浴びをしたくなったのだな！　いいだろう！　たっぷりと泳いだ後は、バーベキューとしゃれこみ、オフを満喫しようではないか！」

鋭い視線で横浜の神々を見つめていた川崎の神は、何も言わずに神器『鞭ノ知』を振るった。切り裂かれた風が刃となって、金沢の神たちを襲う。一同はしゃがんで風を避けるが、今度は鞭が地面を強く叩いたことで、地震が起こり、立っていられなくなる。

「あっひゃっひゃ！　楽しいバカンスとはいかなそうですね！」

磯子の神はぼさぼさの髪を手ぐしでとかしながら、瓶のコーラを飲んだ。

「ずいぶん派手な登場じゃねえか。馬の世話はしなくていいのか？」

保土ケ谷の神がそうつぶやいた瞬間、川崎の神は砂を蹴り上げて殴りかかってきた。

その時、川崎の神の手に激しい炎が起こり、熱波となって保土ケ谷の神を襲う。『硬球必打』で炎を吹き飛ばしながら、保土ケ谷の神は体勢を整えた。

「その炎は、『百火繚乱』！　鶴見を襲ったのはお前だな」

襲いかかってくる川崎の神に向かって、栄の神は叫んだ。

「やめてください、川崎さん！　横浜と川崎が争っている場合ではないんですよ！　今、町田様が古代神器に支配されて、襲ってきているんです！　このままでは、横浜も川崎も大変なことになってしまいます！」

川崎の神は鞭を振るうのをやめて笑った。

「そりゃ好都合じゃねえか」

保土ケ谷の神は『硬球必打』を川崎の神に向けた。

「じゃれあってる場合じゃねえんだよ。この騒乱は、町田のアホがイカれちまった原因を探るのが最優先だ。仮にも川崎を代表するお前が、川崎のジジイの意図もくみ取れないようじゃ、他のやつらに示しがつかねえだろうが」

川崎の神は一瞬のうちに、保土ケ谷の神との間合いを詰めた。保土ケ谷の神は防御しようとするが、川崎の神はあろうことか『硬球必打』を握りしめてきた。川崎の神は、神器を奪おうとしている。

「港南！」

保土ケ谷の神の合図と共に、巨大化していた港南の神は、手ですくい上げた大量の砂を川崎の神に向かって投げつけた。巨大な砂嵐が起こり、川崎の神の力が一瞬緩んだ隙を逃さず、保土ケ谷の神は距離を取った。

「ああ！　私のビーチパラソルが！　ムシュー港南！　これでは涼が取れないではないか！」

「ご、ごめんよお」

川崎の神は、隙が生まれた栄の神と青葉の神を見逃さなかった。栄の神は青葉の神の前に立ちながら、震える手で『匙下減』を握りしめた。

「う、動かないでくださいね！　私がなんとかしますから！」

「栄ちゃん！」

川崎の神は『鞭ノ知』を振りかざし、強烈な一撃をお見舞いしようとしていた。保土ケ谷の神が止めに入ろうとするが、砂浜でダッシュがつかない。川崎の神の一撃を自分では防ぎようがないことは分かっていても、栄の神は先輩の土地神として青葉の神を守らないわけにはいかなかった。

痛みを覚悟した瞬間、自分の身体に糸が巻き付いているのを感じた。それは、金沢の神が泉の神の神器『絹《きぬ》ノ糸《いと》』を『金技文庫』で模倣《もほう》したもので、巻き付いた糸が栄の神を空へ引っ張りあげた。栄の神と入れ替わるように金沢の神が、青葉の神の壁となる。

「金沢さん！」

青葉の神はとっさに声をかけたが、川崎の神の進撃は止まらない。金沢の神は白い歯を見せて笑った。

「そんな顔をしてはいけないよ、マドモワゼル青葉。少女は常に、太陽のような笑みを……」

そこまで言った時、『鞭ノ知』の一撃が金沢の神の脳天に直撃した。川崎の神はさらに一撃を加えようとしたが、磯子の神に『魔放瓶』を投げつけられ、後ろに下がった。

「しっかりしてください！」

砂浜に倒れ込んだ金沢の神に、栄の神と青葉の神が駆け寄っていく。金沢の神は目を閉じたまま動かなくなっていた。

「あっひゃっひゃ！　これは大変なことになりましたね！」

磯子の神が急いで気付け薬を飲まそうとしたが、金沢の神は突然、キョンシーのように両手を前に伸ばしながら上半身を起こした。

「金沢さん！　大丈夫ですか？」

金沢の神は両手を叩きながら笑い出した。

「ほぺ！　ぺぺぺ！」

相手の知性を低下させる『鞭ノ知』の一撃を食らい、金沢の神は見るも無惨な姿をさらしていた。

「ど、どうしよう！　しっかりしてよ、金沢さん！」

青葉の神の呼びかけもむなしく、金沢の神は砂を掘って中へ潜ろうとしている。その奇行を見て、磯子の神はおろか保土ケ谷の神も笑いが止まらなくなっていた。

「あっひゃっひゃ！　これは今すぐ動画の準備をしないといけませんね！」

磯子の神は、スマホで変わり果てた弟の姿を撮影している。

「ずっとこのままでいいだろ、もう！」

腹を抱えて笑う保土ケ谷の神に、栄の神は本気で怒った。

「そんなのダメに決まってます！」

わいわい騒ぐ横浜の神々を見て、川崎の神は大声で叫んだ。

「いい加減にしろ！」

その怒気に押され、保土ケ谷の神も磯子の神も笑うのをやめた。

「オメーらは、神奈川の土地神の恥さらしだ！」

「ずいぶん偉そうに言ってくれるじゃねえか」

保土ケ谷の神は川崎の神をにらみつけた。

「馬鹿げた内紛を引き起こしたあげく、時間遡《そ》行《こう》の禁忌まで犯して、ちったあ反省しているかと思ったら、アタイらに宣戦布告をされてもふざけきってやがる！」

保土ケ谷の神は首を曲げて音を鳴らした。

「大体、お前も分かってんだろ？ ハマ神のジジイも川崎のジジイも、ただ俺たちを戦わせるのが目的じゃねえことくらい」

冷静な保土ケ谷の神の態度が、川崎の神をより怒らせた。

「オメーらは神奈川の災いの種だ！ アタイらは、日の本を代表する神奈川の土地神として、ナメられちゃいけねえんだよ。ハマのオメーらがダセエ振る舞いをすれば、アタイらまでナメられる！ ジジイどもが、アタイらを使って町田を止めようとしてることなんざ、百も承知だ。オメーらみたいなマヌケの力を借りなくとも、アタイらだけで騒動を鎮めてみせる！ オメーらが騒いだところで害が広がるだけだ！ とっととぶっ倒されて、おねんねしてな！」

その意見を聞いて、磯子の神は笑いながらうなずいていた。

「あっひゃっひゃ！　反論の余地がない、完璧な批判ですね！」

川崎の神は、鶴見の神から奪った『百火繚乱』を天に掲げた。炎の渦が神々を取り囲み、砂浜は猛火に包まれる。

「よせ！　鶴見の神器を併用なんてしたら、死んじまうぞ！」

普通なら他の土地神の神器を起動させることすらできないが、鶴見と隣接する川崎の神だから可能な荒技だった。ましてや自分の神器も使うとなれば、まともに戦うことなど不可能なはずだったが、川崎の神の闘志は強まっていき、鶴見の神にも負けない熱を保土ケ谷の神は感じていた。

炎に囲まれたため、港南の神が巨大化をするのは難しい。磯子の神の『魔放瓶』をむやみに投げつければ、こちらが誘爆に巻き込まれる。保土ケ谷の神の腕力では、川崎の神と戦い続けることはできない。金沢の神が戦闘不能になり、青葉の神と栄の神は戦いに不向き。数的優位ではあっても、風向きはよくなかった。

炎を起こしながら、川崎の神は『鞭ノ知』を振るって、鞭を砂に這わせた。蛇のようにしなりながら伸びてくる鞭が、保土ケ谷の神の足に襲いかかる。砂の中に姿を隠した『鞭ノ知』が、不意を突いて襲いかかってくるので、じっとしてもいられない。

「あいつ、マジじゃねえか」

保土ケ谷の神にしがみつきながら、栄の神は涙目だった。

「ど、どうしましょう、保土ケ谷さん！　このままじゃみんな、金沢さんみたいになっちゃいます！」

「ひっつくな！」

栄の神を引き剝がしながら、保土ケ谷の神は青葉の神を見た。川崎の神の鞭を避けながらも、おびえる様子はなく状況を分析しようとしていた。

「さて、司令塔。俺たちはどうすればいい？」

青葉の神に襲いかかる鞭を、『硬球必打』で打ち返しながら保土ケ谷の神は問いかけた。

「どうして川崎さんは、ここまで本気で襲ってくるんだろう？」

青葉の神は冷静につぶやいたが、栄の神は必死だった。

「そんなの、保土ケ谷さんたちが川崎さんをコケにしたからじゃないですか！　ただでさえおっかない方なのに、なんで挑発なんてしたんですか！」

栄の神は保土ケ谷の神の肩を叩いていた。

「鶴見さんの神器まで使ったら、ここで力を使い果たしちゃうはず。数では川崎さんが不利なのに、逃げ場のない空間で戦おうとするのは……」

何かに気付いた青葉の神が、保土ケ谷の神に問いかけた。

「ねえ、先生。川崎の土地神の神器で、広範囲に攻撃できそうなものって何かある？」

保土ケ谷の神は『硬球必打』をスイングしながら答える。

「川崎にしろ中原にしろ近接の神器だし、範囲といっても麻生の『粧柿』くらいしかない気がするが……。いや、待て。一つある」

考えが及ばなかったことを、保土ケ谷の神は悔やんだ。

「多摩だ」

栄の神はピンときていなかった。

「多摩さんですか？　多摩さんの『多摩結』は裁縫用の針で、とても戦いに適したものとは思えないのですが」

保土ケ谷の神は歯がみする。

「やつは多摩の名を冠するゆえ、多摩に関係する地域に干渉できる。土地神の力は、民や風土から得ているが、それは大地を介して送られてくる。多摩はおそらく、土地神に力を与えている地脈を固く結んで閉じることも可能なはずだ」

「地脈って、地下にでも潜って塞《ふさ》ぐんですか？」

穴掘りを得意とする栄の神には、聞き捨てならない情報だった。

「例えば封印したい土地神の人形を作るだけでも、効果はあるはずだ。その場合、普通の裁縫と違ってとてつもない体力を消費することになるがな」

「多摩さんならやりかねませんね……」

栄の神はぞっとする。

「横浜の内陸の神々は俺も含め、多摩丘陵に位置しているから、『多摩結』で地脈を閉じられると何もできなくなる。無論、特殊な使い方になるから、封印に時間はかかるものの、なるほど、そういう魂胆か」

「ど、どういうことですか？」

栄の神は、また襲いかかってきた『鞭ノ知』をジャンプして避けながら問いかけた。

「川崎さんは、戦いに勝つつもりでやってきたわけじゃない。できる限り多くの土地神が集まったタイミングを見計らって襲いかかり、時間を稼ぐつもりなんだ。多摩区から離れた場所で乱戦になれば、多くの土地神が釘付けになるし、『多摩結』の発動を邪魔される可能性も減る。無力化してから、ぼくらを倒すのは造作もない。怒りに身を任せているようで、考え抜かれた作戦だよ」

栄の神の焦りは収まらなかった。

「町田様が襲っても来ているんですよ？　私たちを無力化している場合ではないですよ！」

「川崎にとっちゃ町田をぶっ潰すより、俺たちをぶちのめすことの方が大事なんだろ。愛されちゃって困るな」

川崎の神の猛攻を、磯子の神と港南の神が引きつけてくれていた。港南の神は巨大化できないので、逃げるのが精一杯であり、磯子の神も、『魔放瓶』を投げつけているうちに息が上がっていた。

「どうする、司令塔？」

青葉の神に迷いはなかった。

「ぼくたちは町田へ向かうよ。多摩さんの動きは気になるけど、『喰々貘々』の正体をつかめなければ、横浜も川崎も全滅する。ここを脱出することが最優先だ」

「とは言っても、この炎の渦から逃げ出すのは簡単じゃないぞ」

保土ケ谷の神は汗を拭った。

「ぼくに作戦があるんだ。栄ちゃん、耳を貸して」

耳打ちされた栄の神は内容を把握し、『匙下滅』を握ってうなずいた。

「大丈夫かな」

「腕が鳴りますよ。青葉さんも気をつけて」

栄の神は穴を掘って地下へ潜っていった。保土ケ谷の神は、苦戦する磯子の神に近づいた。

「あっひゃっひゃ！　暑くなってきましたね！　肩を壊してしまいそうですよ！」

「金沢の介抱をしてくれ。あいつにはまだやってもらうことがあるからな」

「あっひゃっひゃ！　承知しました！」

磯子の神は白衣から何本もの試験管を取り出し、青葉の神とともに金沢の神に薬を飲ませ始めた。

「オメーら、まとめてかかってこい！　こそこそと逃げ回りやがって、それが横浜のやり方か！」

川崎の神の威勢に、港南の神はびくびくしていたが、保土ケ谷の神は息を吐き出した。

「何をそんなに熱くなってやがるんだ、お前は。もっと力抜けよ」

「ナメんのも大概にしろよ、コラ！」

襲いかかる鞭を避けていると、背後の炎に飲まれそうになり、保土ケ谷の神は砂浜を駆け回る。

「さっきから聞いてりゃ、ナメられるナメられるって、何におびえてんだ？　お前、威勢の良さは、自信のなさの裏返しって知ってるか？　自分の自信のなさを、他人のせいにするのはダセエぞ」

「言わせておけば！」

川崎の神は腕を振るい、炎の渦が狭くなる。飛び交う鞭も勢いを増し、保土ケ谷の神は港南の神に身体を寄せた。

「おお、怖い怖い」

「ほ、保土ケ谷、言い過ぎだよ。お、怒らせちゃダメだ」

あわあわする港南の神をよそに、保土ケ谷の神はさらに油を注いでいく。

「お前、自分の枠を越えたものを背負おうとしているんじゃねえのか？　何でもできると思い込むのは結構だが、勢いだけでなんとかなると考えているのは、傲慢だ。こんな勢い任せのやり方で、横浜と戦おうとしているのは、無謀ではなく驕りだ」

「講釈をたれるなら、土地神として恥ずかしくない生き方をしたらどうだ！」

炎は強くなり、磯子の神は我を失った金沢の神を背負ってきた。

「あっひゃっひゃ！　ほんと、あなたの挑発はよく燃えますね！」

「あ、あっちぃ！」

港南の神はエプロンが燃えていることに気付き、はたいて火を消す。鞭の勢いも収まらず、窮地に追いやられていた。

「よし、港南。お前の出番だ」

「え、ええ？　今、『大平星《だいだらぼし》』を使ったら燃えちゃうよ！」

港南の神はじたばたしながら抗議した。

「大丈夫だ。青葉を信じろ」

「あ、青葉？」

港南の神が視線を移すと、青葉の神はうなずいて一言伝えた。

「お願い」

その言葉を受けて、港南の神は星の形をしたネックレス型の神器『大平星』に触れた。まだ炎は燃え上がっており、身体が大きくなる港南の神は頭をやけどしないか心配だったが、どれだけ大きくなっても炎の天井で髪を焼かれることはなかった。その代わり、足下が濡れている。いつの間にか砂浜が陥没して海水が流れてきていた。

「クソッ！　さっきは陥没しなかったのに、なんでだ？」

川崎の神は腰まで海水に浸かってしまい、『鞭ノ知』と『百火繚乱』を同時に扱えなくなっていた。

「おおい！　助けてくれえ！」

腰が浸かっただけなのに、保土ケ谷の神は溺れかけている。巨大化した港南の神は、保土ケ谷の神たちを左手ですくい上げた。青葉の神は港南の神の手に乗りながら、海水が流れ込んでいる穴を指さした。

「港南さん！　あそこを掘り返して！」

港南の神が右手で砂をすくい上げると、中から『匙下減』を抱きしめた栄の神が現れた。

「あ、合図が早すぎますよ！　危うく生き埋めになるところでした！」

「わりいわりい、まあ、うまくいってよかったじゃねえか」

「もうやらないですからね！」

栄の神は怒っていたが、保土ケ谷の神は体勢を整える川崎の神に言った。

「また遊ぼうな」

川崎の神は足に力が入らず、波に流されている。

「オメーら……！」

砂浜から離れた港南の神は、保土ケ谷の神たちを公園の入り口で下ろし、巨大化を解除した。

「車の準備をしてくれ」

港南の神たちは駐車場へ駆けていこうとしたが、背後から再び鞭が襲いかかってきた。ライダースーツを海水で濡らしながら、肩で息をしていても、闘志は失われていない。

「逃がすわけねえだろ！」

「しつこいやつだな、お前も！」

保土ケ谷の神が『硬球必打』を握ったとき、銃声が鳴り響いた。銃弾は川崎の神の足下を削っていた。

「先を急いでください」

公園の入り口から、ローブを身にまとった女性が近づいてくる。姿を現した修道女こそ横浜市中区を司る土地神・中の神だった。手に持った銃の形をした神器『銃王無尽《じゅうおうむじん》』が、煙を上げている。保土ケ谷の神は、すれ違いざまに一言だけ伝えた。

「遅えよ」

中の神は笑うだけで何も言わなかった。

「オメーら、絶対に始末してやるからな！」

川崎の神の叫び声が聞こえたが、保土ケ谷の神は振り向かなかった。駐車場からやってきた幼稚園バスに飛び乗り、一行は川崎の神の猛攻を逃れたのであった。

「まさか、こうなることを想定して幼稚園バスにしたんですか？」

バスでの移動中、栄の神は濡れた服を乾かしながら問いかけた。

「そんなわけねえだろ。逃げ足の速さを考えたら、もっと速い車をチャーターするっての」

保土ケ谷の神がぼやくと、運転席から港南の神の文句が聞こえてくる。

「わ、わがまま言わないでよお」

金沢の神は後ろの席で寝かされ、その様子を青葉の神が心配そうに見つめている。

「金沢さん、大丈夫かな」

「あっひゃっひゃ！　心配はいりませんよ！　脳を少し揺さぶられただけですから、しばらくすれば元に戻るはずです」

青葉の神は、川崎の神の強い敵意を思い出していた。

「川崎さん、なんであんなに怒っているんだろ。横浜大戦争や先生たちが明治時代に飛ばされちゃって、迷惑をかけちゃったのは事実だけど、あそこまで本気で戦ってくるなんて……」

車は横浜横須賀道路に入っていった。保土ケ谷の神は『硬球必打』をメンテナンスしながら口を開く。

「川崎は、高度経済成長期に工場の煙に包まれた街になり、その後は暴走族ややんちゃな連中が増えて、治安の悪さが全国区になった。今でこそ工場が移転して、跡地が住宅地になったり、暴走族自体が時代遅れになって数は減ったりしているが、未だに川崎は危ない街だという偏見を持つやつは少なくない。人間は真実よりも、一度根付いた偏見にすがりたがる生き物だ。工場の街から東京のベッドタウンへ変わろうとしているのに、ステレオタイプなイメージをずっと持たれている。川崎は、何かと横浜と比較されて語られることも多い。そういう環境で育ったから、人一倍ナメられたくないという思いが強いし、偏見を持たれやすいからこそ、秩序を重んじるやつになっていったんだ」

「以前の西さんに似ている部分があるかもしれませんね」

栄の神がそう言うと、保土ケ谷の神はうなずいた。

「ネームバリューのある土地神は、プレッシャーが大きいんだ」

「あっひゃっひゃ！　その点、あなたはお気楽な神だからいいですね！」

「お前には言われたくねえよ！」

磯子の神に反論して、保土ケ谷の神は咳払いをした。

「川崎は責任感があるからこそ、土地神でも珍しい調教師の仕事を許されているし、誰かに負けたくないという気持ちが強いからこそ、いい馬をたくさん育てた実績もある。勝負の世界に生きているせいか、こういう事態に陥ると容赦がない。成果を欲しているやつを相手にするのは骨が折れる」

「川崎さんはすごいな」

青葉の神はぽつりとつぶやいた。

「どんなことでも本気になれるの、うらやましいよ。ぼく、今まで何かに本気になったことってないんだ。自分で言うのも変だけど、ぼくは器用なところがあるから、何をしても大きな失敗をしたことがない。都筑はモデルの仕事や歌やダンスのレッスンを入れて、色々経験をさせてくれているけど、なんとなく続けていただけなんだ。この間も、そういう態度を見透かされて、同じレッスンをしている子に痛いところを突かれちゃって。都筑が『喰々獏々』に食べられちゃっても、ただ怖いだけで感情がうまく震えなかった。もしかしたら、ぼくは冷たい土地神なのかもしれない」

「別に、感情を表にすることだけが、思いの強さを表すわけではありませんよ」

栄の神はやさしく伝えた。青葉の神は苦笑いを浮かべた。

「みんなは、本気になれるものを持っている。先生は野球が大好きだし、栄ちゃんは研究熱心で、子どもを相手にしている港南さんは生き生きしている。金沢さんは優秀な医者で、磯子さんはいつも実験で作ったものを披露してくれる。ぼくにはそういうのって、何もないよ」

保土ケ谷の神は、青葉の神の頭をわしづかみにした。

「司令塔だったら、堂々としていろ」

「やっぱり先生が指示を出した方が……」

保土ケ谷の神は怒っていた。

「俺はお遊びでお前を司令塔にしたわけじゃない。勝算を考えた結果だ。お前は都筑を助けたいんだろ？　だったら、俺たちを無駄なく使い倒して都筑を助ける案を、真剣に考えろ。それじゃ不服か？」

保土ケ谷の神に諭《さと》され、青葉の神は窓の外に目を向けた。また弱気の虫に襲われている。こんなんじゃダメだ。そう思っていると、幼稚園バスの横に一台の赤いスカイラインが近づいてくるのが見えた。赤いスカイラインは、港北の神のセカンドカーであり、運転席を見ると父の姿があった。

「せ、先生！　パパが横に！」

「何だと？」

保土ケ谷の神はバスの窓を開けた。運転する港北の神の隣には、緑の神の姿もある。

「緑！　無事だったか！」

保土ケ谷の神が大声で叫んだ瞬間、スカイラインの後部座席の窓が開き、中から人が飛び込んできた。侵入者は、幼稚園バスの窓ガラスをぶち破り、車体が大きく揺れる。

「い、いったい誰ですか？」

座席から転げ落ちた栄の神が顔を上げると、そこには炎を身にまとった鶴見の神が立っていた。

「よお」

「鶴見さん！　無事だったんですね！　こんな乱暴に合流しなくたっていいじゃないですか！」

栄の神が文句を言っても、鶴見の神の表情は崩れなかった。

「うわああ！」

運転席から、港南の神の悲鳴が上がる。

「どうした！」

港南の神は急ブレーキを踏む。保土ケ谷の神が運転席へ近づくと、道路が無数に伸びたツタで敷き詰められていた。まるで何十年もうち捨てられた道路のような繁茂の仕方だった。急にツタが伸びてきたせいで動けなくなっているトラックや車の姿もあり、幼稚園バスはこれ以上進みようがない。

「これは、緑の『森林沃』か？」

保土ケ谷の神が振り返ると、鶴見の神が栄の神に近づいていた。異変を察した磯子の神は金沢の神を背負って、栄の神の手を引いた。

「あっひゃっひゃ！　なんだか様子が変ですね。いったん下りますよ！」

幼稚園バスから下り立ったのは、保土ケ谷バイパス上だった。後続の車はクラクションを鳴らし、早くも渋滞が起きている。

スカイラインから下りてきた港北の神と緑の神は、青葉の神を見ていた。

「パパ！」

青葉の神は近づこうとしたが、磯子の神が止めた。

「あっひゃっひゃ！　このままでは大渋滞が起こってしまいますね。交通法規を遵守するあなたらしくもない。夫婦揃って何をなさるおつもりですか？」

港北の神は、緑の神の手を取りながら、青葉の神に声をかけた。

「青葉、もう悪ふざけはよしなさい」

「悪ふざけ？ 何のこと？」

緑の神は目に涙を浮かべている。

「守護する町田の地を捨てて、横浜の土地神を自称するなんて、あたしは悲しいよ」

意味不明な言葉を投げかけられ、青葉の神は動揺する。

「ママこそ何を言ってるの？　ぼくたちは横浜の土地神じゃないか！」

その様子を見て、緑の神の目から涙がこぼれ落ち、港北の神は目を背《そむ》けた。他人の子どもに接するような冷たい態度に、青葉の神は背筋が凍りそうになる。

鶴見の神は、道路を強く殴り、怒りをぶちまけた。

「一体誰がテメェらを狂わせやがったんだ！」

保土ケ谷の神は鶴見の神を問い詰めた。

「俺たちは、横浜に顕現する土地神だ。まさか、お前ら、町田に何かされたのか？」

鶴見の神は肩をすくめて、港北の神たちを見た。

「こいつらにいくら言っても無駄だ。俺様たちの知っている保土ケ谷たちだと思うな。ただのニセモノだ。ぶちのめして、元に戻してやろう」

港北の神たちは同意していたが、保土ケ谷の神には理解ができない。

「元って何だ？」

「俺様たちは、町田県の土地神だろうがよ！」

鶴見の神は、保土ケ谷の神に襲いかかろうとしていた。いつの間にか、道路を埋め尽くしていたツタが燃え始めている。磯子の神が投げた『魔放瓶』から引火して、ツタが焼かれていた。すでに車に戻っていた港南の神に指示を出しながら、磯子の神は保土ケ谷の神に向かって叫んだ。

「あっひゃっひゃ！ 早く乗りなさい！」

襲いかかってくる鶴見の神を避けながら、保土ケ谷の神が幼稚園バスに駆け込むと、炎の中へ突っ込んでいった。

「逃がすかよ！」

鶴見の神は幼稚園バスの窓枠に飛び移って、中に乗り込もうとした。

「わあ！ こないでください！」

屋根にへばりついた鶴見の神を引き剝がそうとするが、栄の神の力ではどうしようもない。すると、どこかから伸びてきた糸が鶴見の神をぐるぐる巻きにし、幼稚園バスから道路へ落下させた。

「クソッ！ 泉か！」

鶴見の神がそう言い放った直後、蜘蛛のように糸を伸ばした泉の神が幼稚園バスに乗り込んできた。背中には、糸で巻かれた瀬谷の神と旭の神の姿があった。

「まったく、レディに男二人を運ばせるなんて、土地神使いが荒いわ」

泉の神は簀巻きにした瀬谷の神と旭の神を後部座席に寝かせるが、保土ケ谷の神はびくびくしていた。

「お、おい、お前まで変なことを言い出すんじゃないよな？」

泉の神は、瀬谷の神の糸を解きながらため息を漏らす。

「あら、きっちり仕事を果たしてきた私にかける最初の言葉がそれ？」

泉の神は正気だと分かり、栄の神は糸を解くのを手伝った。糸から解放された瀬谷の神は、涙を浮かべて保土ケ谷の神にしがみついてきた。

「ほ、保土ケ谷くん、大変なんだ！　み、緑ちゃんが、バクに食べられちゃったんだよ！」

「ママが？」

青葉の神は言葉を失った。栄の神は慌てて話を正そうとする。

「で、でも、緑さんはさっき、港北さんの横にいましたよ？」

瀬谷の神は袖で涙を拭う。

「中原くんとの戦いの途中で、町田様が現れたんだ！　町田様が呼び出したバクみたいな生き物は、長い舌を伸ばして僕らを食べようとしてきて……」

「『喰々獏々』か！」

保土ケ谷の神は舌打ちをする。

「旭くんは僕と緑ちゃんに逃げるよう指示を出してくれたんだけど、途中でバクに追いつかれちゃって、緑ちゃんだけ……。ごめんよう、青葉ちゃん！」

瀬谷の神は平謝りするが、青葉の神は落ち着いていた。

「ううん、瀬谷さんだけでも無事でよかった。どうやって逃げてきたの？」

「僕も寝落ちしそうになったから、スマホで音楽をかけたんだ。大音量なら目が覚めるだろうと思って。そうしたら、バクはスマホの音に興味を示して、一瞬眠気が覚めたんだ。その隙に逃げてきたんだけど、僕のスマホがまた犠牲に……」

「お前、どんだけスマホなくせば気が済むんだよ。旭はどうしたんだ。さっさと起きろ。寝てる場合じゃないぞ」

保土ケ谷の神に声をかけられても、旭の神は昏睡したままだった。

「こりゃ、旭も町田にやられたのかもな」

青葉の神は、追いかけてくる赤いスカイラインをサイドミラー越しに見ながらつぶやいた。

「今、追いかけてきているママたちは誰なの？」

「フッ、その答え、オレが教えてやるゼ！」

屋根から声がしたかと思うと、中原の神が窓枠をつかんで体操選手のようにするりと入ってきた。

「ゲッ、中原。生きてやがったのか！」

中原の神は顔やユニフォームを泥だらけにして、『一日千蹴』を脇に抱えながら笑っていた。

「ハッハッハ！　オレは川崎の主人公だゼ？　そう簡単に負けるかよ！」

「また話の通じなそうな方が現れましたね……」

栄の神が呆れるのをよそに、青葉の神は中原の神に問いかけた。

「戦いの最中で何が起きたの？」

中原の神は、人差し指一本で『一日千蹴』をくるくる回し始めた。

「瀬谷クンが緑チャンを連れて逃げた後、オレは町田サマと鶴見クンを引きつけたんだ。旭クンがバクを調べるためにな。だけど、バクがあくびをした途端、とんでもない睡魔に襲われてサ。遠くにいたオレはかろうじて起きていられたけれど、旭クンは起き上がれなくなっちゃったんだ。バクはそのまま緑チャンたちを追いかけていって、町田サマもついていった。オレは鶴見クンとしばらくバトルしていたけれど、鶴見クンは頃合いを見て町田サマと合流するために姿を消してしまった。まったく、誰とも本気でバトルできなかったから消化不良だゼ」

中原の神は腕組みをして、文句をたれた。その後は泉の神が話を引き継いだ。

「四季の森公園の近くで神器の気配を感じたから近づいてみると、旭が倒れていたの。起きる気配がなくて、運良く瀬谷も見つけたから、一緒に連れてきたってわけ」

「あっひゃっひゃ！　それは大仕事でしたね！」

磯子の神がねぎらうと、中原の神は率直な疑問を述べた。

「今、港北クンや緑チャンがキミたちを追っているようだけど、彼らもまた、自分たちが町田の土地神だと言っていたのか？」

「はい」

青葉の神は胸に手を当ててうなずいた。中原の神は、『一日千蹴』をヘディングし始める。

「フム。バクに食べられた緑チャンが今、町田の土地神を名乗って襲いかかってきているとはどういうことだ。もしかして、あのバクに食べられると町田の土地神にされてしまうのか？」

「何ですかそれ！」

栄の神は声を上げた。他の神々もおかしな考えだとは思ったが、否定することはできずにいる。

「そう考えるとつじつまが合う。おそらく、港北や鶴見もどこかのタイミングでバクに食われちまったのかもしれない」

保土ケ谷の神の推論は正しいように思えたが、青葉の神には納得のいかない点があった。

「どうして、食べられたのが都筑にパパやママ、鶴見さんなんだろう？ 旭さんは動けなくなっていたんだから、わざわざママを追いかけなくても食べるチャンスはあったのに」

焼け焦げた枝の上を進むせいで、幼稚園バスが激しく揺れる。加えて、背後から鶴見の神が火球を投げつけてくるので幼稚園バスはダメージを負い、まっすぐ走れなくなり、速度は落ちていく一方だった。『魔放瓶』を投げて煙を起こしながら、磯子の神は笑った。

「あっひゃっひゃ！　このままでは追いつかれそうですね！　町田まで逃げ切るにはまだ距離がありますよ？　どうしますか？」

保土ケ谷の神は頭をかきむしった。

「だあ！　まだ町田の異変もバクの正体もつかめていないのに、横浜の土地神同士で争ってどうするんだよ！」

「まったくだゼ！　キミたちはもう少し協調性を身につけたらどうだ？」

中原の神は腰に手を当てて、叱りつけた。

「お前にだけは言われたくねえ！」

保土ケ谷の神は中原の神を殴ろうとするが、軽やかに避けられてしまう。

「キミたちは町田サマを倒すつもりなのか？」

「今は町田に向かって、あのバクの正体を探りに行くのが先決だが、これじゃ調査どころじゃない」

頭を抱える保土ケ谷の神に、中原の神は胸を張った。

「ならば、キミたちの町田電撃戦に、このオレが手を貸してやってもいいゼ！」

「あっひゃっひゃ！　これはまたとない吉報ですね！」

磯子の神は手を叩いて喜ぶが、中原の神は指を振った。

「チッチッチッ。タダってわけにもいかないゼ？　オレが鶴見クンたちをしのいだ暁には、中原街道沿いの統治権を、委任してもらう！」

喜びもつかの間、保土ケ谷の神は座席からずり落ちそうになる。

「おい！　川崎の主人公だとか言っておきながら、とんでもなく卑怯な提案じゃねえか！」

中原の神はどこ吹く風だった。

「今、中原街道沿いの秩序はめちゃくちゃだ。緑チャンも都筑チャンもバクに食べられてしまって、旭クンは戦闘不能。誰もまともに守護できなくなっている。これではとても土地神の責務を果たしているとは言えない。その点オレはピンピンしているし、守ろうとする強い意志だってある。襲いかかってくるやつらをぶっ飛ばしたら、それくらいのご褒美があるのは当然だろ？」

「くっそ、言い返せないから困る……」

あの保土ケ谷の神が言いくるめられているのを見て、青葉の神は笑った。

「いいよ」

青葉の神が返事をするとは思わず、栄の神は驚いた。

「そ、そんな勝手に決めちゃっていいんですか？　たぶん、中原さんは、冗談が通じない方ですから、本気ですよ？」

青葉の神は自信たっぷりにうなずく。

「中原街道の守護が薄れてきちゃっているのは事実だから、中原さんが名乗りを上げる権利はある。でも、もう一人、中原街道を守り抜こうとしている土地神がいるのを忘れてない？」

「ほう、そいつは誰だ？」

青葉の神は瀬谷の神の背中をぽんと押した。

「えっ、えっ、僕？」

戸惑う瀬谷の神を無視して、青葉の神は続ける。

「瀬谷さんはまだ町田化していないし、たとえパパたちを退けられたとしても、瀬谷さんとも決着を付けなければ、真の中原街道の王者とは言えないんじゃないかな？」

「ちょ、ちょっと何言ってるんだよ、青葉ちゃん！　僕と中原くんとじゃ戦いになんて……」

青葉の神の妙案に、保土ケ谷の神と磯子の神は大笑いしていたが、それは中原の神も同じだった。

「確かに、青葉チャンの言うとおりだ！　瀬谷クンはまだ、横浜の土地神としてばっちり守護しているものナ！　ヘッ、そうと決まったら話は早いゼ！」

中原の神は瀬谷の神の首根っこをつかんだ。

「な、何をする気？　中原くん！」

中原の神は窓枠に足を乗せた。

「今から中原街道の王者を決める激アツバトルが始まるゼ！　ヘヘッ、瀬谷クン、町田化した鶴見クンたちを倒したら、次の相手はキミだ！」

瀬谷の神の悲鳴と共に、中原の神は幼稚園バスを飛び降りていった。磯子の神は『魔放瓶』を投げながら、煙の中へ消えていく瀬谷の神に、そっと手を合わせた。

「あっひゃっひゃ！　成仏してくださいね！」

栄の神は遠ざかる瀬谷の神を見ていた。

「大丈夫でしょうか……」

「ま、死ぬことはないでしょ。青葉もずいぶん横浜の神らしい知恵が身についてきたみたいね」

泉の神にそう言われ、青葉の神はうなずいた。

「瀬谷さんは戦いこそ得意じゃないけれど、何が起こるか分からないという点では、パパたちは一番戦いにくい相手だと思う。今は時間が必要だから、より戦いを長引かせるのは瀬谷さんが適任だと思っただけだよ。ちょっと、悪いことをしたかなとは思うけど」

「尊い犠牲を無駄にしないためにも、このまま町田へ全速前進だ！」

保土ケ谷の神が高らかに宣言をすると、港南の神はアクセルを踏んで保土ケ谷バイパスを突き進んでいった。

第五章　谷戸会議

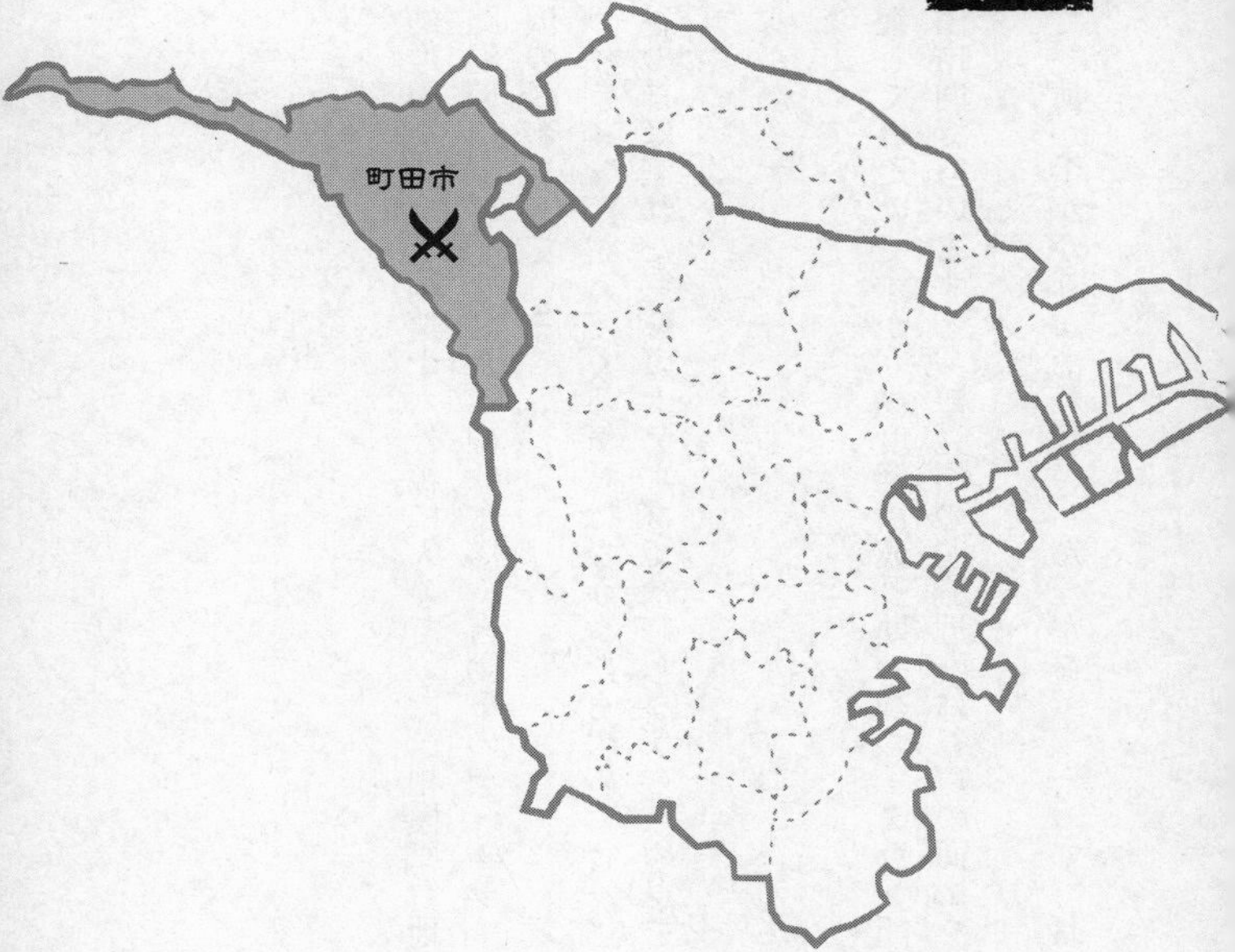

保土ケ谷バイパスを抜けた幼稚園バスは、国道十六号線[32]に入っていた。相模原台地の高台に出て、広い三車線の道路沿いにドライブスルーの飲食店や自動車のディーラーが現れる。遠くには高尾山や丹沢の峰が見えている。

港北の神が運転する赤いスカイラインが追ってくる気配はなかったものの、行く当てがあるわけではなく、保土ケ谷の神は割れた窓をガムテープで補修しながらため息をつく。

「谷戸ってのはどの辺りにあるんだ？」

栄の神は、割れたガラスをまとめていた。

「元々、谷戸は多摩丘陵に点在していたのですが、高度経済成長期のニュータウン開発で多くが姿を消しました。町田市内で言いますと、鶴見川の源流近くに谷戸の面影を残す緑地が広がっていますね」

「その近くに行ってみるとして、何か手がかりがあればいいんだがな。……って、お前何やってんだよ」

　磯子の神はL字に曲がった針金を、神妙な顔付きで両手に持っている。

「あっひゃっひゃ！　見て分かりませんか？　ダウジングですよ、ダウジング」

「ふざけてる場合か！　町田で金山でも探そうってのか？」

　ダウジングの針金が突然右を向く。

「お！　これは反応ありですよ！」

「自分で動かしてるんだろ？　俺は信じないからな」

　保土ケ谷の神は補修を続けるが、青葉の神は不思議そうに針金を見た。

「これで、何を調べているの？」

　磯子の神は、自分のスマートフォンを青葉の神に見せた。画面に映し出されたメッセージアプリには、文字化けしたメッセージが無数に届いている。

「あっひゃっひゃ！　少し前から、送り主不明のメッセージが届いているんですよ。私のスマートフォンは、ノミ一匹入れないセキュリティを施しているのですが、それを突破するのは容易ではありません。そういう時、私はダウジングで、電波の送り先をたどるようにしているのです」

「それが『喰々獏々』と何か関係しているのかな？」

32　**国道十六号**　神奈川県横浜市西区高島町を起点に、東京都や埼玉県、千葉県を通る環状道路。首都圏の郊外を結ぶ道路であり、ロードサイド店舗が多く建ち並ぶ。

磯子の神は伸びた前髪をかき上げて笑った。

「あっひゃっひゃ！　そんなのは分かりません！　私はあくまで自分の知的好奇心に突き動かされているだけですからね！」

「青葉、そいつはほっとけ。関わってたら時間がいくらあっても足りないぞ」

保土ケ谷の神を無視して、磯子の神は運転席に走った。

「さあ、港南！　横浜線の線路と境川を越えて、鶴見川の源流へ向かうのです！　私のダウジングがビンビン反応していますよ！」

「う、うん。分かったからじっとしてて」

幼稚園バスは町田街道から一山越えて、道路脇に畑や野菜の直売所が見える谷間へ入っていった。頻繁に渋滞が起こる国道十六号線沿いとは違い、山に囲まれた鶴見川の源流沿いは道が狭く、農村の景色が広がっている。

「わあ、町田にもこんなのどかな場所があるんだね」

青葉の神は初めて見る谷戸の景色に興味津々だった。ダウジングの針金が激しく回転を始めたことで、磯子の神は声を上げる。

「あっひゃっひゃ！　ストップです！」

幼稚園バスから飛び出していった磯子の神は、休耕中の畑につかつかと入っていって、針金を動かしていた。

保土ケ谷の神も後部座席に旭の神を寝かせたまま、バスから降りて伸びをした。

「まったく、手に負えんな、あいつは」

泉の神は心地よさそうに深呼吸する。

「この辺りは自然が残されていていいところね。東京とは思えないくらいだわ」

青葉の神は栄の神に連れられて、花や木々のレクチャーを受けていた。

「おい、ピクニックにきたわけじゃないんだぞ。お前らもなんか手がかりを探せ」

「はーい」

青葉の神が楽しそうに返事をすると、畑の真ん中で磯子の神が叫んだ。

「あっひゃっひゃ！　保土ケ谷！　愚弟を連れてきてください！」

「あいつ、マジかよ。金沢はまだぱっぱらぱーのままだぞ」

「私も手伝うわ」

バスの中で、金沢の神は手を叩いて遊んでいた。

「……川崎の神器だけは食らいたくないな」

「あら、あなたのこういう姿を見たいと思っている土地神は多いはずよ？」

保土ケ谷の神と泉の神が肩を貸して金沢の神をバスから連れ出し、磯子の神の元へ連れていった。

「何か分かったんですか？」

栄の神に問われ、磯子の神は再びスマートフォンを見せた。一秒ごとに送り主不明のメッセージが送られてきている。

「あっひゃっひゃ！　この近くにいると、感度がよくなるのです。察するに、通常の電波とは異なる波形で送られてきているようです」

「誰かがお前に、いたずらを繰り返しているのか？」

保土ケ谷の神にそう言われると、磯子の神は首を振った。

「あっひゃっひゃ！　これはいたずらと呼ぶには度を超えています。メッセージを送り続けることそのものが、私へのメッセージと考えた方がいいでしょうね。土地神の中で、これほどややこしい経路でアプリにメッセージを送ってくる人物は限られています。おそらく送り主は、そうする以外、メッセージを伝える手段がなかったのでしょう」

土を投げて遊んでいた金沢の神に、磯子の神は近づいた。

「あっひゃっひゃ！　さあ、あなたの出番ですよ。このページを読んでください」

「ぱあ？」

磯子の神は『金技文庫』を開いて、金沢の神にページを見せると、真っ白い枕が現れた。

「それは、お姉ちゃんの神器、『夢見枕《ゆめみまくら》』ですか？」

「あっひゃっひゃ！　ご明察《めいさつ》！」

磯子の神が『夢見枕』を地面に置くと、金沢の神は素直に眠り始めた。金沢の神が眠りについた途端、辺りの景色が一変した。背後にはリゾートホテルが立ち並び、正面には青い海が広がっている。ビキニを着た美女がビーチを歩き、ウッドデッキのバーではカクテルを飲みながらこちらを見ている女性たちの姿もあった。男の姿は皆無であり、保土ケ谷の神は顔に手を当てた。

「こいつの妄想に付き合うつもりはないぞ」

「ほんと、お気楽な頭をしていますね、金沢さんは……」

栄の神が呆れる横で、金沢の神はぐうぐういびきをかいている。

「これが、あなたの見せたかったもの？」

泉の神は落ちていたビーチボールをトスしながら問いかけた。磯子の神はスマートフォンを見ていた。

「あっひゃっひゃ！　まさか。戸塚の『夢見枕』は対象者を特殊な空間に引きずり込むものです。その特殊な空間というのは、地上と天界の狭間のことで、そこを間借りして夢を具現化しています」

「で、なんでわざわざその狭間に来る必要があるんだ？」

保土ケ谷の神が問いかけると、磯子の神はダウジングの針金を持ち出した。

「あっひゃっひゃ！　神器が生み出す特殊空間同士は、座標が重なると干渉して行き来が可能になるのです。ベン図を思い出してみてください。左右の円はそれぞれの特殊空間で、重なり合ったところが、いわばトンネルのような役目を果たします。こんな風にね」

磯子の神が海に向かって『魔放瓶』を投げると、空中で爆発した。空間が裂けるように、大きな穴が開く。その奥には、さっきまでいた谷戸に似た農村風景が広がっていた。

「ええっ！　何これ！」

青葉の神が驚いていると、磯子の神は穴の向こうの農村に向かって声をかけた。

「あっひゃっひゃ！　ごめんください！　どなたかいらっしゃいませんか？」

農村にある大きな茅葺き屋根の家から、誰か歩いてくるのが見えた。近づいてきた人物を見て、保土ケ谷の神は声を上げる。

「お前は、幸《さいわい》！」

おかっぱ頭に丸眼鏡をかけた白衣姿の少女、川崎市幸区を司る土地神・幸の神は手にノートパソコンを持ちながら手を振った。

「やっほー。はっぴーしてるー？」

幸の神がのんびりと問いかけてきたので、保土ケ谷の神は気が抜ける。

「ハッピーなわけねえだろ！　これはどういうことだ？　お前の仕業か？」

保土ケ谷の神に問い詰められ、幸の神は指で耳栓をした。

「もう、うるさいなー。もっとリラックスして、お昼寝でもするといいよー」

保土ケ谷の神は余計に腹を立てたが、幸の神は気ままにパソコンをいじっている。

「磯子くんはさすがだねー。君ならここがわかると思ったんだー」

「あっひゃっひゃ！　あのいびつなメッセージは空間を越えた際にバグったものだとすぐに分かりましたよ。空間を越えてメッセージを送れる土地神など、限られていますからね」

幸の神はにっこりと笑ってうなずく。

「そうなんだよー。ここは電波塔どころか発電機もないからさー。簡単な発電機を組み立てて、地上へ送信できる発信器を一から作る必要があったから、大変だったんだー」

向こうの空間をよく見ると、水車に手製の発電機が取り付けられており、そこから複雑に線が延びている。

「あっひゃっひゃ！　それはすごい！　どうやって作ったのか、見せてもらえますか？」

「いいよー。ちょっと待っててねー」

「あ、あの！」

発信器を取りに行こうとする幸の神を止めたのは、青葉の神だった。

「その前に、幸さんがなんでそんなところにいるのか教えて？」

幸の神はぴたりと足を止めた。

「それもそだねー。実はね、川崎の大神様から、町田様の様子を探って欲しいって密命を受けたんだー」

その話を聞いて、保土ケ谷の神は眉をひそめる。

「やっぱり、川崎のジジイが先手を打っていたんだな」

「変ね。あなたは、あんまり斥候とか密命に向いているタイプじゃないのに？」

泉の神の意見に、幸の神も同意していた。

「そうなんだよー。横浜の大神様も、戸塚に同じような命令を出していてさー。私と戸塚でチーム宿場町を結成して、町田様の異変を調査することになったのだー」

「お姉ちゃんも関わっていたんですね！」

栄の神は安心するように手を叩いたが、保土ケ谷の神は慌てて問いかけた。

「ちょっと待て。チーム宿場町なら、どうして俺を誘わなかったんだ？」

幸の神は口をへの字に曲げる。

「えー。君を誘ったって、誰がそんな面倒くさいことやるかって、断るだろー？」

「いや、確かにそうなんだが誘われないというのも……」

落ち込む保土ケ谷の神をよそに、泉の神は質問を続ける。

「姉さんもそこにいるの？」

幸の神は、ノートパソコンの画面を見せた。ライブ動画が流されており、畳の部屋に敷かれた布団で眠る戸塚の神の姿があった。

「いるよー。川崎の大神様と横浜の大神様は、町田様が古代神器に干渉していることを察して、私たちに町田を調査するよう命じたんだー。『喰々獏々』っていう神器が昔の多摩丘陵にあったみたいなんだけど、天界に返還されていないことを突き止めてさー」

「『喰々獏々』！　ぼくたちも調べたよ！　悪夢を食べて、理想を現実にする神器、ってことしか分からなかったけど」

青葉の神がそう言うと、幸の神は拍手をした。

「やるねー。『喰々獏々』は夢に関する神器だから、『夢見枕』で何か特殊な空間が見つかるかもしれないと戸塚は考えたんだー。鶴見川の源流近くで『夢見枕』を使って、君たちと同じようにこの抜け穴を見つけて、この村へやってきたってわけー」

「私たちもそこへ行きましょうか？」

栄の神が穴に近づこうとすると、磯子の神が止めた。

「あっひゃっひゃ！　やめておいた方がいいですよ」

幸の神もうなずく。

「そうだよー。私たちみたいに戻れなくなっちゃうからねー」

「ええ？　戻れないの？」

青葉の神は後ずさりする。

「私たちは今、『喰々獏々』の夢の中に閉じ込められているんだー。そのせいで、戸塚が深い眠りから覚めなくなっちゃってねー」

「ど、どうしてそんなことに！」

栄の神は慌てふためく。

「『喰々獏々』と『夢見枕』では神器のスケールが違いすぎるんだー。特殊空間が干渉し合った時、より力の強い方がもう一方を飲み込もうとするんだー。戸塚の夢は、『喰々獏々』に侵食されちゃって、こちら側に飲み込まれちゃったんだよねー。『喰々獏々』の夢はブラックホールみたいなものなんだー。君たちは、『金技文庫』で『夢見枕』を模倣してこちら側に干渉したんだろー？　あんまり長く干渉を続けていると、君たちまで閉じ込められちゃうよー」

幸の神が指摘したように、空間に開いた穴がどんどん大きくなっていた。

「マ、マズイじゃねえか。そもそも、なんで『喰々獏々』が悪さをしているんだ？」

「さすが保土ケ谷、話が早いねー。ちょっと待っててねー」

幸の神は畑に向かっていった。農村は晴れていて、トンボが気ままに飛んでいたが、景色がのどかだったからこそ保土ケ谷の神の焦りは募る。

「急がなきゃなんないってのに、ずいぶんのんきだなあいつは！」

「あっひゃっひゃ！　マイペースが彼女の売りですからね！」

幸の神は頭に布を巻いた農夫を引っ張ってきた。

「まだ抜いてない草があるんじゃあ。わしゃあ、ちっとの雑草も許せんのだあ」

「いいからこっちきてよー」

渋々穴の前に連れてこられた農夫は横浜の神々に気が付くと、快活そうに手を振った。全身が日焼けしていて、目の周りには深いしわが刻まれ、眉毛は真っ白になっているが、背筋はしゃんとしており、よく通る声が年齢を感じさせない。

「おお、またお客さんか！　こりゃちょうどいい、芋の入ったかごを一緒に運んでくれんかの」

農夫は空間に開いた穴など、まるで気に留めていない。

「アホか！　そっちに行ったら戻れなくなるんだろ？」

保土ケ谷の神に断られ、しゅんとする農夫に向かって、青葉の神は問いかけた。

「もしかして、あなたが谷戸の神様？」

農夫は胸を張って笑った。

「わしゃあ、名前などない！　昔はやっちゃんなどと呼ばれていたが、ここにはもうわししかおらんからな！　この娘っこがくるまでは、そんなことも忘れておった！　なっはっは！」

太古の土地神と聞いて、みな身構えていたが、黒々と日焼けした谷戸の神は至って快活な農夫そのものだった。

「やっちゃんはさー、元々多摩丘陵の広い範囲を司る古代の土地神だったんだー。どのくらい顕現していたんだっけー？」

幸の神に問いかけられ、谷戸の神は首をひねる。

「さあてのう。昔は作物を育てるのにも一苦労で、寝られんくらい寒くなって穴ぐらで生活するしかない時もあったし、海が広がってこれまで住んでいた場所に住めなくなったこともあったのう」

「それって、縄文海進の頃なんじゃ……」

数千、数万年以上前から土地神として生き続けてきた可能性を感じ、栄の神はぞっとする。谷戸の神は時間の感覚が薄く、自分がどれほど生きているかに執着がなさそうだった。谷戸の神のおおらかさを、幸の神は気に入っていた。

「昔は土地神と人の境界が曖昧で、土地神も人と同じ集落で暮らしていることが多かったんだけど、人類が文明を築き上げていくうちに、テリトリーの意識が高まっていったんだよねー。人類が中央集権型の社会を築き上げる頃になると、天界の制度も刷新されて、人類が区割りした場所に、それぞれ土地神を派遣する今のシステムが作られるようになったのは、みんなも知ってるよねー。そのタイミングで、昔からいた土地神を天界に還して、新しい土地神が顕現するようになったんだけど、まあ、揉めるよねー」

「聞いたことがあります。今も地上にたくさんの古代神器が回収されずに残っているのは、いにしえの土地神と新しい土地神との間で戦いがあったからだと」

栄の神が確認するように言うと、保土ケ谷の神は肩を落とした。

「まったく、昔の土地神の不手際で、今の土地神が割を食うのは勘弁してもらいたいもんだぜ」

「やっちゃんは、天界へ還ることが決まって、素直に受け入れたんだよねー？」

谷戸の神は鼻を指でこすった。

「ここを離れるのはさみしかったけんど、新しいモンの邪魔はしたくなかったからなあ」

「ただ、『喰々獏々』がやっちゃんが天界へ還るのを嫌がったんだー」

保土ケ谷の神は谷戸の神に問いかけた。

「『喰々獏々』は、神器じゃないのか？」

谷戸の神は首に巻いた手ぬぐいで、頬を拭いた。

「あれは元々、天界から授かった笛だったんだあ。あれを吹いて、気持ちいい音を出すと、みんなぐーっすり寝てくれてな。夜泣きがひどい赤ん坊や、おっかあに先立たれて眠れないやつに『喰々獏々』を吹いてやると、みんなから、よおくありがたがられたもんだあ。そうやって長い間、笛を吹いてるうちに、いつの間にかタヌキかブタみたいな生き物になっとってな。わしが吹かんでも、ぴいぴい鳴いてくれるから、そりゃあ助かったもんだ！」

「……笛が生き物に変わることには、驚かないのですね」

呆れる栄の神を見て、磯子の神は笑った。

「あっひゃっひゃ！　古代の土地神は小さなことを気にしないのですよ！」

「わしが天界に還ると決まって、『喰々獏々』はひどく悲しんでの。あいつはわしと一緒に、人の世が育っていく姿を見たかったんだろうなあ。あいつは天界へ還る前の夜、寝ていたわしを食べてしまったのだ。なっはっは！」

神器に食べられたというのに、谷戸の神は大笑いしていた。驚く一同を見て、幸の神は話を引き継ぐ。

「『喰々獏々』は、やっちゃんを食べることで自分の特殊空間、つまり夢の中に閉じ込めて、天界に還さないようにしたんだー。やっちゃんは確かに還らずに済んだんだけど、神器というのは、土地神の力がなければ何もできないからさー。やっちゃんを食べた瞬間に、力を失った『喰々獏々』は、この空間に干渉できなくなっちゃったんだよねー」

「……なんか、マヌケなヤツだな、『喰々獏々』は」

保土ケ谷の神がそう言うと、谷戸の神はうなずく。

「あいつは人なつっこいやつでの！　今頃わしがおらんことに気付いて、ぴいぴい鳴いているだろうて」

「本来なら、持ち主が消えた時点で神器は力を失うはずだけど、『喰々獏々』は顕現していた期間が長かったから、生きた神器のまま地上に残ってしまったんだー。『喰々獏々』はやっちゃんに再び会うために、地上をさまよって力を使えそうな土地神を探し続けていたんだよねー。いかんせん、古代神器だから若い土地神の手に余るものだし、何より使い手に強い願いがないと『喰々獏々』は力を与えられないんだー」

「願い？」

青葉の神は幸の神に問いかけた。

「『喰々獏々』は強い願いを持った土地神を宿主《やどぬし》にするんだー。やっちゃんは、昔から五穀豊穣《ごこくほうじよう》や家内安全、天下太平など、民を思う強い願いを持ち続けていたからこそ、『喰々獏々』を使い続けられたわけー。いくら土地神として力があっても、民を思う願いが強くない限り、『喰々獏々』は使えないんだよねー」

「どうして町田に……」

保土ケ谷の神は独りごちたが、それは幸の神にも分からないことだった。空間にできた穴がどんどん広がっていき、金沢の神が寝返りを打つ。ビーチの空間が揺らぎ始めていた。

「あっひゃっひゃ！　早く起こさないといけませんね！」

「か、金沢、お、起きてよう」

磯子の神は港南の神と一緒に金沢の神を起こそうとするが、深い眠りについていて夢から覚める気配はない。

「ど、どうしましょう！」

栄の神は拡大する穴を見て、落ち着きがなくなる。保土ケ谷の神は穴の広がりには目もくれず、幸の神に話しかけた。

「ここへ来る途中、『喰々獏々』に食われたはずの緑たちに襲われたんだ。自分たちのことを町田の土地神と言っていたが、あいつらは何者なんだ？」

幸の神はパソコンでデータベースを検索している。

「町田様の理想が『喰々獏々』の力で具現化したニセモノだろうねー。『喰々獏々』は、悪夢を食べて、理想を現実にする力があるんだー。本物の川崎や横浜の土地神を食べてお腹の中に閉じ込め、地上にニセモノを生み出したんだよー。今の『喰々獏々』は町田様の願いを叶えようとしているんだろうねー。このまま戦いが推移すれば、おそらく君も町田県に属する保土ケ谷の神に置き換えられちゃうかもねー」

「何か手立てはないのか？」

「それを考えるのは君の得意技だろー？」

「谷戸のじいさんは、使えないのか？」

幸の神は、畑に行きたがっている谷戸の神を見た。

「色々試してみたんだけど、さすがは古代神器だけあってお手上げなんだー。こちら側からでは何の抵抗もしようがないよー」

抵抗しようがない。果たしてそうだろうか。『喰々獏々』の中で何ができるのかを考えたとき、保土ケ谷の神はひらめいた。

「いや、そうとも限らない。『喰々獏々』に食べられたやつが、その農村にたどり着くのならば、すでに食べられた本物の緑や鶴見、港北たちがそっちにいるはずだ」

幸の神はぽんと手を叩いた。

「なるほどー。それは一理あるねー。さすがだよ、保土ケ谷ー」

「保土ケ谷さん！　金沢さんを起こすの手伝ってください！」

全員で起こそうとしても、金沢の神は眠ったままだった。

「もしかして、この空間も『喰々獏々』の夢に飲み込まれている？」

さすがの泉の神にも焦りが見えていた。砂浜やホテルの映像がゆがみ、テレビの砂嵐の中に迷い込んだように視界が狂っている。保土ケ谷の神はまだ情報が足りず、谷戸の神に質問をした。

「おい、じいさん。『喰々獏々』は何か好きなものとかないのか？」

手製の鍬を持ったまま、谷戸の神は自分を指さした。

「あいつが好きなのは、間違いなくわしじゃて。わしが姿を現せば、すぐに言うことを聞くだろうに」

あっけらかんと答えるものだから、保土ケ谷の神の気が抜ける。

「そりゃ残念ながら無理だ。あんた以外に、気を引けそうなものはないか？」

谷戸の神は目をかっぴらいて何かを思い出した。

「そうじゃ！　あいつは、昔から祭が好きでのお。収穫が終わった後や、誰かが夫婦になるときには、しょっちゅう笛を鳴らして歌っておったで。あいつが笛を鳴らすとみんな集まってきて、踊ったり歌ったり、それは楽しかったもんだ。ここでは祭をしていないから、ずいぶん懐かしいのう」

谷戸の神がそう言うと、幸の神はうなずいた。

「なるほどー。『喰々獏々』が歌好きなら、町田様に引き寄せられたのも納得がいくねー。でも歌かー」

「あっひゃっひゃ！　保土ケ谷！　このままでは私たちも飲まれてしまいますよ！」

磯子の神も慌て始めたのを見て、幸の神はノートパソコンを閉じた。

「本当にやばそうだねー。はやく金沢を起こした方がいいよー」

最後に、保土ケ谷の神は真剣な表情で幸の神を見た。

「お前に一つ頼みがある」

「そっち側にいるはずの都筑を見つけ出して、『喰々獏々』が歌好きだということを伝えておいて欲しい」

「なにー?」

幸の神はきょとんとしていた。

「それだけー?」

「ああ。あいつらがマヌケじゃなければ、きっと俺の意図を汲んでくれるはずだ」

保土ケ谷の神は『硬球必打』を握って金沢の神に近づいた。

「ほ、保土ケ谷! そ、そんなので殴ったら、か、金沢が死んじゃうよ!」

港南の神は止めようとするが、保土ケ谷の神は『硬球必打』を持ち上げた。

「とにかく起こさなきゃマズイんだろ? 目を覚ますのも、おっ死ぬのも、夢から覚めるのには変わりねえ。じゃあな、金沢!」

「ダメですって!」

栄の神も一緒になって保土ケ谷の神を止めようとする。

「離せ! こうでもしないとまとめておだぶつだぞ……」

保土ケ谷の神たちがわあわあもめているうちに、穴はどんどん大きくなっていく。もはやビーチの映像が何も見えなくなった瞬間、突然空間に大きなひびが入り、ガラスが割れるような音と共に目の前の景色が崩れ去っていった。辺りには再び、町田の農村の景色が蘇っている。

「た、助かったんですか？」

景色にはノイズも入っておらず、空を飛ぶスズメや、虫の声も聞こえてくる。栄の神がきょろきょろしていると、緑のベストに白いミニスカート姿の女性が神々を見て声を出した。

「ファー！」

「なんだ？」

保土ケ谷の神が頭上を見ると、ゴルフボールが落下しようとしていた。それに気付き、保土ケ谷の神は大声を出す。

「お前ら、伏せろ！」

わけも分からず栄の神が地面に伏せた瞬間、ゴルフボールが地面に落下して大地がぐらりと揺れた。天地がひっくり返ったかと錯覚するほどの揺れで、金沢の神も目を覚ました。

「……なんだ、騒々しいな」

枕から顔を上げると、ゴルフクラブを握った女性を見て、声を上げた。

「おお、マミー稲城[33]！ それに、マミー多摩[34]の姿まで！」

目を覚ましたものの、いきなり興奮したせいで金沢の神は再び眠りに誘われていく。

二度寝した金沢の神の前に立っていたのは、東京都稲城市を司る土地神・稲城の大神と、東京都多摩市を司る土地神・多摩の大神だった。ゴルフクラブを握った稲城の大神の後ろで、大きなバックパックを背負った多摩の大神が、金沢の神を寝袋に詰め込んでいく。

「土の上で寝てないで、この新商品、使って。オススメ」

「うーん、我ながらナイスショット！　風向きも読み通りだし、アプローチも上々！」

テントを設営し始める多摩の大神と、スイングの確認をしている稲城の大神を見て、青葉の神と栄の神はぽかんとしていた。稲城の大神に向かって、保土ケ谷の神がずかずかと近づいていく。

「お、お前ら！　どういうつもりだ、コラ！　俺たちの邪魔しに来たんだったらぶっ飛ばすぞ！」

胸ぐらをつかまんばかりに近づいてきた保土ケ谷の神に、稲城の大神はサンバイザーで頭突きをした。目に直撃し、保土ケ谷の神は悶絶《もんぜつ》する。

「んああ！　目があ！」

「まったくもう、せっかくバンカーのピンチから助けてあげたのに、そんな言い方はないんじゃないのかな」

「あっひゃっひゃ！　どうやら、私たちを襲いにきたわけではないようですね」

磯子の神は『魔放瓶』から手を離した。

「寝心地、どう？」

多摩の大神は感想を聞きたくて鼻息を荒くするが、金沢の神は熟睡してしまい返事はない。稲城の大神は胸元につるしていたサングラスをかけた。

「私たちは君たちのスコアアップを手伝いに来たの。町田が迷惑をかけちゃっているみたいだからね」

保土ケ谷の神は目を押さえながら問いかけた。

「大神のお前らが来たんなら話は早い。なぜ町田があんな暴走をしてやがるのか説明しろ」

稲城の大神は肩をすくめた。

「保土ケ谷、君は相変わらず大神に対するリスペクトというものが欠けているな。そんな調子だと後輩たちに示しがつかないぞ」

「いつも態度でかい」

多摩の大神も後ろから援護する。保土ケ谷の神は堪忍袋の緒が切れた。

「リスペクトして欲しいんなら、町田が暴走する前に対策しておくのが大神ってもんだろうが！　いっつもいっつも俺たち下っ端の土地神をわけの分からん騒動に巻き込みやがる。

33　**稲城市**　東京都の中央南部に位置する市。一九七一年に市制施行。人口は約九万人。面積は約一八㎢。一九七〇年代に多摩丘陵を切り開いてニュータウン開発が進み、ベッドタウンとして発展。市の花にも選ばれた梨の生産が今も盛ん。

34　**多摩市**　東京都の中央南部に位置する市。一九七一年に市制施行。人口は約一五万人。面積は約二一㎢。多摩ニュータウンの中心地であり、サンリオピューロランドや京王電鉄の本社も置かれている。

がって！　大神だったら周辺の土地神と連携を取って、異変に目を光らせておけ！」

　容赦なく不平をぶちまける保土ケ谷の神を見て、青葉の神は驚いていた。

「稲城様や多摩様も、先生の後輩に当たるの？」

「あっひゃっひゃ！　位は彼女たちの方が上ですが、キャリアは私や保土ケ谷の方が長いですからね。私たちはいわば、いつまでも出世しない古漬け社員のようなものですよ」

　保土ケ谷の神の文句に、稲城の大神と多摩の大神は耳をふさぐ。

「君、女子にモテないだろ？　そんなに理詰めで詰問《きつもん》したって、アドバイスにはならないぞ。説教をストレスのはけ口にするのは感心しないな。ストレスはドライバーショットで解消していくものさ」

「正論ハラスメント」

　保土ケ谷の神が憤るのをよそに、栄の神が話を引き継いだ。

「あの、町田様に何が起きたのかご存じなんですか？」

　稲城の大神は軽くスイングをした。

「ああ。町田があなったのには、私たちにも責任がある。その話をするためにも、奥の小屋まで付いてきてよ」

　稲城の大神と多摩の大神は、谷戸の奥へ進んでいった。林に囲まれて、きれいに整えられた水田と用水路に、小さな小屋が建っているのどかな景色を見ていると、青葉の神は今が切迫した状況であることを忘れそうになる。

「ここ、素晴らしいところですね」

稲城の大神は笑った。

「すごい田舎でしょ？　ここに昔、南多摩[35]の大神様という私たちの師匠に当たる土地神が住んでいたんだ」

「あそこの小屋、作ったの私たち。横に滑り台もあったの。見て見て」

「ええ、ちょっと！」

多摩の大神は、栄の神の手を取って連れて行ってしまった。稲城の大神は田んぼの景色を懐かしそうに見ている。

「私はゴルフコーチとして、多摩はキャンプ講師として働くことになっていたから、ここでゴルフの練習をしたり、山から山菜や木の実を取ってきて料理を作ったり、楽しいサバイバル生活をしててね。南多摩様はとても面倒見がよい土地神だった。ゴルフも上手でね。私たちが顕現することで、南多摩様は天界へ還らなくてはならなかったから、これまでのすべてを教えようと本気になってくれたんだろうな」

「そうだったんですね」

35　**南多摩郡**　一八七八年に神奈川県多摩郡の一二区域を編成して郡制施行。現在の八王子市・町田市・日野市・多摩市・稲城市のほぼ全域と、府中市の一部に該当する。一八九三年に東京府の管轄となる。一九七一年消滅。

青葉の神はうつむいた。

「自分が顕現することで、先達の土地神がいなくなってしまうのは、辛いものがある。自分たちが来なければ、ずっと地上にいられるわけだからね。南多摩様は、人が定めた区画を尊重し、役目を果たしなさいと力強くおっしゃってくれた。先輩との別れが辛いのは、君もよく知っているよね、保土ケ谷？」

稲城の大神は保土ケ谷の神に投げかける。

「知ったような口を利くな」

「あっひゃっひゃ！　橘樹《たちばな》[36]様が還るときの保土ケ谷といったら、もう手に負えなくて……」

磯子の神の口を、保土ケ谷の神は必死で押さえた。

「余計なことを言わなくていいんだよ！」

稲城の大神は話を続けた。

「私たちも南多摩様に恥じない働きをするために、精一杯役目を果たすと誓ったんだ。そうしたら、一つのことを頼まれてね」

「一つのこと？」

青葉の神は、かけっこをしている多摩の大神と栄の神を見た。

「町田のことだ。君たちも知っての通り、町田市は地図を見るとかなり横浜市に食い込んだ形をしている。文化圏も神奈川寄りだし、よく神奈川県町田市なんて冗談を言われることもある。明治の行政改革の頃、町田は神奈川県に属していたんだ。南多摩様も、当初は神奈川の土地神として顕現していたけれど、途中で南多摩郡が神奈川県から東京府に管轄が変わってね。南多摩様は東京府になって色々と苦労したそうなんだ。神奈川の田舎モンが何しに来た、ってな具合でね。南多摩様は多くの部下たちを従えていたから、不満も出たらしいんだけど、県が変わっても民を見守る姿勢を忘れてはいけないと言って、みんなをいさめたそうだよ。八王子[37]が南多摩様から独立をして、東京第二の都市としての地歩を固めていく中で、町田も独立を果たすことになった。ただ、町田は横浜に食い込んでいる関係上、東京なのに都心の文化圏から離れていることと、神奈川の文化圏なのに神奈川ではないというアイデンティティの分裂に苦しむようになっていった。そこで、私と多摩が顕現した際に、南多摩様から提案を受けたんだ」

多摩の大神が、枝で空き缶とペットボトルを叩きながら近づいてきた。

「バンド、組まないか？ ってね」

---

36 橘樹郡 律令制により、七世紀ごろから武蔵国橘樹郡として成立。現在の川崎市のほぼ全域と横浜市の北部に該当する。一八七八年に郡制施行。一九三八年消滅。

37 八王子市 東京都の西部に位置する市。一九一七年に市制施行。人口は約五六万人。面積は約一八六㎢。古くから桑都《そうと》と呼ばれ、養蚕業が盛んであり、明治に入ると横浜港を経由して輸出された生糸が日本の貿易を支えた。現在は東京第二の都市であり、宅地開発のほか、多くの大学がキャンパスを構えている。

それだけ言い残し、多摩の大神はカエルを捕まえに行ってしまった。

「どこ行くんですか！」

栄の神は、じっとしていない多摩の大神を追いかけていく。稲城の大神は、多摩の大神を見て笑った。

「町田には音楽の才能があった。そこに目を付けた南多摩様は、もどかしさは音楽で表現すればいいと、町田にバンドをやるよう勧めたんだ。あいつはヴォーカルとギター、私はベースで多摩はドラム。『二律廃藩置県』と名付けたバンドで、町田はライブハウスに殴り込んでいった。私や多摩はサポートのようなもので、曲や歌詞はすべて町田が手がけている。普段は大人しいのに、ライブになると人が変わったようにシャウトをして、生き生きとする町田を見て、南多摩様の考えが正しかったことを学んだよ」

「ぼくも、『二律廃藩置県』のアルバム、持ってます」

青葉の神がそう言うと、稲城の大神は白い歯を見せた。

「結成当初は頻繁にライブを行って、アルバム制作も順調だった。今でもカルト的な人気があるけど、ここ最近はなかなか新作が出せずにいて、ライブもしばらく行っていない。町田はスランプなんだ。一度アルバム制作に入るとのめり込んで、他人を寄せ付けない性格だから、私と多摩は、いつものことだろうと思って長い目で見ることにしたんだけど、古代神器の気配を町田の周辺から感じ取った時、これはただ事じゃないと気付いてね」

「早々に気付いたんだったら、お前らだけで片付けておけばよかったじゃねえか」

保土ケ谷の神はにべもなく言う。

稲城の大神は、ウェッジでゴルフボールをリフティングしながら答えた。

「横浜と川崎が止めたんだ。町田が横浜や川崎に攻め込むとなると、露骨《ろこつ》な侵略行為になる。それよりかは、横浜と川崎の内乱に、町田も参戦するという形の方が痛み分けになる。横浜と川崎は内乱を偽装して、町田をおびき寄せることで、町田が先制攻撃を仕掛けるという事態を阻止したんだ。さすがだよ、横浜と川崎は」

保土ケ谷の神は頭をかきむしる。

「ジジイどものメンツのために、俺たちが働かされるのはしゃくだぜ」

稲城の大神は素直に頭を下げた。

「その点に関しては君たちに感謝しているよ。そりゃ、横浜や川崎と私たちが束になって町田を押さえつけるのは簡単だ。そうなれば、町田は侵略者として処罰を受けることになるし、町田がずっと抱えている悩みを解決することにはつながらない。横浜や川崎の真意は私にも分からないけれど、君たちにも町田の悩みを解決するのを手伝って欲しいという、遠回りなお願いなのかもしれないな」

「あっひゃっひゃ！　そんな回りくどいやり方ではなく、もっと簡潔に頼んで欲しいものですね！」

「で、でも、町田様は、この戦いで何をしようとしているんだろう？」

港南の神がそうつぶやくと、多摩の大神が背中に飛び乗ってきた。

「お、重いよ、多摩様。せ、せめて荷物を下ろしてから乗ってよ」

多摩の大神は港南の神によじ登りながら、不敵な笑みを浮かべた。

「町田の野望。それは、真の独立」

「真の独立?」

青葉の神が問いかけると、稲城の大神は歌を口ずさんだ。

「『リパブリック・オブ・町田』。『三律廃藩置県』のアンセムで、必ずライブの最後に歌う曲があるんだ。これは、その名の通り、町田の独立を歌っている。東京と神奈川の狭間で揺れ動く町田は、どちらかに属すのはもうやめて、町田県として、すべてを支配してやるというこの曲は、ライブですごい盛り上がりを見せるんだ」

「町田県って、確か鶴見さんも、そんなことを言っていたような……!」

青葉の神は、保土ケ谷バイパスで戦った鶴見の神の言葉を思い出していた。

「『リパブリック・オブ・町田』の歌詞の一番は、横浜や川崎を併合してしまうものだ。もし、町田が歌詞通りに動いているのなら『喰々獏々』を使って、君たち横浜や川崎の土地神をすべて食らいつくし、町田県として併呑しようとしているんだ」

「そんなバカな!」

栄の神は驚いていたが、これまでの戦いを見てきた保土ケ谷の神からすると、馬鹿げてはいても理にかなった解釈だった。

「今の町田にとって、横浜や川崎が統治する現実は悪夢。自分が町田県の超神となって、横浜や川崎を手中に収めよう、ってわけか」

「おそらく」

稲城の大神は、古くなった小屋を見た。

「塞ぎ込んだ町田を励ましてやれる言葉を、私たちは見つけられなかった。このような形になってしまって、バンドメンバーとしても、大神としても申し訳なく思っている。こんなことを言うのは筋違いかもしれないけど、町田を救ってあげて欲しい。このまま乱暴に力でねじ伏せて、冥界に送られるだけなんて、あまりにも気の毒だ」

稲城の大神は、拳を強く握った。青葉の神からすれば、稲城の大神や多摩の大神は、若いけれど信頼のおける一人前の土地神だった。そんな大神でも、すべてを解決できるわけではない。

「俺たちも黙って指をくわえているつもりはない。すべての元凶は『喰々獏々』にある。あれさえなんとかできれば、この問題はクリアだ。とは言え、『喰々獏々』の力を目の当たりにした身からすると、お手上げというのが正直な感想だ」

「そんなに強力なのか?」

滅多に匙を投げない保土ケ谷の神がそう言ったのを耳にして、稲城の大神は驚いた。

「『喰々獏々』に食べられて町田化されるのも恐ろしいが、強い睡魔を発生する神器だから、近づくことすらままならん。ごり押しで戦うのは不可能だ」

「先生、気になることがあるんだ」

青葉の神はそう切り出した。

「何だ？」

「なんで町田様は、麻生さんに協力したんだろう？」

前にも青葉の神が似たような疑問を口にしたことを、保土ケ谷の神は思い出した。

「麻生から協力要請があれば、自分から攻め込むより手間が省けると考えたんじゃないのか？」

青葉の神は首を振った。

「『喰々獏々』は古代神器なんだ。もし、町田様が本気で横浜と川崎を手中に収めたいと考えているんだったら、麻生さんと協力なんかしないでも、『喰々獏々』を使って単騎で一気に攻め込めたと思うんだ」

その考えを聞かされ、保土ケ谷の神や磯子の神だけでなく、稲城の大神も息を呑んだ。

「確かに、そうだな」

「『喰々獏々』に土地神を食べる能力があるのなら、麻生さんを真っ先に食べちゃえばよかったのに、最初に食べられたのは鶴見さん。その後に、都筑が食べられて、パパとママも襲われた。これって変じゃない？　先生や旭さんを食べるチャンスだってあったのに、まるでえり好みをしているみたい。『喰々獏々』が食べた土地神には共通点がある」

「共通点ですか？」

栄の神が問いかけると、青葉の神は自信を持ってうなずいた。

「それは、みんな鶴見川沿いの地区を司っている土地神なんだ」

磯子の神は手を叩いた。

「あっひゃっひゃ！　それは妙な一致ですね！」

「これはぼくの仮説だけど、『喰々獏々』は不完全な状態なんじゃないのかな。『喰々獏々』は古代神器だから、現代の民から力を得ることはできない。現代の土地神を食べることで、力を取り戻そうとしていると考えると、奇妙な行動の理由が腑に落ちるんだ」

鋭い推理ではあったが、その考えの結論に気付いた泉の神は、青葉の神の肩に手を置いた。

「そうなると、最後に食べられるのは青葉ということになるわ」

そのことにも気付いていた青葉の神は、泉の神の手にそっと触れる。

「『喰々獏々』は、手強い土地神から食べていくことにしたんだ。鶴見さんは放っておいたら手が付けられなくなるし、都筑の機転の速さも敵からすれば厄介だ。幸さんはすでに『喰々獏々』の夢の中にいる。逃げ足の速いパパさえ食べちゃえば、あとは戦闘が苦手なママとぼくしかいなくなる。ぼくが食べられたら、この戦いはおしまいだ。逆に言えば、ぼくさえ食べられなければ、『喰々獏々』は完全に覚醒することはない」

その推察に、保土ケ谷の神は満足していた。

「なるほどな。だが、青葉を守っているだけじゃ防戦一方だ。攻勢に出られる策があればいいんだが……」

カエルを捕まえてきた多摩の大神が、ひょっこりと現れた。

「なんてものを捕まえてんだ、お前は！　早く戻してこい！」

保土ケ谷の神をよそに、多摩の大神はカエルの頭を撫でる。

「それなら、多摩ちゃんの『多摩結』が使える」

「『多摩結』は俺たちの神器を封印しようとしてるんじゃないのか？」

保土ケ谷の神の疑問に理解を示すように、多摩の大神はうなずく。

「『喰々獏々』も多摩丘陵の神器だから、例外ではない」

その提言を受け、考えがまとまった青葉の神は一同に言った。

「『喰々獏々』に近づけない以上、神器そのものを無力化する『多摩結』は最善策だ。どうにかして多摩さんを説得して、作戦を練ろう」

「『多摩結』を発動するのは時間がかかるんですよね？　その間に眠らされてしまえば、一巻の終わりです」

栄の神に同意するように、青葉の神も首を縦に振る。

「今の『喰々獏々』が町田様から力を受けているなら、町田様と『喰々獏々』を離せば力が弱まって、つけいる隙が生まれると思うんだ」

「は、離すって、どうやって？」

港南の神はおどおどしながら問いかけた。

「ぼくがおとりになる」

その宣言に、一同は驚きの声を上げた。

「今、『喰々獏々』はぼくを狙っている。何らかの形で町田様を足止めしている間に、ぼくが『喰々獏々』をおびき寄せれば封印の機会が生まれる」

ここまで話してきたことを照れるように、青葉の神は頰に手を当てた。

「って、思ったんだけど、そう簡単にはいかないよね」

保土ケ谷の神は笑みで返した。

「そんなことはないぜ、司令塔。そうと決まったら、細かな配置は俺に任せろ」

保土ケ谷の神は横浜の神々を集めて作戦会議を始めた。ほっとしている青葉の神に稲城の大神が声をかけてくる。

「ありがとう、青葉」

「ぼくも、都筑を助けたいですから」

稲城の大神は、改めて青葉の神をじっくり見た。

「ところで、レッスンは順調？」

「え？　何のことですか？」

「歌やダンスのレッスン、色々と通っているんでしょ？　都筑から相談を受けていたの。青葉に合いそうな楽曲や振り付けなんかがあったら教えてくれってね」

いきなり自分の話をされて、青葉の神は困ってしまった。

「はい、一応通ってはいるんですが、自分が何に向いているかはよく分からなくて。都筑に言われるがままやっているだけです」

稲城の大神は笑った。

「言われるがままモデルやＣＭの仕事をこなしちゃうのは、少し嫌みだよ」

「すみません」

「土地神だって、地上に顕現するまで何をやるかは知らされていないから、私もゴルフコーチをやれなんて言われるとは思ってもいなかったよ」

「キャンプ講師も、やってみると楽しい」

多摩の大神は、組み上げたテントを見せながら言った。

「町田とバンドを組むことになるなんて思いもしなかった。楽器をちゃんと演奏したことなんてなくて、町田も先輩の土地神だったから、最初はすごくギクシャクしてさ。町田は口下手で、たまに変なスイッチ入るからめちゃくちゃ絡みにくいし、傷つきやすいから、ホントに音楽なんてできるのか不安だったのに、不思議と音を合わせて練習をしていくうちに、相手の音が分かってくるんだ。あいつはこういう音を出したがっている、私のこういう音を欲しがっている。言葉じゃ伝わらないけれど、確かに存在するつながりが、音楽にはある。君にだって、そういう音が存在しているんだ」

「ぼくは本格的に音楽をやっているわけじゃないから、稲城様や町田様と比べられるなんておこがましいことです」

稲城の大神は、きっぱりと首を振る。

「音楽に階級はない。あるのはリズムに乗れるかそうじゃないか、それだけだよ。君こそ、都筑を過小評価しているんじゃないかな」

「都筑をですか？」

「彼女は、目利きだ。君が双子の姉妹だから、身内びいきで褒めているわけじゃない。彼女が認めているということは、君に何かがあるということなんだ。もし、自分を評価できないのならば、誰かのために音楽をやってみるのもいい。誰かがいいと言ってくれたものを伸ばせば、君自身で気付けなかったものが見つかるかもしれないからね」

稲城の大神の助言を、青葉の神はありがたく受け止めた。保土ケ谷の神が具体的な作戦を計画して、目的が定まった一行は再び幼稚園バスに乗り込んだ。

「スコアアップすることを、願っているよ」

稲城の大神の横には、金沢の神を背負う磯子の神と眠り続ける旭の神の姿があった。

「磯子さんたちは同行しないの？」

青葉の神は問いかけた。

「あっひゃっひゃ！　ここは、『喰々獏々』の夢とつながれるエリアですからね。万が一に備えて、『金技文庫』で模倣した『夢見枕』で、アクセスができないかの調査を続けておきますよ。愚弟の調子もよくありませんしね。旭の面倒は任せてください」

「分かった。気をつけてね！」

磯子の神はひらひらと手を振った。

「しゅ、出発するよお」

幼稚園バスは町田の谷戸を離れて、川崎市へ進んでいった。

第六章　生田緑地の決戦

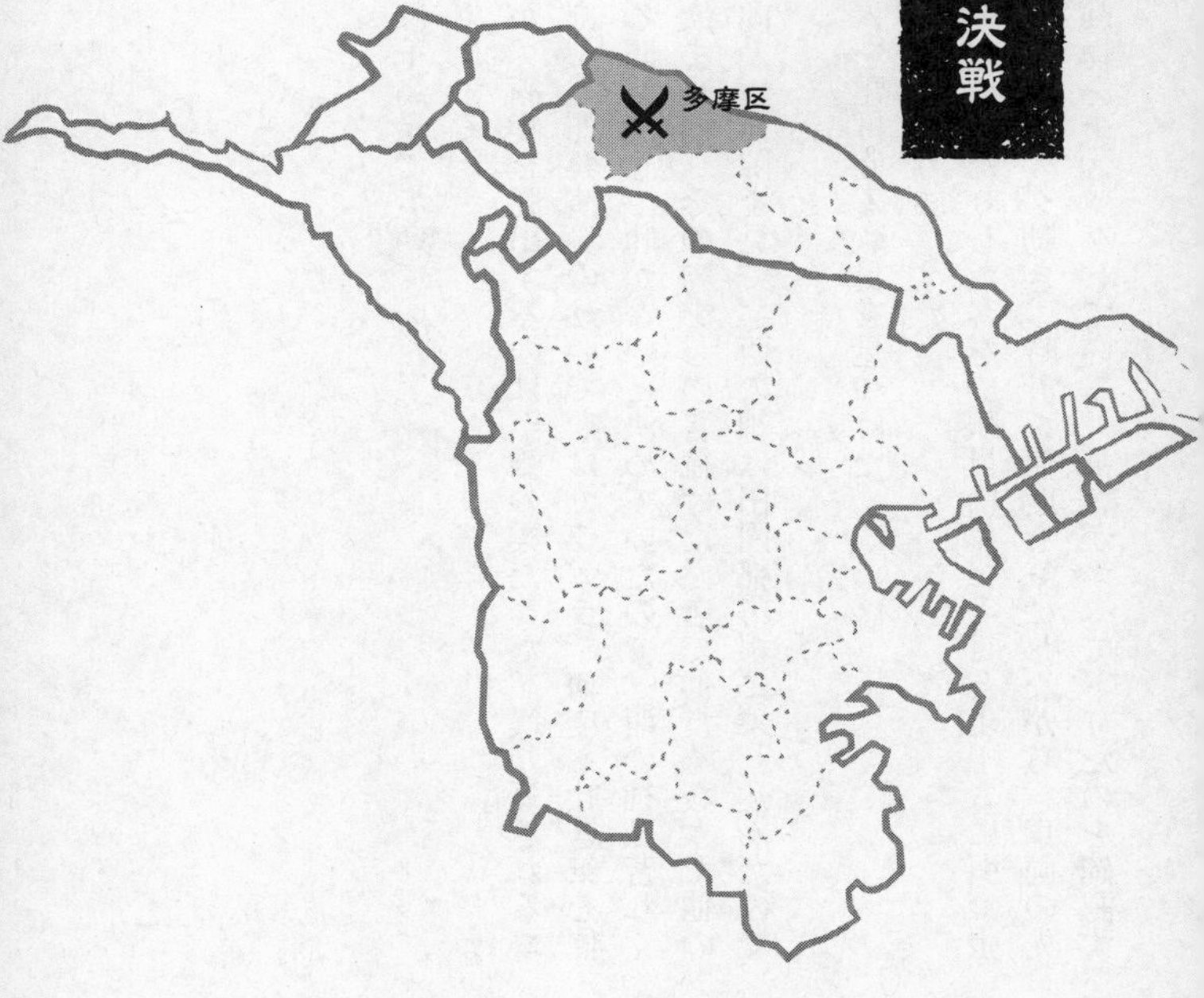

鷺沼駅のホームを、西の神は千鳥足で歩いていた。

「……クソッ、まだ頭がガンガンする」

高津の神に捕まった西の神が、酒宴を脱出するのは至難の業だった。繰り返されるコール、焼酎やワインのちゃんぽん、即興演奏のせいで喉はガラガラ。何度も吐き気を催したが、バーテンダーを続ける間は決して吐かないと決めていたので、西の神は苦しくなったら高津の神にひたすら飲ませて、その場をしのぎ続けた。店で仲良くなった他の客たちと高津の神が三次会に向かった隙を見て、西の神は田園都市線に乗り込んだのであった。

満身創痍の西の神は、ホームを駆け回る駅員を見つけた。

「この電車は回送電車となり車庫に入りまァす」

最終電車で酔い潰れたり、寝過ごしたりした客を、駅員はキビキビとホームに引っ張り出している。ロボットのようにカクカク動き、時計を何度も気にしながら、車両の先頭から最後尾まで、網棚の忘れ物をチェックしている。乗客がすべて下りたのを確認すると、駅員は回送電車に合図を送った。

「精が出るな、宮前」

西の神が近づいた駅員こそ、川崎市宮前区を司る土地神・宮前の神だった。宮前の神は西の神を見かけると、笛型の神器『発車往来《はっしゃおうらい》』をピイと吹く。

「黄色い線の内側までお下がりくださァい！」

「む」

ホームの端に近づいていたので、西の神は素直に言うことを聞いた。指さし確認をした後、回送になった最終電車は駅に隣接する車両車庫に向かって走っていった。電車が駅から離れていくのを、宮前の神は背筋をピンと伸ばしながら見送る。駅の閉業業務に移ろうとした宮前の神を、西の神は慌てて止める。

「なに仕事に戻ろうとしているのだ、貴様！」

自分の仕事を中断されて、宮前の神は露骨に嫌そうな顔をする。

「何でしょうか」

「何でしょうか、ではない！　貴様が多摩と手を組んで横浜の神器を封印しようとしているのはお見通しだ！　横浜と川崎が争うなど不毛なこと。貴様らが危害を加えない限り、こちらに争うつもりはない。講和に応じろ」

西の神に詰め寄られ、宮前の神はマイクに手を当てた。

「えー、まもなく特別列車が参りまァす。危険ですので、黄色い線の内側まで下がって

お待ちくださァい。なお、この列車は特別列車となっており、ご乗車はできませんので
お気を付けくださァい」

「業務に徹している場合か！　私の話を聞け！」

西の神は、最大限の譲歩のつもりで条件を出したが、宮前の神の返事は神器『発車往来』を強く吹くことだった。甲高い警笛《けいてき》の音に、西の神は両手で耳をふさぐ。最終電車が去ったはずのホームに、列車が近づいてきた。線路の軋《きし》む音が響き、車体の屋根から煙が上がっている。金属がこすれる音を立てて駅に入ってきたのは、黒光りした古い蒸気機関車だった。

「これは、Ｄ51！」

戦前から多くの民を全国各地に運んだ機関車が、蒸気を上げてホームに止まった姿に、西の神は息を呑む。唖然とする西の神をよそに、宮前の神はつかつかと運転席へ入っていく。

「待て！」

西の神は機関車に乗ろうとしたが、このＤ51には客車が付いていなかった。運転席へ乗り込もうとする前に、宮前の神の警笛が鳴り響く。

「駆け込み乗車はおやめくださァい！」

「何が駆け込み乗車だ！　下りろ！」

汽笛を鳴らし、機関車は動き出した。現代の電車と変わらない速度で加速していき、

西の神はホームに投げ出された。走って追いかけようにも、機関車は蒸気を吐き出して、どんどん駅から離れていく。

西の神は足を止めて、くすりと笑った。

「そうか。貴様の考えはよく分かった。いいだろう！」

西の神は腰に巻いていた神器『神之碇』をターザンロープのように振り回し、巨大化した碇を機関車と連結した炭水車に投げつけた。うまく引っかかると、西の神は線路の上に立ち、思い切り引っ張る。

一方の宮前の神は機関車に乗った時点で、西の神を撒いたと確信していた。『発車往来』を使えば、あらゆる鉄道車両を呼び、線路上を自由に行き来できるのだから、雲隠れをするにはうってつけの神器だった。いくら横浜の土地神で指折りの強さを誇る西の神が現れたとしても、追いつけるはずはない。機関車がそろそろトップスピードに乗るかと思っていたが、あろうことか減速しかけている。運転席の窓を開けて後ろを見てみると、炭水車に引っかけた碇を西の神が豪腕で引っ張って、機関車を止めようとしていた。

機関車の後ろから、西の神は顔を真っ赤にして叫んだ。

「この私から逃げられると思ったか？　こちとら、高津にたっぷりとガソリンを飲まされている！　飲んだものは燃やさねばな！」

西の神が力尽くで機関車を止めようとしているのを見て、宮前の神は背筋が凍った。

「やはり、横浜の土地神は物騒です」

このままでは、機関車ごとひっくり返される。宮前の神は『発車往来』を吹き、機関車の速度を上げた。西の神は港南の神や鶴見の神ほど腕力があるわけでもないので、このまま押し切ってしまえばいい。宮前の神には勝算があった。

機関車に引っ張られて、線路上でこすれる西の神の革靴から火花が起こる。機関車相手の綱引きでは分が悪く、腕の力にも限界があるが、西の神は笑っていた。

「足下がお留守になっているぞ!」

西の神は『神之碇』を炭水車から離し、碇を振り直してから再び投げつけた。今度は炭水車をそれて、前方の線路にぶつかる。

強引な手を使ったせいで、コントロールする力がなくなったのか? そう思った宮前の神だったが、碇から解放されたので機関車の加速がスムーズになった。これならば、余裕で逃げ切れる。勝機を捉えたと思った瞬間、機関車が隣の線路へと移っていた。

「まさか、分岐器を!」

宮前の神が驚いたのもつかの間、機関車は車庫に向かっていた。今からブレーキをかけたところで間に合わず、停車中の電車に突っ込むことになる。宮前の神が判断を迫られる中、再び『神之碇』が炭水車に引っかけられていた。

「どうする、減速をしなければ貴様の大好きな電車を破壊することになるぞ。車庫に機関車が突っ込んだとなれば、明日の交通網は大パニックだ。鉄道会社に従事する貴様が、決して起こしてはならない大惨事になるな！」

西の神は碇を引っ張りながら続ける。

「とっとと機関車を止めて下りてこい。今ならブレーキの手伝いをしてやってもいいぞ。貴様が敗北を宣言するのならな！」

先ほどより厳しい条件が突きつけられていた。停車している電車は目前に迫っている。土地神が人間の電車を破壊するなどあってはならないが、このまま敗北を宣言しては、川崎の大神の命を果たせなくなる。

「やむを得ません」

腹をくくった宮前の神は『発車往来』を吹いた。機関車の前方に地下のトンネルへ続く線路が現れて、機関車は暗闇の中に突っ込んでいく。

「ようやく尻尾を表したな。……って、いかん！」

トンネルに入ったせいで、機関車の煙が西の神を襲い、一瞬にしてすすで真っ黒になった。視界が真っ暗になり、呼吸も苦しくなるが、西の神は鎖を握って放さなかった。

「『多摩結』を起動するには時間がかかり、しばらく無防備になる。その間に誰かが多摩をサポートする必要がある。宮前なら多摩を守護する空間を用意できると踏んだが、どうやら正解のようだ。それにしても、煙たくてかなわん！」

西の神は鎖で綱登りをして炭水車までたどり着き、列車にしがみつきながら終点を目指した。前方が明るくなり、まぶしさで視界が真っ白になった後、西の神の目に映ったのは、丁寧に管理された緑豊かな公園と移築された古民家が並ぶ景色だった。

「ここは、生田緑地[38]か？」

多摩丘陵の自然が感じられる公園であることは、見間違いようもなかったが、一つだけ大きく異なっているのは、空が無数の電車で埋め尽くされていることだった。電車の糸でできた繭《まゆ》の中に迷い込んだかのようだった。機関車は減速していき、一仕事終えたように蒸気を吐き出すと、宮前の神の声が響いた。

「生田緑地ィ、生田緑地ィ。終点です」

西の神は、ハンカチで顔を拭い、運転室から下りてくる宮前の神を見た。

「ここが貴様らの根城というわけか。この私を招き入れたのが運の尽きだ。『多摩結』は止めさせてもらう！」

宮前の神は警笛を鳴らした。

「無賃乗車です。罰金を支払っていただきます」

「暴走列車が何を言う！」

西の神は宮前の神に向けて、『神之碇』を投げつけた。電車の繭から蛇のように伸びてきた電車に飛び乗って、宮前の神は碇を避ける。背後に気配を感じた西の神が振り向くと、空から触手のようにうねった電車が襲いかかってきた。それは、ヤマタノオロチの電車版といった様子だった。西の神は笑う。

「貴様、端《はな》から私と刃を交えるつもりでいたな。駅のホームより、貴様の生み出した空間の方がよほど好きに暴れ回れる！」

うねる電車の蛇が、西の神めがけて突っ込んでくる。地面に激突して激しく土煙が舞うが、西の神は電車に飛び乗って、天井へ駆けていった。天井に近づくほど、ひしめく電車の数は多くなり、行き場がなくなった。

「わざわざ網に引っかかりに行くとは」

宮前の神は電車の繭を笛で操って、西の神を窮地に追い込んでいく。西の神は『神之碇』を電車に巻き付け、連結を引きちぎった。鎖でぐるぐる巻きにした車両をロケットのように射出して、宮前の神を狙う。宮前の神は電車を動かして破壊するが、天井の西の神は、次々と引きちぎった車両を、宮前の神めがけて投げつけていく。

「どうした！　勢いが鈍っているぞ！」

宮前の神の頭に、疑問が浮かぶ。なぜ、直接攻撃をしてこないのか、と。電車繭は宮前の神の空間なので、地の利はあったものの、機関車と綱引きができるほどのパワーがあれば、西の神は直接戦った方が勝算はあるのに、どうして電車に飛び乗って、わざわざリスクのある天井から電車を引きちぎって投げるのか。

38　**生田緑地**　多摩区内にある川崎市内最大の都市公園。かつて向ヶ丘遊園が緑地内にあったほか、日本民家園や岡本太郎美術館、藤子・F・不二雄ミュージアムなどが並び、多摩丘陵の自然が多く残される。

この戦いにおいて、西の神の目的は宮前の神を打倒することではない。真の目的は『多摩結』の発動を止めることだと宮前の神は考えていた。発動中無防備になる多摩の神を、宮前の神の電車繭で守り切るという作戦は、盤石だった。徹底した防御を行うために、同期である麻生の神にさえ近づかないよう伝えている。たとえ繭の中に入ってきたとしても、多摩の神が広い生田緑地を模した空間のどこに隠れているのかは容易に探し当てることはできない。

西の神は、電車繭そのものを破壊するつもりなのかもしれないが、効率が悪いし、体力ももたない。このまま攻撃を続ければ消耗戦に持ち込むことは可能だったので、電車で西の神を封じる作戦を続けるのが最善だと宮前の神は判断した。

『発車往来』を吹く宮前の神が焦っていることを、西の神は見抜いていた。

「早く仕留めた方がいいぞ。戦いが長引けば長引くほど、貴様が不利になっていくのだからな！」

西の神は鎖を振り回し、天井を埋め尽くす電車を次々と破壊していく。電車繭は電車が何重にも重なっているので、少し壊したところで特殊空間そのものが破壊されることはない。

気になるのは、音だった。電車と電車がぶつかる度に、激しい金属音が鳴り響き、地面に電車が刺されば地響きが起こる。逃げ惑う西の神を仕留めるために、重なり合った電車が軋む音を立て、繭の中は鉄工所のような音で満ち満ちていた。

戦いが長引けば不利になるのは、西の神のはずだが、ただのはったりで言っているわけではないとも感じた宮前の神は、なんとかして西の神を封じる手立てを考えていた。

金属音や破裂音が鳴り響く中、池の近くにあった古民家から突如として叫び声が聞こえた。

「ドッカーン！」

その声は西の神の耳にも届き、攻撃を中断する。

「頃合いだな」

慌てた宮前の神が、声の聞こえてきた古民家に飛び込むと、バラの花冠をかぶった長髪の人物が、仰向けになって手足をピクピクさせていた。

「多摩！」

宮前の神が駆け寄った相手こそ、川崎市多摩区を司る土地神・多摩の神だった。多摩の神は全身を痙攣させ、目が泳いでいる。畳の上には大きな地図と、糸を通した『多摩結』が落ちていた。

「どうしましたか！」

宮前の神に声をかけられても震えていた多摩の神だったが、突然顔を真っ赤にすると背筋をピンと伸ばして、だらりと横たわった。近くには、横浜の神々を模したぬいぐるみが転がっている。

「もうやーめた」

「は？」

嫌な予感が宮前の神の頭をよぎる。多摩の神はふてくされていた。

「やめるっていったのよ、もう！」

突然『多摩結』の発動を放棄した多摩の神に、宮前の神は焦りを見せる。

「何を言っているのです！　横浜の神器を封じなければ、川崎に勝ち目はないのですよ？」

多摩の神はじろりと宮前の神を見る。

「ワタシ、言ったわよね？　『多摩結』を発動するからには、静かな環境を用意してちょうだいって」

宮前の神はうなずく。

「だから『発車往来』で他の土地神が干渉できない空間を用意したのです」

多摩の神はため息をついた。

「空が電車で埋め尽くされて、太陽の光も入らず、鳥や虫が遊びに来ることもできず、花の香りは油臭さにかき消され、コンビニにいくにも一苦労。ワタシは、川崎のために我慢して、神器を発動させようとしたわ。一度、横浜の神器を『多摩結』で封じたら、どんな芸術的ビッグバンが起きるのか、興味深かったからね」

多摩の神はバンと手で畳を叩いた。

「さっきから何なのよ、ドカンバキンと！　うっさいったらありゃしないわ！　いい、アートっていうのはね、静と動が大切なの。過激な作品が、叫びながら作られていると思ったら大間違いよ？　どんなに激しく見える作品でも、地味なやり直しを何度もやって、本当に美しいのかどうか眠る度に悩んで、時折やってくるすべてが退屈に見える心の弱さと向き合いながら、芸術は表出されるわけ！　そのためには、静けさがないとダメなのよ！」

芸術論をぶちまける多摩の神に押されっぱなしだった宮前の神を助けるように、西の神が古民家に入ってきた。

「だから言っただろう。早めにとどめを刺さなければならないと」

宮前の神は身構えたが、西の神に戦うつもりはもうなかった。

「アンタが騒音の原因ね」

多摩の神は頬を膨らませたが、西の神は肩をすくめた。

「貴様が『多摩結』を発動しようとしていると聞いて、宮前は骨が折れるだろうなと容易に想像がついた。なぜここまで屈強な守りを用意する必要があったのか。無防備になる貴様を守るというのは、建前に過ぎん。結局のところ、貴様のせっかちで、なかなかやる気が起きない気まぐれさを打ち消すためには、相応の環境を用意する必要があった。違うか？」

多摩の神は口に手を当てて笑った。

「失礼しちゃうわ。一度ゾーンに入ったら、ワタシほど集中力のある土地神はいないわよ。ほら、ご覧なさい。もう少しで縫い終わりそうだったんだから」

多摩の神は、『多摩結』で紡いでいた西の神のぬいぐるみを見せた。他にも旭の神や金沢の神など、横浜の半分以上の神々がすでに縫われている。

「個別に封印しようとすれば、アンタはとっくに動けなくなっていたわ。全員同時に封印するために、時間を使っちゃったのがアンタにとっては幸運だったみたいね」

思っていたより裁縫が進んでいたことに、西の神は肝を冷やす。

「創作に没入した貴様は、相手のしようがない。『発車往来』の防御がなくとも、近づくことすらできなかったはずだ。神器で戦おうとしても勝算はない。貴様の集中力を阻害する以上に、有効な作戦はなかったというわけだ」

多摩の神はため息をつく。

「ハァ、横浜を川崎に併合したら、街中をお花だらけにしようと思っていたのに、残念。都心に近いのに、これだけ自然が残されている地域は希有なのよ？　宇宙から見ても分かるくらいのお花で埋め尽くすのが、土地神の本懐ってものでしょ？　無粋なアンタに邪魔されるようじゃ、この計画もお粗末だったってわけね。短いけど楽しい夢が見られたわ」

多摩の神は西の神のぬいぐるみを撫でた。

「まさかアンタが一番に乗り込んでくるなんてね。ワタシはてっきり、保土ケ谷あたりが連れだって攻めてくるんじゃないかと思っていたけど」

「あいつは別働隊として動いている。貴様を押さえた以上、川崎に勝ち目はない。貴様からも、他の川崎の神々に停戦するよう説得してもらうぞ」

西の神はスマートフォンを見たが、他の横浜の神々から何の連絡もなかった。

「私より先に行動しているのに、何の報告もないとはどういうことだ。港北はきちんと保土ケ谷と合流できたのか？　姉上たちは連携を取れているのか？」

その時、外からギターのフレーズが聞こえてきた。ドゥービー・ブラザーズの『ロング・トレイン・ランニン』のカッティングギターが鳴り響いている。その音を耳にして古民家の外に出てみると、丘の向こうから『弦界突破』をかき鳴らして歩いてくる町田の大神の姿があった。

「町田だと？」

西の神は予想もしなかった土地神の登場に虚を突かれるが、それ以上に驚いていたのは宮前の神だった。

「電車繭が、消えている」

空を覆うほど重なり合っていた電車の群れが霧と消え、本物の空が現れていた。

「貴様が解いたのか？」

西の神が問いかけた宮前の神は、駅員の帽子を脱いで額の汗を拭った。

「いえ、違います。これは……」

演奏を続ける町田の大神の隣に、麻生の神の姿もあった。宮前の神は戸惑いながら近づいた。

「麻生！　どうして町田様と一緒にいるのです？」

驚いたのは麻生の神も同じで、『粧柿』を握りしめながら宮前の神を見る。

「あなたこそ、なぜ西が隣に？」

宮前の神は、麻生の神の警戒を解くように両手を挙げた。

「ちょうど西の襲撃を受けていたところなのです。『多摩結』の発動を阻止され、どうしようかと思っていた矢先に……」

「ヨオ、ミヤマエ！　こちとらアサオと手を組んでやったっていうのに、引きこもっちまうなんてつれねえなあ！　ここを見つけるのにずいぶん苦労したぜ」

町田の大神は、笑いながら指を動かし続ける。

「まさか、町田様に協力を依頼したのですか？」

宮前の神が問いかけると、麻生の神は目をそらした。

「あなたが多摩と手を組んで籠城してしまったのだから、私だけで青葉や都筑を相手にするのは困難ですわ。川崎の一大事に、手段など選んではいられません。町田様に協力を依頼したら、快諾してくださいましたの」

町田の大神はツートンカラーの髪を揺らしながら気持ちよさそうに演奏を続けている。

町田の大神の前に立ったのは、西の神だった。

「貴様、自分のやっていることが分かっているのか？　これは横浜と川崎の問題だ。しかも大神である貴様が戦いに介入するなど言語道断。今なら悪ふざけで済む。この場は私たちがけりを付けるから、貴様は消え失せろ」

大神がこの戦に首を突っ込んできた状況を笑って見過ごせるほど、西の神は穏やかではない。『弦界突破』で起こした衝撃波が、西の神を襲う。

「ミヤマエの電車繭は堅牢だからな。外部から侵入しようとしても、ネズミ一匹通しはしない。代わりにオマエが突破口を開いてくれて助かったぜ、ニシ」

「二度は言わんぞ」

西の神は毅然と言い放った。町田の大神は舌のピアスを見せびらかしながら、両手を広げた。

「相変わらず、ヨコハマの手下は礼儀がなってねぇなあ。電車繭を弱体化させたらオマエにもう用はない、ニシ。オレサマは、タマに会いに来たんだ」

「一体何の用かしらね」

多摩の神は『多摩結』と作り上げたぬいぐるみを抱えたまま、後ずさりしていた。

「オレサマはオマエのフラワーアートが大好きだ！　野に咲くより生き生きとして、出会うはずのない花同士が重なり合って、生命が交わる美しさを感じる！　そのオマエが『多摩結』を使ったらどんな作品が生まれるのか、楽しみにしていたんだ！」

麻生の神は、恐る恐る問いかけた。

「町田様、多摩に協力を依頼しに来たはずだったのでは？」

町田の大神は背伸びをして、麻生の神の頭を撫でた。

「いい子だ。その通りだよ、アサオ。だが、オレサマが会いに来たのはニセモノじゃない。ホンモノのタマだ」

「何ですって？」

多摩の神はニセモノ呼ばわりされて、眉をひそめる。町田の大神は、麻生の神の頭を撫で続けた。町田の大神の不審な行動には慣れたつもりでいた麻生の神だったが、ここへきて不信感を抑えきれなくなっていた。

「なぁ、アサオ。どうしてオマエは内陸の土地神でありながら川崎の名を背負わされていると思う？」

「それは……」

地名や区分けは、土地神が決めるものではない。そんなことを問われても、麻生の神には答えようがなかった。町田の大神は宮前の神にも目を向ける。

「ミヤマエだって、自分を川崎の土地神だとは思えないだろう？　それに、タマ。イナギを挟んでもう一つタマがあるなんておかしいとは思わないか？　それはな、この世界が悪い夢だからなんだよ」

「悪い夢？」

宮前の神は背中から汗が流れ落ちていくのを感じながら、問いかける。

「この世界は間違った名を冠した土地神が、地上に顕現している。自分はこの地にふさわしい土地神ではない。そう思ったことはないか？」

世間が思う川崎とは少し毛色が違うことを、麻生の神も宮前の神も考えたことがないわけではなかった。

「それはな、オマエたちがニセモノだからそう感じるんだ。オマエたちに罪はない。悪夢だと知らされぬまま、顕現したのだから。オレサマは横浜や川崎をあるべき形に戻し、苦しむオマエたちを解放してやる！」

「わ、私たちがニセモノ？　冗談じゃありませんわ。私は、川崎市麻生区を司る土地神。天界から命を受け、この地に顕現し、生きとし生けるものを等しく守護することを誇りに思っています！」

麻生の神は胸に手を当てて、言い切った。

「そんな気負いとも、今日でオサラバさ」

西の神は、嘲るように言う。

「この世界が悪夢というのなら、貴様が知る真の世界とは何だ？　偉大なる大神として、無知蒙昧《むちもうまい》な私たちにその姿を教えていただこう」

町田の大神はギターソロを奏で、ソニックブームが西の神を襲う。その激しいフレーズは、西の神にも聞き覚えがある。それは、『二律廃藩置県』のアンセム『リパブリック・オブ・町田』だった。

「横浜や川崎など、存在してはならない！　神奈川の東部をオレサマが司る町田県こそ真の姿！　オマエたちは町田の土地神として、胸を張って生きられるのだ！」

熱を込めて演奏した町田の大神だが、西の神の嘲笑《ちょうしょう》で迎えられた。多摩の神も笑い、麻生の神と宮前の神は顔が引きつっている。

「川崎と横浜が町田ですって？　冗談は歌の中だけにしてちょうだい！　もしかして、アンタなりに仲裁をしてくれるつもりなのかしら？」

多摩の神はお腹を抱えて笑っていたが、町田の大神は演奏をやめなかった。

「現実を受け入れられないのも無理はない。すぐに、オマエたちを悪夢から解放してやる！」

そう叫んだ瞬間、町田の大神の頭上に白黒模様の大きなバク、『喰々獏々』が姿を現した。町田の大神の宣言を虚言と笑い飛ばしていた西の神も、『喰々獏々』の登場で一気に緊張感が走る。

「なっ、これは一体？」

「『喰々獏々』は、悪夢を食べ、理想を現実に変える！　ニセモノは、バクの供物となるがいい！」

町田の大神が『リパブリック・オブ・町田』を歌い始めると、『喰々獏々』は大きなあくびをした。西の神は足に力が入らなくなり、視界が暗転する。それは麻生の神や宮前の神も同じで、膝をついている。

「町田様！　協力して横浜を打倒するのでは？」

麻生の神は眠気をこらえながら叫んだ。

「打倒するのが横浜だけだと誰が言った？　オレサマは、悪夢をすべて平らげる！　それは、オマエもだ、アサオ！」

町田の大神は『弦界突破』を両手で握って、麻生の神に殴りかかろうとする。眠気のせいで、麻生の神は『粧柿』を握ることすらままならない。『発車往来』を吹いた宮前の神が、地面から電車を呼び出して町田の大神に激突させた。

「麻生！　こっちへ！」

電車に乗った宮前の神は、麻生の神に手を伸ばそうとするが、再び『喰々獏々』があくびをしたことで、眠気に襲われて神器を操ることができず、呼び出した電車は消えてしまった。眠りに落ちようとしている二人を、西の神は『神之碇』で引っかけて近くに寄せた。

西の神は宮前の神と麻生の神を鼓舞した。

「貴様たちは何が何でも多摩を守り切れ！　町田の狙いは『多摩結』だ！　あれをやつに奪われたら、横浜と川崎の大半が無力化する！　今は横浜と川崎が争う時ではない！」

麻生の神は、まだ町田の大神が裏切ったことを信じられずにいたが、宮前の神の判断は速かった。

「分かりました！」

麻生の神の手を引き、うずくまる多摩の神に声をかけた宮前の神は『発車往来』を吹こうとするが、町田の大神が起こしたソニックブームで立つこともできない。ふわふわと『喰々獏々』が近づいてきて、眠気が襲ってくる。

西の神は町田の大神を押しとどめようにも、眠気のせいで神器を扱えそうにない。

「クソッ、この眠気はあのバクの仕業か？　こいつに近づくのは危険だ！」

なぜ町田の大神が襲いかかってくるのか。このバクは何なのか。悪夢とは、どういうことなのか。すべてがまぶたの奥へ消えようとしていた。

バクが突然くるりと後ろを向いた。地面がずしんと揺れ、何かが近づいてくる。その揺れに、西の神は覚えがあった。

「こうなる前に助けに来られないのか、あのアホは」

後ろを向いた『喰々獏々』に気付いた町田の大神は、演奏をやめて背後に目をやった。

巨大化した港南の神が、手に横浜の神々を載せて近づいてきている。保土ケ谷の神は、『喰々獏々』を見ながらつぶやく。

「ようやく繭が破れたぜ」

「手、痛い。だ、だからおれが殴らなくても、壊れるって言ったじゃないか」

港南の神は、腫れた右手に息を吹きかけながら涙目で言った。

「西がやられてる可能性もあったからな。お、しぶとく生きてやがるな、あいつ」

港南の神から下りた保土ケ谷の神は、『硬球必打』を持って町田の大神の前に立った。

「好き放題暴れちゃってくれてんなあ。悪いが、俺は町田県なんて寒気がする地を司る土地神になるくらいなら、冥界に行って天界の転覆《てんぷく》を計画させてもらうぜ」

「オマエがそんな心配をする必要はないぜ。ここで役目は終わるんだからな！」

町田の大神は、ソニックブームを保土ケ谷の神に激突させる。『硬球必打』で衝撃波を受け流すが、身体が吹き飛ばされそうになる。西の神は身体を起こして、保土ケ谷の神に叫んだ。

「貴様！　もっと早く来い！」

「無茶言うな！　って、お前なんか酒くせえぞ。まさか、俺たちがいない間に酒を……」

「これには深い事情がある！」

西の神の背後では、宮前の神たちがその場を離れようとしている。

「その件については後でたっぷり尋問してやる」

川崎組への説得が不必要だと理解した保土ケ谷の神は、『喰々獏々』を見た。白黒のバクは、鼻を動かして喜んでいるようにも見えたが、その目は青葉の神を見つめていた。

「遠慮はいらない！　首尾よく進めるぞ！」

保土ケ谷の神の号令と共に、巨大化した港南の神が町田の大神めがけて右ストレートをお見舞いした。

「イイネ！　力比べといこうじゃねえか！」

町田の大神は、港南の神の一撃を両手で握った『弦界突破』で受け止めた。衝撃で風が巻き起こり、周囲の木々が大きくしなる。格下の土地神とはいえ、港南の神の力は町田の大神の行動を封じるには充分だった。

町田の大神は後退しようと背後を見た時、地面に穴が開いているのが見えた。それに気付いた瞬間、穴から飛び出してきた保土ケ谷の神が『硬球必打』で町田の大神の頭を狙う。

「相変わらずトンチキな戦い方をするな、オマエは！」

両手が塞がっていた町田の大神は左足を上げて、『弦界突破』の弦をかき鳴らした。爪先で奏でられたギターから、地面を揺らす音が鳴り響き、衝撃で町田の大神は空に飛び上がる。

その瞬間を、西の神は見逃さなかった。照準を定めた『神之碇』が町田の大神に絡みつき、身体を強く縛り上げる。同時に、思い切り振り下ろし、碇ごと町田の大神を地面にたたきつけた。町田の大神の手から離れた『弦界突破』が、地面に落下する。土煙が舞う中、保土ケ谷の神が声を上げる。

「まだだ！　やつに『弦界突破』を握らせるな！」

港南の神は鎖でぐるぐる巻きにされた町田の大神を右手で捕まえ、高々と掲げた。『弦界突破』は地面に落ちたままで、演奏を行うのは難しい。

「……どうやってリハをしたんだか知らねえが、流れるような攻撃だ！　楽しくなってきた！」

港南の神は申し訳ないと思いつつも、町田の大神を握りしめ、絶対に逃れられない力を加えていた。町田の大神は笑いながら、口をもごもごさせている。その様子に気付いた保土ケ谷の神は、慌てて港南の神に叫んだ。

「マズイ！　やつの顔を隠せ！」

「遅い！」

港南の神が左手で覆い隠そうとしたが、その前に町田の大神は口から勢いよく何かを吐き出していた。それは、舌のピアスだった。舌を歯に当てて器用に外すと、口から発射されたピアスが地面に横たわった『弦界突破』の弦めがけて飛んでいった。保土ケ谷の神がピアスを打ち返そうと走り出すがもう遅く、『弦界突破』からソニックブームが起きた。港南の神の足にも強い衝撃波が襲いかかり、バランスを崩した隙に、町田の大神が手から脱出を試みた。まだ、町田の大神は鎖に繋がれたままだったので、西の神は再び動きを封じようとする。

「少しはじっとしていろ！」

西の神が『神之碇』に力を入れた瞬間、町田の大神を捕らえた鎖に、伸びた木の枝が巻き付いてきた。

「何！」

枝はぐるぐる巻きにされた町田の大神を、鎖から引っ張り出していた。港南の神は、もう一度右手で捕まえようとするが、背中に重い一撃を食らった。強烈な一発をお見舞いされたことで、巨大化が解け、港南の神は顔から地面に倒れ込んでしまう。倒れた港南の神の背中に立っていたのは、全身に炎をまとっている鶴見の神だった。

「あんまり調子に乗るんじゃねえぞ」

保土ケ谷の神と並んだ西の神は、鶴見の神と物陰から姿を現した緑の神を見て、愕然《がくぜん》とする。

「なぜ鶴見と緑が町田を援護している？」

保土ケ谷の神は『硬球必打』を握り直した。

「『喰々獏々』は宿主の悪夢を食べ、理想を現実に変える神器なんだ。今の使用者である町田にとって、俺やお前はただの悪夢。あのバクに食べられた鶴見や緑は、町田県を司る土地神に姿を変えられちまった」

西の神は頭がくらくらした。

「じゃあ町田は、横浜と川崎の土地神に町田の土地神を上書きしようとしているのか？」

「ハマ神のジジイよりは、面白い統治をしてくれるかもしれないぞ」

保土ケ谷の神が笑いながら言うと、穴を掘り続けていた栄の神が戻ってきた。

「戦いに敗れて、町田様が統治者になったら、私たちは天界へ追放されてしまいます。あるいは、『喰々獏々』に食べられて、夢の中に閉じ込められたままになってしまうかもしれません。区画は民が定めたものであって、土地神がいたずらに支配を広げようとするのは、見過ごせるわけがありません」

西の神はうなずいた。

「夢と現実の区別が付かなくなっている愚か者には、キツイ制裁を加えてやらなければなるまい」

西の神は、港南の神を踏みつけている鶴見の神に『神之碇』を投げつけた。鶴見の神は『神之碇』をはじき飛ばすと、西の神に向かって右ストレートをお見舞いしてきた。

「ハッ！　テメェらが横浜の土地神を自称してやがるのは腹が立つが、力でねじ伏せるにはもってこいの相手だ！　本気でかかってこい！」

「貴様はバクに食べられたところで、頭の悪さは変わっていないようだな！」

西の神と鶴見の神が格闘戦に移行する中、保土ケ谷の神は町田の大神に襲いかかった。町田の大神は応戦しながら、あることに気付いていた。

「ステージを二つに分けるつもりか」

保土ケ谷の神たちの急襲を受けているうちに、『喰々獏々』が姿を消していた。

「大神様なら、自前の神器だけで俺たちをぶちのめせるはずだろ？　古代神器に頼らなきゃならないほど、町田は臆病なやつらの土地なのか？」

挑発をした保土ケ谷の神は、伸びてきた枝に足を取られ『硬球必打』を振り下ろせなかった。町田の大神が起こした衝撃波が、保土ケ谷の神に激突し、腕にちぎれそうな痛みが走る。

「面白いことを言うな、ホドガヤは！　オレサマが臆病かどうかは、この音を身体で感じるんだな！」

一方の『喰々獏々』は、泉の神に背負われた青葉の神を追いかけていた。

「こっちにおいで！」

青葉の神が話しかけると、『喰々獏々』は楽しそうに鼻を動かした。

「ごめんね、泉ちゃん。重いよね」

青葉の神が恥ずかしそうに言うと、泉の神は笑った。

「背負っているのを忘れるくらいよ。あなたより背が小さい姉さんの方がよっぽど重いわ」

「それはここだけの秘密にしないとだね」

泉の神はちらりと背後を見た。『喰々獏々』は追いかけてきてはいたものの、かけっこをしてじゃれているような雰囲気だった。

「ほんとに、あんなかわいらしいバクがみんなを食べちゃったの？　私にはとても凶悪そうな生き物には見えないんだけど」

「『喰々獏々』は町田様の願いを叶えるために、善意で食べているだけだと思うんだ。本人は悪いことをしているつもりはないんだと思う」

「どうあれ、このまま自由にさせてはいけないわね。そろそろ川崎組も見えてきたことだし、手伝ってもらうとしますか」

泉の神は宮前の神が『発車往来』で呼び寄せていた前方の電車に、『絹ノ糸』を伸ばして飛び移り、運転席まで駆けていくと窓をノックした。

「私たちも乗せてもらえるかしら？」

電車の屋根から現れた泉の神を警戒した麻生の神は、『粧柿』を手にして臨戦態勢に入るが、多摩の神が扉を開けた。

「いらっしゃい。相変わらずアンタもタフなオンナね」

運転席がぎゅうぎゅう詰めになったので、客車に移って宮前の神が口を開いた。

「川崎対横浜の戦いが起こっているのではないのですか？」

泉の神は窓から顔を出して、まだ『喰々獏々』が追いかけてきているのを確認した。

「大神様たちに一杯食わされたみたいなの。横浜対川崎の争いは建前で、実際は古代神器に取り憑かれた町田様を、正気に戻すのが狙いのようね。私たちがこれ以上争うのは何の意味もないわ」

麻生の神は『粧柿』を握ったまま顔を背けた。青葉の神を厳しく叱責しておきながら、町田の大神に利用されたあげく、決着を付けられなかった歯がゆさが麻生の神から言葉を奪っていた。

「あの白黒のバクは古代神器なのですか？」

宮前の神も窓から『喰々獏々』を見た。

「ええ。本来の持ち主を食べてしまって、地上をさまよい続けているいにしえの神器なの。町田様はあのバクの力を利用して、横浜や川崎を町田県にするという妄想を現実に変えようとしている。近づくととんでもない睡魔に襲われて、戦いどころではなくなってしまうから、どのように対処すればいいのか悩んでいるの」

泉の神は『喰々獏々』の強力さに打つ手がなかったが、青葉の神は多摩の神を見ていた。

「多摩さんは、町田様が『喰々獏々』を利用しようとしていたことを知っていたんじゃないの？」

青葉の神の言葉に、麻生の神と宮前の神は驚くが、多摩の神は冷静だった。

「どうしてそう思うの？」

「『喰々獏々』の調査を行うために、先生たちと町田の谷戸へ向かった時、『喰々獏々』の夢に閉じ込められた古い土地神様と、幸さんに会ったんだ」

「幸ですって？　私たちに何の連絡もしないでどこにいるのかと思ったら……」

麻生の神はため息をついた。

「幸さんは、町田様の様子がおかしいことを事前に川崎の大神様から聞いていて、調査を頼まれたと言っていた。川崎の大神様のことだから、幸さんだけに打診するとは思えない。『多摩結』に神器を封印できる力があることを考えれば、多摩さんにも何らかの命が下っていてもおかしくはない。それに、いくら『多摩結』が発動するのに時間がかかるとしたって、ぼくらの力が失われていないのはおかしい」

「どういうこと？」

泉の神が問いかけた。

「ぼくらはここまでに相当な迂回をしているんだよ? 中原さんと戦ってから、川崎さんとも戦って、幸さんや稲城様から話を聞くのにかなりの時間を費やしている。ぼくたちは、もうとっくに行動不能になっていておかしくないのにまだ神器を扱えて、力も失っていない。きっと、多摩さんはぼくらの封印を後回しにしていたんだ」

「後回しとは、どういうことですか?」

宮前の神は、多摩の神を見た。多摩の神は窓に映るバラの花冠を直しながら笑った。

「ワタシがしていた別のことって、何だと思う?」

青葉の神は即答した。

「『喰々獏々』そのものを、封印しようとしていたんだ。『多摩結』は多摩に関係する神器を封印できる力があるけど、町田市も多摩丘陵に含まれている。古代神器を真っ向から封印するのは難しく、表向きは横浜の神器も封じなければならないから、この限られた時間の中では、両立させることはできなかった」

多摩の神は手を叩いた。

「さすがのワタシでも古代神器を相手にするのは骨が折れたわ。これを見て。かなりいいところまでいったんだから」

多摩の神は『喰々獏々』のぬいぐるみを取り出した。体はほとんど完成しており、『喰々獏々』と多少なりとも交戦できた理由が多摩の神のおかげであることを青葉の神は察した。

「今、先生たちが町田様と交戦をして、『喰々獏々』は力の供給元から離れている。弱体化した状態なら、『多摩結』で『喰々獏々』そのものを封印できるかもしれない。町田様の暴走を止めるには、『喰々獏々』の力を抑えるしかない。そのための時間を稼ぐから、力を貸してもらえないかな？」

青葉の神から打診を受けると、多摩の神は顔を急接近させた。

「うわっ、何？」

「アンタ、少しオトナになった？」

青葉の神には覚えがなかった。

「オドオドしたところがなくなったわね。きちんと自分の考えを口にできるようになっている。何がアンタを変えたのかしら？」

「ぼくは、都筑を助けたいと思っているだけだから」

多摩の神はうなずいた。

「つまらない打診をしてきたら断ってやろうと思っていたけど、今のアンタとなら、面白いことができそう。プランを教えてちょうだい」

多摩の神が喜んだのもつかの間、麻生の神が叫んだ。

「私は嫌よ！」

麻生の神は目に涙を浮かべていた。

「なに勝手に話を進めているのよ？　私たちは、横浜の土地神を追放するために戦っていたのでしょう？　なぜ、彼らと手を組まなければならないのよ！　彼らが騒動を引き起こして、統治能力に問題があるのは事実でしょう？」

「状況をよく見なさい」

多摩の神の口調は穏やかだった。

「何なのよ！　幸や多摩には事前に連絡をしておいて、私や宮前には何にも教えてくれない！　それって、いつまで経っても、私が未熟で、信頼されていないってことじゃない！　どうしてよ、私は川崎の土地神として、誰もやったことのない挑戦をして、民のことを思い続けているというのに、全然私を褒めてくれない！　認めてくれない！　川崎といったって、私や宮前はいつも仲間はずれ！　今回だって、誰も声をかけてくれなかったから、私は町田様に協力を依頼したのよ？　それなのに、まんまと騙されて、あげくこんな状況になって何もできずにいる！　そうやって、何もできない私をバカにして楽しい？」

「麻生さん、それはたぶん……」

青葉の神が口を挟もうとするが、麻生の神は拒んだ。

「あなたに何が分かるのよ！　顕現したときから周りにチヤホヤされて、何をしても褒められて、海もないのに横浜の土地神として認められている！　誰からも信頼されない私の気持ちなんて、あなたには想像も付かないでしょうね！」

麻生の神に罵声を浴びせられ、青葉の神は腹が立っていた。横浜大戦争の時に緑の神や港北の神に怒りを向けたことはあっても、人間や他の土地神に対して感情をむき出しにしたことはなかったが、麻生の神の話を聞いていると、頭が熱くなる。

「そんなの、手に取るように分かるよ！」

強く言い返してきた青葉の神に、麻生の神は驚いた。

「麻生さんは常に新しいことを求めて舞台に立ったり、映画に出たりしている。その行動力に、ぼくが何にも感じていないとでも思った？　くやしいに決まってるだろ！　ホントは、畑で泥まみれになったり、悪口ばっかり言ってる性悪だったり、見栄っ張りで、頑固で、そのくせさみしがり屋だし、自分が話題になっていないとすぐにすねるし、そんな、どうしようもない麻生さんなのに、演技だけは素晴らしいんだ！」

「言ったわね！」

麻生の神は青葉の神の胸ぐらを摑む。

「ちょっとちょっと」

泉の神は止めようとするが、多摩の神がそれを止めた。

「見てましょ」

青葉の神は麻生の神の頰を引っ張った。

「何度だって言ってやるさ！　麻生さんは、ぼくにとって目の上のたんこぶだ！　認められてないだって？　どこまで周りが見えていないんだ！　今回の作戦は、麻生さんがすべてのキーだったんだから！」

「キーですって？」

麻生の神は、負けじと青葉の神の耳を引っ張っていた。

「今回の戦いは、町田様対ぼくたちの構図になると、町田様だけが悪者になってしまう。それを避けたかった大神様たちは、横浜対川崎の内戦をでっちあげて町田様を戦いに巻き込んだんだ。その事実を勘ぐられないようにするためには、誰かが自然と町田様に協力を依頼する必要がある。開戦してすぐに麻生さんが町田様を引っ張り込んだおかげで、町田様が単独でぼくたちに襲いかかる最悪の事態は防ぐことができた」

麻生の神はうつむいた。

「……そんなの、私の弱さを大神様に都合よく利用されただけじゃない。シナリオの上で踊らされていたのよ」

青葉の神は、麻生の神の頬から手を離した。

「利用されたとしても、麻生さんが町田様と同行してくれていたから、ぼくたちは町田の谷戸に進むことができた。もし、初めから町田様と全面対決になっていたら、谷戸に行けないまま『喰々獏々』のことも分からず、幸さんとも会えずに、八方塞がりになっていたかもしれない。何も引け目に感じることなんてないんだ」

麻生の神も青葉の神から手を離し、『粧柿』を握る。

「私は都筑を失うきっかけを生んだのよ」

「都筑を助けられなかったのは、ぼくの不手際だ。麻生さんはやるべきことをやったに過ぎないよ。『喰々獏々』に食べられたからといって、消えるわけじゃない。夢の中に閉じ込められるんだ。きっと今頃、食べられたパパたちや、幸さんと一緒に脱出する手立てを考えているに違いない。ぼくらも、やれることはすべてやっておきたい。麻生さんの力を貸して欲しいんだ」

麻生の神は、青葉の神の瞳を見た。劇場へ呼び寄せた時に見せたおびえた表情は、もうどこかへ消えてしまっている。その生き生きした表情には、麻生の神の心をくすぐるものがあった。

「私は、自分の失態だけ埋め合わせるわ。あとは好きにしてちょうだい」

そっぽを向く麻生の神に、青葉の神は微笑んだ。

「ありがとう」

二人が合意したのを見て、多摩の神は頬に手を当てた。

「それで、ワタシは何をすればいいのかしら?」

青葉の神の腹は決まっていた。

「もう一度、多摩さんには電車繭の中で『多摩結』を使ってもらいたい。封印が完了するまでの間、ぼくは逃げ回って『喰々獏々』の気を引く。『喰々獏々』は、ぼくを食べようとしているんだ。泉ちゃん、麻生さん、宮前さんは距離に気をつけて、相手の動きを阻害して欲しい」

宮前の神は『発車往来』を吹いた。地面から次々と電車が生えて、繭を形成し始める。

「多摩は『喰々獏々』の封印に専念できるし、距離さえ取れば睡魔に襲われることもないから、あなたがいかに走れるかにかかっているわね」

泉の神はリラックスさせようと肩を叩いたが、青葉の神は安心できなかった。もう一つ、大きな懸念が残されていたからだった。

「どうかした？」

泉の神に問いかけられて、嫌な予感がする、とは口にできなかった。今は士気を下げるようなことを言いたくはない。

「なるべく早く縫い終えてみせるわ。アンタたち、キバんなさいよ！」

多摩の神は電車に乗ったまま『多摩結』で『喰々獏々』のぬいぐるみを縫い始め、繭の中へ消えていった。青葉の神たちが電車から下りると、追いかけてきた『喰々獏々』は鼻を揺らして急接近してくる。

「行こう！」

合図と共に、泉の神は神器『絹ノ糸』で『喰々獏々』をぐるぐる巻きにした。『発車往来』を吹いた宮前の神も、電車でバクを取り囲み、拘束を試みる。糸と電車に巻き付かれて、大きな鉄塊に変わった『喰々獏々』だったが、ぷるぷると揺れると、長い鼻で吹き飛ばしてしまった。

「嘘でしょ！　港南でも引きちぎれない糸なのに」

見た目の愛らしさとは裏腹の『喰々獏々』の力に泉の神は肝を冷やす。

「倒すのが目的ではありません。これを繰り返していけば時間は稼げます」

宮前の神は首に汗をたらしながら『発車往来』を再び吹き、電車で『喰々獏々』を包んでいく。

「青葉の運動量に期待しているわ」

泉の神と宮前の神が『喰々獏々』を足止めしている間、生田緑地から枡形山の展望台へ走っていた麻生の神が声を上げた。

「ちょっと！　『喰々獏々』と離れすぎていない？」

交戦する泉の神たちの姿は見えなくなっていて、麻生の神が声をかけると、青葉の神は展望台が見える広場の真ん中でぴたりと足を止めた。月の光を浴びて、青葉の神と麻生の神の影が伸びている。

「ぼくを狙っているのは『喰々獏々』だけじゃないんだ」

「どういうこと？」

「『喰々獏々』に食べられた土地神は夢の中に閉じ込められ、代わりに新たな町田の土地神が顕現する。鶴見さんや、パパたちが町田の土地神になっているのなら……」

真っ白い広場に、一つの影がするすると近づいてきた。それを見逃さなかった青葉の神は、跳んで距離を取った。

「さすが青葉。ニセモノとはいえ、高度な知性を持っているのは変わりないようですのね」

その声を耳にして、青葉の神は周囲の気温が一気に下がったように錯覚する。彼岸花の模様が入った着物姿の都筑の神が、『狐狗狸傘』を肩に載せて歩いてきた。

「都筑！」

本物とうり二つの都筑の神を見て、麻生の神は口に手を当てる。

「とてもよく似ているけど、あの子は違う。ぼくは、あんな目で都筑に見られたことはない」

都筑の神に見られているだけで、目の奥がじわりとにじむような感覚に襲われる。青葉の神は都筑の神の前に立った。

「君は、ぼくの知っている都筑ではないね」

都筑の神は『狐狗狸傘』を持ち替えた。都筑の神の影が、炎のようにゆらゆらと揺れている。

「声までそっくり。どのようなからくりで、青葉の傀儡を用意したのかはわかりませんですが」

都筑の神は青葉の神をにらみつけた。強い風が吹き付け、激しく揺れた木々から鳥が飛び立っていく。

「青葉を騙るのは、何にも勝る大罪！　不愉快極まりませんわ！」

伸びた影が、青葉の神を縛り上げようとする。青葉の神は神器『思春旗』を取り出して、影を振り払うと、麻生の神が『粧柿』を持って飛び込んでいった。大量に撒かれたフレグランスが、都筑の神を襲う。

手のしびれを感じた都筑の神は、林に逃げ込もうとするが、先回りしていた青葉の神が『思春旗』を地面に突き刺していた。『思春旗』の幼児化を食らえば、戦闘どころではなくなる。都筑の神は影で周囲の木を数本引っこ抜いて、広場に倒した。

「あなたたちはずいぶん連携が取れていますのね。わたくしの知る青葉と麻生さんは、犬猿の仲でしたのに」

倒れた木でできた影が、麻生の神に襲いかかる。影から逃げながら麻生の神はフレグランスを撒き続けた。

「利害が一致しただけよ」

青葉の神は『思春旗』で都筑の神の幼児化を狙いながら、疑問が浮かんでいた。町田の大神からすれば、『喰々獏々』に青葉の神を食べさせれば勝利は確定するのだから、町田化した土地神を全員青葉の神にさし向けて、行動不能に陥らせればいい。実際、全員に襲撃されてしまえば勝ち目はなかった。

今、町田の大神は、保土ケ谷の神や西の神たちと交戦中。『喰々獏々』は、泉の神と宮前の神が行動を阻害している。青葉の神は、『喰々獏々』を引きつけるためにここまでやってきたが、なぜこのタイミングで都筑の神が襲いかかってくるのかが疑問だった。いくらでも都筑の神が襲撃できる機会は、あったはずなのに。

青葉の神は全身に寒気が走る。『思春旗』を地面から引っこ抜き、『粧柿』を持って走り回る麻生の神に叫ぶ。

「麻生さん！　戻ろう！」

「はぁ？　何言ってるのよ！　『喰々獏々』から逃げるのでしょう？」

その時、遠くから激しい爆発音が聞こえてきた。爆発は数度繰り返され、空気が震える。

「多摩さんが危ない！」

戻ってきた麻生の神は、怪訝そうな顔をした。

「多摩は電車繭に守られているのよ？　ちょっとやそっとじゃ……」

「まだ、パパが残っているんだ！」

麻生の神の手を取って、枡形山を下りようとしたとき、森から伸びてきた都筑の神の影が青葉の神たちを縛り上げた。

「速い！」

「やっぱり、あなたはニセモノですわ」

影に縛られてもがく青葉の神と麻生の神を見ながら、都筑の神は笑った。

「こんなお粗末な戦い方しかできないんですもの」

電車繭の中をぐるぐると回り続ける電車の中で、多摩の神は『多摩結』で封印作業を進めていた。電車のつり革が左右に揺れ、あちこちから軋むような音が聞こえてくる。

「まるでお針子になったみたい。さっさと戦いを終わらせて、温泉にでも行きたいわ」

拡大鏡を調整しながら、手早く作業を進めていると、轟音を立てて電車が止まった。

「何事?」

電車繭の一部が、黒焦げになって煙を上げている。ひしゃげた電車が、繭から剝がされ、地面に落下していく。繭に開いた大きな穴を塞ぐため、他の電車が傷を覆い隠そうとするが、それより速い速度で車が激突してきた。

「あれは、港北!」

赤いスカイラインは繭に侵入して、電車の中を強引に進んできた。扉をぶち破り、椅子やドアを吹き飛ばしながら、赤いスカイラインは電車の内臓を食い破るように多摩の神に向かって突っ込んでくる。多摩の神はとっさにしゃがみ込んだ。その時、『多摩結』と作り上げたぬいぐるみたちが多摩の神の手から離れていく。

「いけない!」

拾い上げようと立ち上がった時にはもう、赤いスカイラインの運転席に座った港北の神が『多摩結』とぬいぐるみを手にしていた。

「返しなさい!」

「さあ、これで自由に暴れられますよ」

港北の神は『喰々獏々』のぬいぐるみから『多摩結』を引っ張って糸をほどいた。その瞬間、電車繭が大きく揺れ、天井から音を立てて崩れ落ちた。繭が崩壊し始めたことを察知し、港北の神は再びスカイラインで電車をぶち抜いて、繭から脱出していく。多摩の神は座席の下にしゃがみ込みながら墜落していく車内で震えるしかなかった。

「何なのよ、もう！　髪が乱れちゃうじゃない！」

電車が地面に激突すると同時に、電車繭そのものが消え去っていた。

「宮前が落とされたの？」

怪我がないか確認しながら、多摩の神が起き上がると、赤いスカイラインから下りた港北の神が、町田の大神に『多摩結』を渡そうとしていた。

「遅くなりました」

「ご苦労だったな、コーホク！」

町田の大神の背後では、保土ケ谷の神たちが、歯を食いしばって倒れ込んでいた。

「……待てや、コラ！」

威勢こそよかったものの、保土ケ谷の神は『硬球必打』を持ち上げられないほど疲弊しており、西の神も港南の神も栄の神も動けなくなっていた。多摩の神は倒れ込んだ横浜の神々に近づいていく。

「保土ケ谷！　しっかりなさい！」

「ちくしょう。これまでは、多摩が『喰々獏々』の力を封じていたから、まともに戦えてたってことかよ」

町田の大神は、倒れ込む保土ケ谷の神たちを見た。

「『喰々獏々』を封じ込めようとするのは名案だったが、オマエたちは『多摩結』を奪われたらマズイことを失念していた。オレサマの狙いは、アオバじゃない。『多摩結』だ。うろちょろと逃げ回るオマエたちを追いかけ回すくらいなら、これで無力化させてから食べた方がいいに決まっているからな」

町田の大神が神々のぬいぐるみを縫い合わせていくにつれて、保土ケ谷の神は『硬球必打』が重くて持ち上げられなくなっていく。

「エサの時間だ！」

町田の大神が『弦界突破』でローリング・ストーンズの『ラスト・タイム』を弾くと、離れていた『喰々獏々』が戻ってきた。その鼻には、深い眠りに落ちた泉の神と宮前の神が巻かれている。

「宮前！　泉！」

多摩の神は『喰々獏々』に近づこうとするが、栄の神が叫んだ。

「ダメです！　近づいたら眠ってしまいます！」

鼻を曲げた『喰々獏々』は口を大きく開けると、宮前の神と泉の神を口に含み、一飲みにしてしまった。

「……まだだ」

西の神は『神之碇』を握ろうとするが、何の反応も示さない。眠気が抑えられず、港南の神は苦しそうに横たわっている。栄の神は穴の奥に逃げ込もうとしたが、『匙下減』を影に巻き取られてしまった。林から姿を現した都筑の神は『匙下減』を奪うだけでなく、影で捕らえていた青葉の神と麻生の神を『喰々獏々』の前に放り出した。

「回収は済みました。早く召し上がってください」

いくらニセモノとはいえ、青葉の神が『喰々獏々』に食べられる姿を見たくなかった都筑の神は、緑の神の手を握って後ろを向いた。『多摩結』を奪われ、神器が扱えなくなった今、神々に抵抗する術は失われていた。

町田の大神は、ギターソロの心地よさでブリッジをしている。

「じゃあな、ニセモノたち！　これからは正しい町田県として横浜と川崎は再生する！」

次に『喰々獏々』が鼻を伸ばしたのは栄の神だった。眠りに落ちてしまい、手足がだらんと垂れている。

「栄ちゃん！」

青葉の神も睡魔に襲われ、声を上げることしかできなかった。

その時、銃声が鳴り響き、『弦界突破』に弾丸が突き刺さった。演奏が止まり、町田の大神は周囲を見渡す。

「まだ厄介者が残っていたか」

町田の大神は、林に向かって衝撃波を起こして木々をなぎ倒していくが、銃声は止まず、港北の神が何かに気付いた。

「町田様！　上です！」

町田の大神が上を向いた瞬間、空から降ってきた川崎の神が『鞭ノ知』を思い切り振り下ろしてきた。

「イキってんじゃねえぞ、ハンパもんが！」

川崎の神の攻撃を『弦界突破』で受け止めた町田の大神は、その勢いで地面にめり込んでいく。

「テメェ！」

鶴見の神が襲いかかった川崎の神に殴りかかろうとするが、町田の大神は笑っていた。

「オマエは多摩丘陵に属していないから、『多摩結』が通用しないのか！　やはり、どんな神器にも弱点はあるもんだな」

「ゴチャゴチャうっせえんだよ！　好き放題暴れやがって！　古代神器に溺れるようなアホはな……」

川崎の神は迫ってきた鶴見の神の腕を掴むと、町田の大神に投げつけた。

「アタイがぶちのめしてやるよ！」

川崎の神は目が血走り、肩で呼吸をしている。町田の大神にぶつけられた鶴見の神は、唖然としていた。その様子を見た保土ケ谷の神が、声を振り絞った。

「何しに来やがった！　食われるぞ！」

川崎の神は、保土ケ谷の神をにらみつける。

「ハマの腑抜けた連中の力なんかなくてもな、町田をぶちのめすのはアタイだけで充分だ！」

駆けだした川崎の神は、赤いスカイラインを『百火繚乱』で殴って燃やすと、運転席から港北の神を引きずり出して緑の神に投げつけた。緑の神は『森林沃』で川崎の神をツタで絡めようとするが、身体が火を放っているので焼け落ちていく。あまりの猪突猛進さに町田化した神々が手を出せずにいると、都筑の神が影を操って川崎の神の足を狙った。

「つまんねえ！　つまんねえんだよ！」

地面を『鞭ノ知』で叩いて揺らし、体勢が崩れた都筑の神に、影から抜け出した川崎の神は殴りかかろうとする。

「ハイ、ストップ。暴れすぎだ」

川崎の神は視界が真っ白になり、力が入らなくなる。急激な眠気は、吐き気を催すほどだった。頭上を見ると、『喰々獏々』があくびをしている。

「……コイツが、古代神器か」

川崎の神は自分の頬をビンタするが、眠気は減退するどころか加速していく。

「往生際が悪ィな。無鉄砲に戦ったってダメだと、どうしてわかんねえかな」

町田の大神は、衝撃波で川崎の神を吹き飛ばした。川崎の神は木に激突する。

「クソッ！」

「川崎！　もう充分です！　今のうちに！」

起き上がって、町田の大神に挑みかかろうとする川崎の神に声をかけたのは、木の上から『銃王無尽』を構えていた中の神だった。

「ふざけんな！　アタイはまだやれる！」

「撤退です。わたしが援護しますから、あの子だけでも、お願いします」

栄の神の次は、港南の神が食べられる番だった。食欲旺盛な『喰々獏々』は横浜の神々をいたく気に入ったらしく、西の神もぺろりと平らげると保土ケ谷の神にも舌を伸ばした。

青葉の神は、横たわったまま地面を叩いた。作戦は失敗だ。町田化した神々は、ただの操り人形ではない。自立した考えを持っていて、連携もこなしてくる。こちらも綿密な作戦を練らなければならなかったのに、部隊は全滅していた。

「軽率だった。もっと、頭を使わなきゃいけなかったんだ」

保土ケ谷の神は自分を信頼して指揮を委ねてくれたのに、何も応えることはできなかった。涙が出てくるが、泣くくらいならもう一度神器を使わせて欲しかった。眠気が襲ってくる。痛みも悔しさも感じないまま、ただ眠って戦いが終わるなんて死ぬよりひどい結末だ。傷ついても、恥をかいてもいいから、町田化を止めて、都筑の神を助けたい。重くなるまぶたを必死で押さえながら、青葉の神が最後に見たのは、炎をまとった川崎の神が自分を抱き上げようとする姿だった。

第七章　ランドマークタワーの誓い

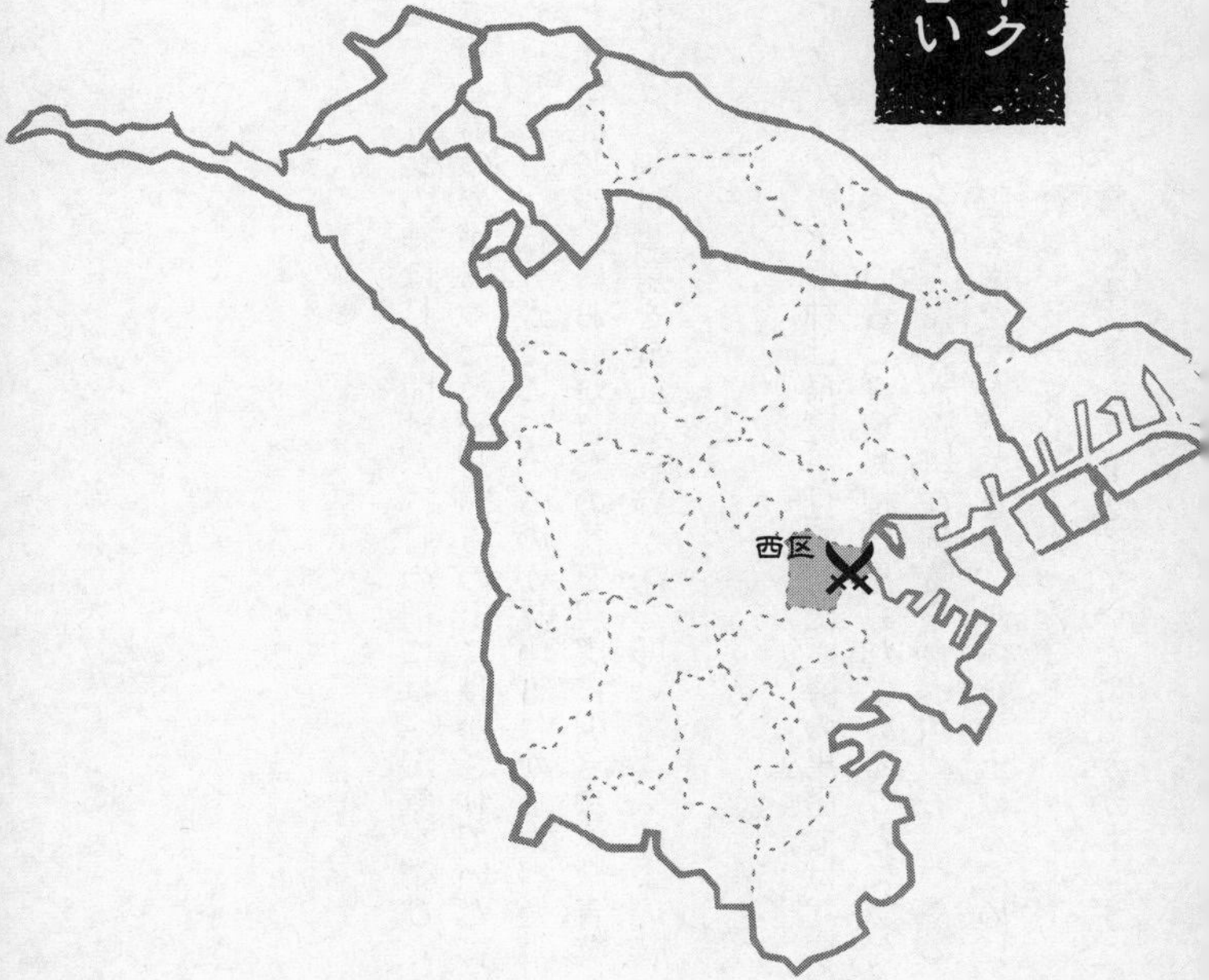

頰を生暖かいものでなぞられて、青葉の神は目を開けた。目の前には、湿気を帯びた鼻でくんくんとにおいをかいでくる馬の姿があった。干しわらの上に寝かされていた青葉の神は、馬に何度か顔をなめられても、自分がどこにいるのか見当も付かなかった。わらの香りに、アンモニアと汗が混じったにおいが青葉の神を現実に引き戻す。青葉の神が目を覚ましたことに気付くと、馬は馬房《ばぼう》を旋回し、蹄が床を叩いて小気味よい音が鳴る。

「ここは……?」

立ち上がって、馬の鼻を撫でながら、青葉の神は馬房を見渡した。隣の馬房では、栗毛の馬がバケツに入った飼葉を黙々と食べている。青葉の神に見られていることに気付くと、なんだよと言わんばかりにじろりとにらんでから再び飼葉を食べ始める。つやのある後肢に、よく梳かされたたてがみ。腹を満たすためでなく、身体を仕上げるために食べると理解しているような黒い瞳。それは、サラブレッドだった。

青葉の神をなめた馬は人なつっこく、寝床を占領してしまっていたにもかかわらず、頭を寄せていななないた。そのいななきを聞いて、入り口から新しいわらを一輪車で運んでいた厩務員が近づいてきた。

「どうかしましたか？」

声をかけたのは帽子をかぶり、作業着を身にまとった中の神だった。

「中さん？」

青葉の神が起きていることに気付いた中の神は、馬の頭を撫でながら笑みを浮かべた。

「まぁ、青葉！　目が覚めたのですね！」

中の神は、大急ぎで外へ出ていった。どうして中の神が作業着を着ているのだろう？　考えている間に、中の神は川崎の神を連れてきたので青葉の神はポケットに入れた『思春旗』を握ろうとする。畜産用の大きなフォークを二本握った川崎の神は、青葉の神をにらみつけた。

「出ろ」

言われた通り馬房から出ると、川崎の神にフォークを渡された。

「やれ」

川崎の神は青葉の神をなめた馬を連れて、外へ行ってしまった。きょとんとしている青葉の神に教えるように、中の神が空になった馬房の古いわらをフォークでかきだしてみせた。

「こうやって、掃除して新しいわらと取り替えてあげるんです。お部屋はきれいな方がいいですからね」

青葉の神は言われたように、わらにフォークを刺してみる。奥の方に糞や尿が溜まっている。手早くかきだそうとするが重く、わらが散らばってしまったり、糞を落としてしまったり、思い通りにいかなかったので中の神のやり方を見ながら作業を続けた。

「さっきの子、リヴァーズエッジっていう名前なんです」

中の神は一輪車に古いわらを集めながら、青葉の神が寝ていた馬房の馬の名を教えてくれた。

「昨日の夜も、青葉に寄り添って寝ていました。入厩《にゅうきゅう》したばかりなのに、母性があるんです。育った牧場でもよく人間の子どもと一緒にいたみたいで、人なつっこいんですよ」

本当の厩務員のように中の神は語ったが、青葉の神は状況がつかめなかった。

「あの、どうしてぼくたちは馬小屋に？」

外に止めたトラックにわらを載せると、中の神は笑った。

「今は馬房を掃除してあげましょう。みんな、心地よく一日を始めたいでしょうから」

他の馬たちの馬房を掃除しながら、青葉の神は中の神を見ていた。中の神は掃除をするだけでなく、糞の状態を確認し、気温や湿度、エサの減り具合に至るまでチェックを怠らなかった。馬房掃除を終え、中の神は今日の調教のスケジュールについて調教助手やジョッキーたちに指示を出していた川崎の神に報告しに行った。早朝から、厩務員や事務員たちが慌ただしく仕事を始めている。

青葉の神が後片付けをしている間に、人を背に乗せた馬が馬房から外へ向かっていた。ぼうっと見ていると、川崎の神が近づいてくる。

「来い」

馬たちはトレーニングセンターの坂を登って、車道に出た。信号待ちの車の前を、誘導員に促されて馬たちが横断していく。

「馬が信号を渡ってる」

驚く青葉の神を見て、中の神は笑った。

「小向《こむかい》トレセンの調教コースは土手沿いに作られているんです。朝練の時は、馬が横断歩道を渡る珍しい光景が見られるんですよ」

調教コースでは、ちょうどリヴァーズエッジが走っているところだった。青葉の神からすれば、どの馬も速く見えたが、他の調教師もざわついているあたり、普通とは違うことが伝わってくる。調教スタンドから管理馬の走りを双眼鏡越しに見つめる川崎の神に、中の神はストップウォッチの時計を見せた。

「十五－十五どころか、最後の一ハロンは十一秒です。とんでもない数字ですよ」

中の神の声は高揚していたが、川崎の神は呆れている。

「軽めでいいって言ってんのにあれだからな。性能はともあれ、折り合いにはまだ課題アリだ」

専門的な会話が続いていて、青葉の神には何の話をしているのかさっぱりだった。薄紫に染まった空の下で、馬たちは砂を蹴り上げていく。自分の管理馬が調教を終え、厩舎に戻っていこうとするタイミングで、青葉の神は川崎の神に声をかけた。

「戦いはどうなったの？」

川崎の神は土手から多摩川を見つめた。

「壊滅《かいめつ》だ」

川崎の神は『鞭ノ知』を左の手のひらに何度も当てた。

「あれから『喰々貘々』は次々と土地神を食べていった。西や、保土ケ谷だけでなく、麻生や多摩、宮前、みんな食われちまった。それなのに、アタイは……」

川崎の神の手に、中の神は手を重ねる。

「青葉を確保できただけで、充分です」

「中さんと川崎さんは戦っていたはずじゃないの？」

金沢八景のビーチで川崎の神に追い詰められた時、助けに来てくれたのは中の神だった。その二人が平然と会話をしていることを、青葉の神はうまく飲み込めずにいる。青葉の神に問いかけられ、中の神は先を行く馬たちを見た。

「川崎もまた、大神様の命を受け、多摩が『喰々貘々』を封印できるよう最善を尽くそうとしていました。横浜との戦いが激化していないと偽装にはなりませんから、川崎は本気でわたしたちに攻め込んできたのです。真っ先に鶴見を攻めたのは、『百火繚乱』を『喰々貘々』に食べられる前に、確保したかったからなのです。あわよくば、本当に横浜を屈服させるつもりだったのではありませんか？」

いたずらっぽく中の神に言われ、川崎の神は乱暴に手を離す。

「うっせえ」

中の神はくすくす笑った。

「保土ケ谷たちが町田へ向かった後、川崎は単身で町田様が攻め込んでくるであろう生田緑地へ向かおうとしていました。多摩の援護に回るためです。援護するなら一人より二人の方がいいですから、わたしも川崎に同行して町田様の行動を注視していたのです」

川崎の神は『鞭ノ知』で中の神の頭をぽこんと叩いた。

「いたっ」

「よく言うぜ。ありゃ同行なんて言わねぇ。脅迫だ。アタイは一人でも町田をぶちのめせるって言ったんだ。そうしたら、ここでわたしを倒すか、協力をするなら生田緑地へ向かってもいいなんて抜かしやがった。町田との決戦を前に、中とやり合うほどアタイはバカじゃねぇ。保土ケ谷たちとの戦いで消耗していたから、コイツと一緒に生田緑地の森に隠れて、町田が『多摩結』を奪う瞬間を狙っていたんだ」

町田の大神が『多摩結』を発動させたことを思い出し、青葉の神は『思春旗』を握ってみる。何の反応もなく、大きさも変わらない。

「……本当に『多摩結』を奪われちゃったんだ」

川崎の神は息を漏らす。

「仮にオメーが神器を使えたところで何ができる」

中の神は川崎の神の腕を引っ張った。

「なんてことを言うんですか！」

「事実だろ。大体、どうしてこの青リンゴなんだ？　コイツが『喰々獏々』に食われたら、完全に覚醒されちまうから奪われちゃならねぇって理屈は分かるが、このままずっと子守し続けるつもりか？」

川崎の神の視線は厳しい。

「あの場面で救出するのなら、保土ケ谷とか西の方がよほどマシだっただろうに」

中の神は川崎の神に反論しようとするが、青葉の神は遮った。

「川崎さんの言っていることは正しい。ぼくが食べる順番を最後に回されたのも、脅威にならないと思われているからだ」

川崎の神は遠慮なく言う。

「今、まともに神器を使えるのはアタイと中くらいしか残っていない。ほとんどの地域の土地神が食われるか、神器を封印されちまったんだから、神器で襲いかかってくる町田化したやつらをどう迎え撃てってんだ」

「ぼくは、どれくらい眠っていたの？」

「一日半くらいです」

川崎の神は青葉の神に詰め寄った。

「おい、青リンゴ。リヴァーズに感謝しとけよ。アタイや中は、オメーの面倒を見られるほどヒマじゃなかったからな」

青葉の神は驚いていた。

「一日半だって？」

「何がおかしい」

青葉の神は川崎の神に顔を寄せた。

「ぼくがナメられているのは、大きな強みかもしれない」

川崎の神は肩をすくめた。

「強がるのなら、もう少し威勢よくしたらどうだ」

青葉の神は落ち着いていた。

「考えてみてよ。町田様は今、横浜と川崎の大半を手中に収め、ぼくさえ食べれば勝利は確実になるんだ。ぼくを守っているのは中さんと川崎さんの二人だけ。全勢力を集中させれば、戦いは終わるはずなのに、一日半も寝ていられるなんて考えられないよ」

「言われてみれば、まだ襲撃を受けていませんね」

中の神はうなずいた。

「どういう理由があるにせよ、町田様たちは攻め込んできていない。それは、ぼくたちに猶予があるということなんだ。この間に、ぼくらはまだ策を練って攻勢に出ることだって……」

「オメーなぁ、この状況で勝ち目があると思ってんのか？　万事休すだよ。多勢に無勢すぎる」

青葉の神は挑発するように鼻で笑った。

「もしかして、川崎さんは白旗を揚げるつもりなの？」

「何だと？」

川崎の神は眉間にしわを寄せた。青葉の神は毅然と言う。

「ぼくは、これっぽっちも諦めるつもりなんてないね。生き延びたからには、やれることがあるはずなんだ。今なら、ママが言っていたことがよく分かる。ぼくは、解決策につながることだったら、なんだってする。都筑だけじゃない。みんなを助けられるのは、もうぼくらしかいないんだから」

「オメー、目を覚ましたら調子に乗りやがって！」

川崎の神に胸ぐらを摑まれても、青葉の神はひるまなかった。

「川崎さんがぼくを助けたのだって、まだ諦めてないからなんでしょ？　怖じ気づくなんて川崎さんらしくないよ」

遠くから、革靴の音が聞こえてきた。言い合いをする女神たちに、和装姿の男が近づいてくる。中の神は悠然と歩く男に驚きながら、歩み寄った。

「神奈川ではありませんか！」

これまでまったく姿を現さなかった和装姿の男、横浜市神奈川区を司る土地神・神奈川の神は、川崎の神にも詰め寄られた。

「今の今まで何してやがった！　アタイらが町田のバカを止めるために必死こいてたってのによ！」

川崎の神の手を煩わしそうにはねのけた神奈川の神は、青葉の神を見た。

「まったく、僕はやるべきことをこなしていただけなのに、なぜ怒られなければならないんだ。さぁ、青葉。行くよ」

青葉の神には思い当たる節がなかったので、戸惑ってしまう。

「行くって、どこに？」

神奈川の神はスマートフォンで念入りに時間を確認していた。

「記者会見に決まっているだろ」

「は、はぁ？」

青葉の神たちは、気の抜けた声を上げていた。

「記者会見って何の？」

神奈川の神もきょとんとした顔をしている。

「君が土地神系アイドル・通称土地ドルとしてデビューする会見さ」

時間が迫っていることに神奈川の神はいらだちを見せていたが、中の神は大慌てだった。

「ど、どういうことですか？　青葉がアイドルデビューするのですか？　そんな話、聞いてませんよ！」

川崎の神も首を突っ込んでくる。

「大体、今は戦争中だろうが！　そんなふざけたことをしている場合かよ！」

方々からまくし立てられた神奈川の神は、革の鞄から分厚い書類の束を見せた。

「これに目を通したまえ」

それは極秘と書かれた都筑の神による資料だった。

「これは、都筑が？」

青葉の神は急いで資料に目を通し、神奈川の神は咳払いをする。

「僕が、横浜の土地神の膨大な事務手続きを担当しているのは、君たちもよく知っているね？　その手続きの中に、遺言状の執行も含まれているんだ」

「遺言状？」

青葉の神の問いには、中の神が答えた。

「もし、土地神が何らかの形で地上を離れなければいけなくなった場合に備えて、遺言状を認《したた》めておくのです。青葉はまだ若いですから、その存在すら知らなかったかもしれませんが、顕現期間が長い神は用意しておくことが推奨されているのです」

「で、その遺言状と青リンゴに何の関係があんだよ？」

川崎の神は、神奈川の神をせっつく。

「横浜対川崎の戦いが始まって早々、都筑に不測の事態が起きたようだね。僕の元に都筑が認めた遺言状が届いたんだ。自分に何か起きたら、自動で僕に遺言状を届けるように準備しておいたんだろうね。君たちが見ているのは、そのほんの一部だ」

土地ドルのコンセプト説明から始まる計画書は、メイク、衣装、楽曲、ダンス、ボイトレ、通常のトレーニングメニューの予定がびっしりと書き込まれ、他にもスポンサー企業との交渉記録や、グッズの販売計画、専用チャンネルの動画編集委託先に会場設営の許可の申請先に至るまで、土地ドルに関わるあらゆるデータが示されている。それは都筑の神、渾身のプロジェクトが形になったものだった。

「都筑は、自分がいなくなった場合、この計画書に沿って青葉を土地ドルとしてデビューさせるよう、遺言状を書いておいたんだ。僕は遺言状にしたがって、資金の調達やスタッフの確保を率先して行っていたというのに、君はどこをほっつき歩いていたんだ」

神奈川の神は、青葉の神をにらみつける。

「き、聞いてないよ、そんなの！　それどころじゃなかったんだ！　神奈川さんも川崎のみんなと戦うよう大神様から命令が出ていたはずじゃないの？」

青葉の神は、行動規範にうるさい神奈川の神に疑問を投げかける。

「遺言状の遂行は、最優先事項だ。今回の戦も、事前に連絡があったわけではない。僕を戦いに参加させたいのであれば、前もって連絡をすることだ。大神様も、まだ僕の使い方を理解していないようだな」

神奈川の神は書類を見た。

「都筑はとんでもない遺言を託してくれたものだね。この計画の過密さは、一人でこなせる量じゃないが、これを僕に託したのは最善策でもある。ここまで、緻密なスケジュールをこなせるのか、試されている気がするよ。僕はもっと厳しい日程で動いているのだ。君一人、土地ドルとしてデビューさせるなど、造作もない。草葉の陰で、都筑が感涙にむせび泣くほど素晴らしいプロデュースを、僕が引き受けようではないか」

川崎の神は呆れて怒る気力もなくなっていた。

「オメーが都筑の遺言に従ってたのは分かった。アタイたちは町田や、『喰々獏々』に食われて町田化したやつらに狙われているんだ。そっちはどうする？」

神奈川の神は鼻で笑った。

「そんなの、僕の知ったことか。戦いたければ勝手にやればいい。今の僕の仕事は、青葉の土地ドルデビューを完遂し、デビューライブを成功させることだけだ」

川崎の神は拳に力を入れて、神奈川の神に殴りかかろうとする。

「オメーはどこまで自分勝手なんだ、コラ！」

川崎の神を両手で止めながら中の神が問いかける。

「そんな急に言われたって青葉も心の準備ができていませんよ？」

「そ、そうだよ。ぼくがアイドルだなんて、都筑の妄想じゃないか」

青葉の神の弱気な発言を聞いて、川崎の神は笑った。

「おい、青リンゴ。さっき、解決につながるのなら何でもするって言ってたよな？　アタイにでかい口利いておきながら、今更尻尾を巻いて逃げるつもりか？」

「ぼくがアイドルをやることと、今回の戦いに何の関係も……」

川崎の神に反論するつもりだったが、そこまで喋って青葉の神は、保土ケ谷の神たちと谷戸の神の会話を思い出していた。『喰々獏々』は元々笛の神器。バクに姿を変えてからも、歌や祭を好んでいた。町田の大神に取り憑いたのも、音楽を司る土地神だったことが関係している。

神器が使えなくなった今、まともな戦い方で町田の大神に挑むことはできないのならば、残された可能性にかけるしかなかった。

「びびってないでなんとか言ったらどうだ」

川崎の神にけしかけられ、青葉の神は神奈川の神を見た。

「神奈川さん、ぼく、やるよ」

「お、おい。マジかよ」

けしかけておきながら、川崎の神は青葉の神が同意するとは思っておらず、声が漏れた。神奈川の神の表情は変わらない。

「この資料を熟読しておきたまえ。都筑は君を身内びいきでデビューさせるわけじゃない。これは、青葉の神というアイドルの設定資料集だ。君がどのような姿で世に出て、どういう形でプロデュースされるのが最適なのか、この計画書には詰まっている。中には、君がやりたいことと沿わないコンセプトも含まれているだろう。君を通して、客に夢を見させるのが、土地ドルの仕事だ。その覚悟はできているね？」

「へっ、一丁前にプロデューサー面しやがって」

川崎の神は『鞭ノ知』で背中をかいた。青葉の神は、川崎の神と中の神を見た。

「『喰々獏々』は、歌に惹かれる性質を持っている。『喰々獏々』が町田様を宿主に選んだのは、歌で人を魅了する力があったからだ。もし、ぼくが町田様より人を喜ばせる歌を歌えば、『喰々獏々』はぼくを宿主にしようとするかもしれない。そうなれば、町田様への力の供給は収まるし、食べられたみんなも地上に戻せるはずだ」

「そんな！　危険です！」

リスクの高い作戦ゆえに、中の神は止めようとする。川崎の神も反対だった。

「オメーが町田以上に魅力的な歌で『喰々獏々』を引きつける必要があるわけだろ？　ろくにライブもしたことのないオメーに、百戦錬磨の町田を凌駕するようなパフォーマンスができるのかよ？」

青葉の神は首を縦に振れなかった。

「ぼくの不足はきっと、都筑が補ってくれる。ぼくを使って民を盛り上げようとする都筑のプランは、決して町田様に引けを取るものではない。都筑なら、とんでもない計画を立てているはずだ。順調に計画が進めば、デビューライブは決戦になる。町田様や町田化したみんなが、ぼくを『喰々獏々』に食べさせようと攻め込んでくるはずだ。ライブを成功させるためにも、川崎さんと中さんの協力が不可欠だ。力を貸して欲しい」

「青葉に力を貸すのは喜んで引き受けますが、準備期間中に町田様が襲いかかってくる可能性もあるのではありませんか？」

中の神が心配そうに言うと、神奈川の神は首を横に振った。

「それはあり得ない」

「どうして言い切れるんだよ」

川崎の神にけんか腰で問いかけられても、神奈川の神は落ち着いていた。

「青葉の活躍を見ていれば、じきに分かることだ」

返事を待つ前に、神奈川の神は呼んでいたタクシーに青葉の神を引っ張っていった。

「六時からの会見、スマホでも配信するから君たちも見てくれたまえ」

そう言い残し、神奈川の神は運転手に指示を出し、青葉の神とタクシーに乗って行ってしまった。

「アイツ、マジかよ……」

絶句している川崎の神を見て、中の神は笑った。

「青葉、覚悟を決めた顔をしていましたね」

「こんなんで町田と戦えるのか？」

中の神はうなずく。

「都筑がずっと夢見ていた青葉のアイドルデビューが、町田様から『喰々獏々』を乗っ取る作戦に変わるなんて不思議な因果だとは思いませんか？」

「そうは言っても、あんな引っ込み思案の青リンゴに、ライブなんてできんのか？」

「誰かのために歌うことを決めた女の子が、どこまで成長することができるのか。見守ることにしましょう」

作戦を受け入れた中の神を見て、川崎の神は肩をすくめた。

「まったく、どいつもこいつも浮かれてやがる」

厩舎から、馬のいななきが響いてきた。

タクシーの中で計画書に目を通した青葉の神は、その内容を知るにつれて青ざめていった。川崎の神に言い負かされたくないという思いもあって、土地ドルデビューを承諾してしまったが、撤回したくなる理由が無数にある。そんなことをまるで気にせず、神奈川の神はスケジュールを報告する。

「会見は一時間を予定している。それが終わったら、すぐデビュー曲のレコーディングに入る。今日はレコーディングが終わってから衣装合わせと、ジャケットの写真撮影も残っているから、体力を残しておくように。ライブまでさほど時間はない。都筑の計画は高い水準を要求している。今日からは、土地ドルのことだけ考えるんだ」

青葉の神は神奈川の神の袖を引っ張った。

「……ねぇ、本当にこんなコンセプトでいいの？　アイドルってもっとこう、かわいらしいというかなんというか」

「僕は面白いと思ったよ。都筑は君をよく観察しているのが分かる」

「ぼくがこんなキャラだって言いたいの?」

むくれる青葉の神を見て、神奈川の神は笑った。

「個性は、演出できるものではない。本人からにじみ出てくるものが、本物だ。君は普段、自らを抑制しがちなのだから、せっかく別人になれるこの機会に、思いの丈を吐き出せばいい」

タクシーは湾岸線を通って、ランドマークタワーに向かった。ホテルの宴会場を貸し切った会見場にはすでに、雑誌社やネットメディアの記者が集まっている。

「この人たち、一体どこから……」

控え室に向かう廊下の途中で、青葉の神は怖じ気づいている。

「みな都筑の告知を受けて飛んできたんだ。正確には僕が招待したんだがね」

「ぼくはモデルの仕事をちょっとだけしている、ほとんど誰にも知られていないタレントだよ? なんでそんなぼくに、こんな人が集まるの?」

神奈川の神は青葉の神の頰をわしづかみにした。

「自分は、こんな大勢に取材を受ける器じゃない、なんて間違っても考えるなよ。賽は投げられたんだ。君はもう、大型新人土地ドルとして、自信に満ちた振る舞いを見せることが、仕事なんだ。君が自信をなくし、戸惑い、不安に駆られれば駆られるほど、ファンもメディアも逃げていく。何があっても、毅然とした態度でいるんだ」

「そ、そんなこと言われても……」

神奈川の神は笑った。

「すべての責任は、僕と都筑が負う。君は、都筑が考え出した土地ドルとしての君を、思う存分演じればいい。大事なのは、楽しむことだ。さっ、連れて行け」

「えっ、ちょっと！」

どこからともなく現れたメイクアップアーティストとスタイリストに捕まった青葉の神は、控え室に連れて行かれ、意見する隙さえ与えられずにドレスアップされた。メイクの途中でもカメラが回っており、ドキュメンタリー用の映像が撮影されている。カメラの数や、裏方の多さを見るに、都筑の神の計画だった。

自分をプロデュースする計画をこうも綿密《めんみつ》に立て、面倒くさがりの神奈川の神にここまで行動させる本気ぶりは、驚きを超えて怖いくらいだったが、計画書を見ていて、青葉の神は楽しかった。この計画を実行したら、一体どうなってしまうのか。つくづく自分と都筑の神は双子だった。

「そろそろ時間だ」

神奈川の神に連れられて、会見場に入ると無数のフラッシュが青葉の神に襲いかかる。天井から『大型新人土地ドル・青葉の神　緊急記者会見』と書かれた垂れ幕がぶら下がっている。金屏風の前に座らされ、神奈川の神が挨拶を始めた。

「統括プロデューサーの神奈川です。本日はお忙しい中、アイドル界の特異点《シンギユラリテイ》・青葉の神の緊急デビュー記者会見にお集まりいただき、ありがとうございます。本人による挨拶の前に、お手元にお配りした資料にもあります土地ドルについて、ご説明させていただきます。この世界には、土地神と呼ばれる地域を守護する存在が顕現しており、青葉の神は、横浜市青葉区を司っております」

和装のプロデューサーがわけの分からないことを言い出したので、カメラのフラッシュが止んだ。百戦錬磨の記者たちは、この会見そのものが演出されたものであると解釈し、その設定を飲み込もうとノートパソコンに入力を行う。

「この世に顕現したからには、民の信奉を集め、誰もが憧れ振り向く土地神系アイドル、すなわち土地ドルとして天下を取り、この世に名を轟かせる。それこそ、青葉の神が、我々の前に姿を現した理由に他なりません。万物を超越した神でありながら、なぜ自らの存在を明かし、土地ドルとして現れたのか。それについては、本人から直接お聞きいただくことにしましょう」

青葉の神は、周りに気付かれないように深く息を吸う。カメラのフラッシュが襲いかかってくる。これは、何かのコンクールやオーディションで勝ち上がった会見ではなく、都筑の神や神奈川の神が演出によって生み出した空間なのだ。折り目正しい自己紹介や、土地ドルのコンセプトを解説する必要はない。注目を浴びて、どんちゃん騒ぎを巻き起こし、『喰々獏々』をおびき寄せて、都筑の神を助け出す。そのためなら、どんな道化でも演じてみせる。

青葉の神が土地神として顕現して初めて、本当の戦いが始まった。

「……ぬるい」

青葉の神はぼそっとつぶやいた。

「ぬるいんだよ！」

テーブルを拳で叩き、置いてあったペットボトルが倒れた。

「ご当地アイドル、地元密着系アイドル、ミス〇〇。土地柄を標榜して売り出そうとする有象無象の大半が、ご当地に何の縁もゆかりもない自己顕示欲の塊。そんなニセモノに踊らされて、時間を無駄にするのはもうおしまいだ！」

啖呵を切った青葉の神の目には、ぽかんとする記者たちの顔が飛び込んでくる。

「ぼくが現れたからには、すべてのアイドルは過去になる。今日をもってアイドルはぼく以前か、ぼく以降で語られることになるだろう。ぼくは、横浜市青葉区の地から、日の本の、いや、この地球上の民をすべてファンにする。人間のお粗末なエンターテインメントでは、満足できない身体になるだろう！　ようこそ、新世紀へ！」

前列にいた記者が笑った。それを青葉の神は見逃さなかった。

「何か言いたいことがあるようだね？」

青葉の神に質問をされ、記者が問いかけた。

「つまり、ローカルアイドルとしてデビューするということですよね？」

「バカを言うな。ビートルズがリヴァプールのローカルアイドルだと言ったら、君はご先祖までマヌケだと思われるぞ？」

記者に嚙みついたことで、他の記者たちもスイッチが入る。

「具体的に、どのような活動をしていくつもりですか？」

青葉の神は肩をすくめた。

「それを余すところなく追いかけて、報道するのが君たちメディアだろう？　君たちの仕事は、広報が出した情報を、右から左に流すだけなのか？　もっと頭を使いたまえ」

どんどん記者たちをあおっていくので、質問もエスカレートしていく。

「以前にモデルのお仕事をされていたそうですが、鞍替えしたということですか？」

青葉の神は大げさにため息をついて見せる。

「君たち人間が、土地に根付いた音楽を生み出せていれば、ぼくがわざわざ世に出る必要もなかったんだが、今はアイドルの大氷河期。どいつもこいつも大資本に尻尾を振る腰抜けばかりで、民の心にぐっとくる音楽が死に絶えている。ぼくは、民の心に寄り添い、救いになる音楽を届ける。ニルヴァーナのシアトルのように、モーツァルトのザルツブルクのように、青葉区も音楽の聖地として長く語り継がれることになるだろう」

青葉の神の記者会見は、プロレスラーへのインタビューに似ていた。リングの外でも、プロレスは続いている。記者たちもまた、青葉の神というプロジェクトに、巻き込まれていた。

「楽曲の発売予定は決まっているのですか？」

「そういう実のある質問は大歓迎だ。デビュー曲は、デビューライブの時に発表され、発売や配信はそれと同時に行う予定だ」

またしても他の記者から笑いが起きた。

「デビューはするけど、楽曲はおあずけって、本当に歌えるんですか、あなた？」

青葉の神は待っていましたと言わんばかりに、テーブルを叩いた。

「ぼくがただの大ボラ吹きだと思っているそこのマヌケちゃんのために、特別なサービスを用意した。カモン！」

合図と共に会見場へ入ってきたのは、ビデオカメラを持ったふくよかな女性だった。

計画では青葉の神のマネージャーを務める女性が途中で入ってくることになっていたが、それが横浜市南区を司る土地神・南の神であることは知らなかった。南の神は、こっそりとサムズアップをしている。驚きが顔に出そうになるのをこらえながら、青葉の神は会見を続ける。

「今からぼくのデビューライブのその時まで、ネットで密着生放送を続ける。デビュー曲のレコーディング風景やダンスレッスン、ジムでのトレーニングや雑誌、ＣＭ撮影にインタビューから、ぼくのプライベートまですべてを目撃してもらおう。ぼくが本当にアイドル界の特異点《シンギユラリテイ》なのかどうか、その一部始終を見て確かめるといい。ぼくのすごさに、秘密なんてない。秘密があるとすれば、セットリストくらいのものだ。運がよければ、入浴シーンだって見られるかもしれないぞ？」

青葉の神の小馬鹿にしたような笑いに、引きっぱなしの記者も少なからずいたものの、場の戸惑った雰囲気を神奈川の神は楽しんでいた。

「ここまで大言壮語を吐いたからには、腹を立てているアイドルもどきもいるだろう。一応アイドルをやっていると思われる連中に、果たし状を出しておいた。恐れ多くもぼくと同じ舞台で歌いたいと思っている命知らずがいるのなら、ぼくのデビューライブに出てくるといい。器の違いを見せてやろう。ただし、前座として盛り上げてもらうことになるがな！　わっはっは！」

ひとしきり笑ったところで、青葉の神は宣言した。

「今日からライブまで、民はぼくから目を離せなくなる。毎日、君たちの日常で何かが起こる。君たちは、アイドル史に燦然と輝く新たな物語の目撃者となるのだ。新しい時代の流れに乗り遅れたくないものたちは、ぼくについてこい！　輝かしい未来は、ぼくと共にある！」

そう言い放つと、記者たちを無視して、青葉の神は会見場を後にした。控え室に戻っても、南の神がカメラを回し続けているので、素に戻ることができない。これで正しかったのかどうか、神奈川の神に確認することさえできないのだ。この仮面をかぶったからには、演じきらなければならない。

動画のコメント欄は、さほど盛り上がっていなかった。二十人程度が視聴しているだけで、まだ誰にも知られていない。

『誰こいつ？』

『くだらねぇ炎上商法だろ』

『宗教かよ、気持ちわりぃ』

早くも罵詈《ばり》雑言《ぞうごん》が飛び交っていて、青葉の神の胸は痛むが、そうも言っていられない。これは、必要なことなのだ。

控え室の椅子に座りながら、青葉の神はカメラに話しかける。

「今からぼくを見つけている君たちは先見の明がある。ぼくが本当に密着取材を受けたままライブまでこなせるか、きちんと見ていてもらおう。それに、追いかければきっと面白いものが見られるはずだぞ」

青葉の神はカメラの前で着替えようとしたので、カメラマンの南の神が慌てて止めに入った。

「ちょっと！　向こうで着替えな！」

「なんで？　ぼくが脱げば再生数が増えるんだろう？　いいじゃないか」

「これはそういうプロジェクトじゃないの！」

南の神が小声で止めようとすると、コメントが増えた。

『誰このおばさんw』

『早く脱げ』

『見えた』

着替えを終えた青葉の神はタクシーに乗って、レコーディングに向かった。タクシーの中でも撮影は続き、南の神は神奈川の神から渡されていた質問を、青葉の神に行う。スタジオに入ると、ヘッドフォンを耳に当ててパソコンとにらめっこしている高津の神の姿があった。

「高津、遅くなったね」

神奈川の神に声をかけられ、楽曲の確認をしていた高津の神が飛び上がった。

「おお、この日をどんなに待ちわびたことか！」

高津の神は神奈川の神を抱擁する。青葉の神はすべてのスケジュールを完璧に把握していたわけではなかったので、高津の神が待っているとは思わなかった。

「町田様との争いを、歌で解決しようとは、なんて気が利いているんだ！　そんな栄《は》えある君のデビュー曲を、我輩が担当できるなんて、こんな面白い話はない！　やはり、都筑は面白い計画を立てるものだ！」

青葉の神はカメラに見えないよう、口に人差し指を当てる。

「しーっ！　生放送中なんだって！　余計なこと言わないの！」

下手くそなウィンクをした高津の神は、胸を叩いた。

「おっと、失敬。これは内密だったのだな。君のデビュー曲となるのだから、気合いを入れて書かせてもらったよ。これは我輩の楽曲の中でも会心の出来だ。きっと民も愛してくれる。ただし、我輩は厳しいぞ。民の心に寄り添う曲は、技術だけじゃない。思いをきちんと込められるかが重要だ。泣きわめいても収録は続けさせてもらう」

カメラが見ているのを確認して、青葉の神は鼻息を荒くした。

「上等。一時間で終わらせるよ」

ブースに入った青葉の神は、楽譜と歌詞を見ながら聞こえてくる曲を頭に入れる。青葉の神の声は聞こえなくなってしまったが、饒舌な高津の神はカメラに向かっておしゃべりを始めていた。

「ここまで完全密着するのだから、現代のアイドルはどんどんラディカルになっているな。南にも同情してしまうよ」

初めはカメラマンに徹しようとしていた南の神も、高津の神や神奈川の神が話しかけてくるので返事をするようになっていた。

「さすがにあたしは、途中で交代させてもらうよ。カメラマンの耐久ドキュメンタリーじゃないんだからね」

生放送は続いており、南の神の愚痴《ぐち》が込められた撮影にもコメントがついている。

「試みとしては非常に興味深い。これを見ている諸君らにも、青葉の神という女の子が、口先だけじゃないところを見てもらえることだろう」

「準備オッケーだよ」

ブースから青葉の神の声が届き、録音が始まった。高津の神のディレクションは細かく、一音一音の抑揚に指摘が入り、その度に中断する。青葉の神の歌唱力やテンポ感、リズムの刻み方など申し分ないものではあったが、高津の神の指摘を受けた後だと明らかに曲の雰囲気がよくなっていた。

　高津の神のOKが出ると、青葉の神は足早にスタジオを後にしてタクシーに乗り込んだ。向かったのは青葉区内にあるスタジオで、色とりどりの花が敷き詰められたセットが現れた。またメイクアップアーティストとスタイリストに捕まった青葉の神が控え室に連行されメイクをされている間に、神奈川の神はセットの配置やカメラの画角、次のスケジュールからスタッフのケータリング手配に至るまで、足を止めることなく動き回っていた。

「プロデューサー業が初めてとは思えない働きようだね、まったく」

　神奈川の神を見て、南の神はぼやかないわけにはいかなかった。南の神のカメラは、青葉の神だけでなく、小道具を持って走り回るスタッフや、モニターチェックを行うカメラマン、調光する照明さんも撮影し、時折青葉の神について質問を交えることもあった。青葉の神というアイドルが舞台に立つまでに、どれだけ多くの制作陣が関わって生み出されていくかのプロセスそのものが一つの作品になっている。

　カメラが常時回るせいで、青葉の神だけでなく、スタッフも緊張感に包まれている。徐々にメッセージを届けてくれるファンの数が増えていることが、仮面を外せない青葉の神にとって心の支えになっていた。

　CDのジャケット撮影を終えた青葉の神が、羽田空港のホテルにやってきたのが深夜二時。それからベッドに入って眠る姿にも、南の神は密着し続け、朝五時に起きると朝一の便で沖縄へ飛んだ。シャワーから上がったままの姿で飛行機に乗り込み、機内でメイクアップアーティストとスタイリストに朝支度を整えてもらう間に、同乗した雑誌社からのインタビューを受けることで一日が始まる。すっぴん姿も遠慮なく配信され、機内で朝食を取ったり、インタビューの途中でうとうとしたりする姿も視聴者は目撃することとなった。

那覇空港から車で向かったビーチの近くにあるコテージには、スポンサーの面々や共演するタレント、複数のビデオカメラにスタッフが待ち構えており、青葉の神の到着を機にCM撮影が始まった。コテージと砂浜を往復し、怒濤《どとう》の勢いで撮影が終わるやいなやゴーヤチャンプルーやソーキそばを食べることなく飛行機に乗って、東京に戻ると振り付けのダンスレッスンが待っていた。ダンスレッスンを終えたら、都内のジムで専属のトレーナーによるトレーニングで汗を流すと、ラジオの生放送にゲスト出演し、MCから身体の心配をされた。

青葉の神は胸を張って笑った。

「ただのアイドルは絶対に真似をしちゃいけない。ぼくは青葉区を司る土地神だからこそ、やってのけられる芸当なんだ。労働基準法に抵触すると非難しているものもいるようだが、法律は人間の枠内でしか適用されない。ぼくは土地神なのだから、無関係なのだ！　悔しかったらぼくより働いてみろ！　絶対に休まないからな！」

青葉の神の行動はリアルタイムで配信されているので、居場所も特定されることになる。ラジオ局からタクシーに乗り込もうとするときに、ファンから声をかけられた。色紙を持って近づいてくるファンに、青葉の神は気前よくサインに応じ、カメラに話しかける。

「骨のあるファンがついてきたみたいだな。感心感心。出待ちは推奨しないが、偶然ぼくに出会ったら喜んでサインしてあげよう」

その言葉を挑戦と受け取ったファンは追っかけを開始したが、動きをつかむのは容易ではなかった。バラエティ番組への出演を終えて深夜にホテルへ戻った青葉の神は数時間眠りにつくと、明け方にタクシーで二度目の歌の収録に向かい、写真集の撮影がみなとみらいで行われた。

破滅的なスケジュールによるプロモーションは二週間近くにわたって続いた。青葉の神プロジェクトも、テレビCMや雑誌の表紙、スマホの広告など隙間のないPRの甲斐あって、知名度は上がっている。無論、好意的なものだけではない。

『ゴリ押し』

『イタイ』

『悪乗りの押し売り』

など青葉の神を揶揄《やゆ》するコメントは枚挙にいとまがない。その一方でメッセージをくれるファンも増えていた。会いに来てくれたファンにはサインやスマホでの撮影を忘れず、動画に出演させて交流することもあった。カメラ役に徹している南の神や、神奈川の神にもファンが生まれており、チーム青葉の神そのものに注目が集まっていた。メディアで青葉の神を見かけない日はなくなっていた。テレビやスマホを見ればCMが流れ、電車に乗っても駅の看板や車内の電光掲示板でライブの告知が行われ、街を歩けばラッピングカーが行き交って青葉の声が鳴り響いている。毎日のようにバラエティ番組の生放送やラジオ、自分のチャンネルとは別のネットの動画サービスに姿を現し、青葉の神による電波ジャックと言ってもいい事態だった。

世間の乱痴気騒ぎをよそに、朝の調教を終えた川崎の神が、厩舎に戻ろうと信号待ちをしていたときに目の前を横切っていったのも、青葉の神のラッピングカーだった。それを見て、ため息がこぼれる。

「……まさか、ここまでやりやがるとは」

厩舎の手伝いをしていた中の神は、スマホで青葉の神の生配信を流した。

「今日はスマホアプリのCM撮影をしているみたいですよ。いくら南がついているとはいえ、身体を壊していないか心配です」

「あんなにノリノリでやってやがるんだ。一年寝なくたって働けるだろうよ。自信がないなんてのは嘘だったのか?」

「青葉は都筑が託してくれたプランを、きっちり遂行しようとしているのですよ。二人はまったく違う性格に見えて、覚悟を決めたら何があっても意志を曲げないところはよく似ています。青葉があれだけ人前に出ようとするのは、それだけ都筑を助けたい思いが強いからです」

　川崎の神は頭をかいた。

「都筑も都筑だ。アイツ、こうなることを予想していたみたいに、根回ししてやがったのか。死してなおメディアを操るなんて、まるでフィクサーだ。ＣＭ一つ取ってくるのだって、どの芸能事務所も必死になってるってのに、こうもスポンサーやメディア出演を決めてくるんだから、このまま封印されてたほうがいいんじゃねぇのか？」

　中の神は口に手を当てて笑った。

「都筑は、青葉に大きな可能性を感じていたのです。遺言を託したのがスケジュール管理の鬼である神奈川だったのも功を奏しました。わたしや保土ケ谷が任されていたら、ここまで世間に浸透することはなかったでしょうから」

　川崎の神は厩舎の事務所に戻ってコーヒーを淹《い》れた。

「土地神のことを、大々的にバラしちまって大丈夫なのか？　他の土地神から何を言われるか分かったもんじゃねえぞ」

　中の神は手を温めるように両手でカップを持って、コーヒーを飲む。

「芸能界には別の星からやってきたアイドルや、悪魔のミュージシャンもいるのですから、土地ドルだって希有な存在ではありません。変にコソコソするくらいなら、堂々としていた方が怪しまれないものですよ」

　川崎の神は『鞭ノ知』を手に取った。

「どうして、町田はまだ攻めて来ないんだ？　青葉は侮られているだけだと言っていたが、いくらなんでも時間が経ちすぎている。何か別の手を打ってくるつもりなのか？」

中の神は息を吐き出した。

「『喰々獏々』は満腹なのかもしれません」

「はぁ？」

「『喰々獏々』は、完全に覚醒しないまま神々を食べたわけです。悪夢とはいえ、土地神を食べるのはかなりエネルギーを消耗するはず。先に鶴見や都筑、港北や緑を取り込み、保土ケ谷や西、港南に栄、泉、麻生に宮前に多摩まで食べてしまえば、しばらく動けなくなるのも無理はありません」

「一理あるが、あと一息で決着が付くのに、『喰々獏々』を休ませている場合か？」

「土地ドルデビューが青葉を助けているのかもしれませんよ」

「どういうことだ？」

中の神は微笑んだ。

「青葉は今、二十四時間民に監視されている状況にあります。そんな時に神器や『喰々獏々』で襲いかかったら、全世界の土地神を敵に回します。横浜や川崎を攻めた町田も、すべての土地神を敵に回すリスクは犯せないはず。都筑は、青葉を世に出すことで、『喰々獏々』の攻撃から守っているとも考えられますね」

「だから、神奈川のヤローは町田の襲撃はあり得ないなんて言ってやがったのか。ともあれ、決戦の日は近い」

川崎の神は、右手で左の手のひらを叩き、中の神は立ち上がった。

「わたしとて、仲間の神々が食べられたことを、ふがいなく思っていますが、まだ川崎様も大神様も何も言ってきてはいません。わたしたちにはもがけるだけもがけと考えていらっしゃるのでしょう」

「とことん部下扱いが乱暴なジジイどもだ」

「神器を失ってもなお戦おうとする青葉は立派です。若いあの子が助けを求めているのなら、それを全力で支援するのが、この世に長く顕現してきた土地神がしてあげられることではないでしょうか」

川崎の神はカレンダーを見た。レースに出走予定の馬が細かくかき込まれていたが、青葉の神のデビューライブの日だけ赤く丸が書かれている。

「川崎と横浜にけんかを売るってのがどういうことか、あのアホにみっちりたたき込んでやる」

「わたしたちも作戦を立てましょう。まだ、連絡が取れる土地神も残っていますから」

「おう」

中の神と川崎の神が打ち合わせを始める横で、スマホの中の青葉の神は、またタクシーで別の仕事場へ移動していた。

第八章　鶴見川音楽祭

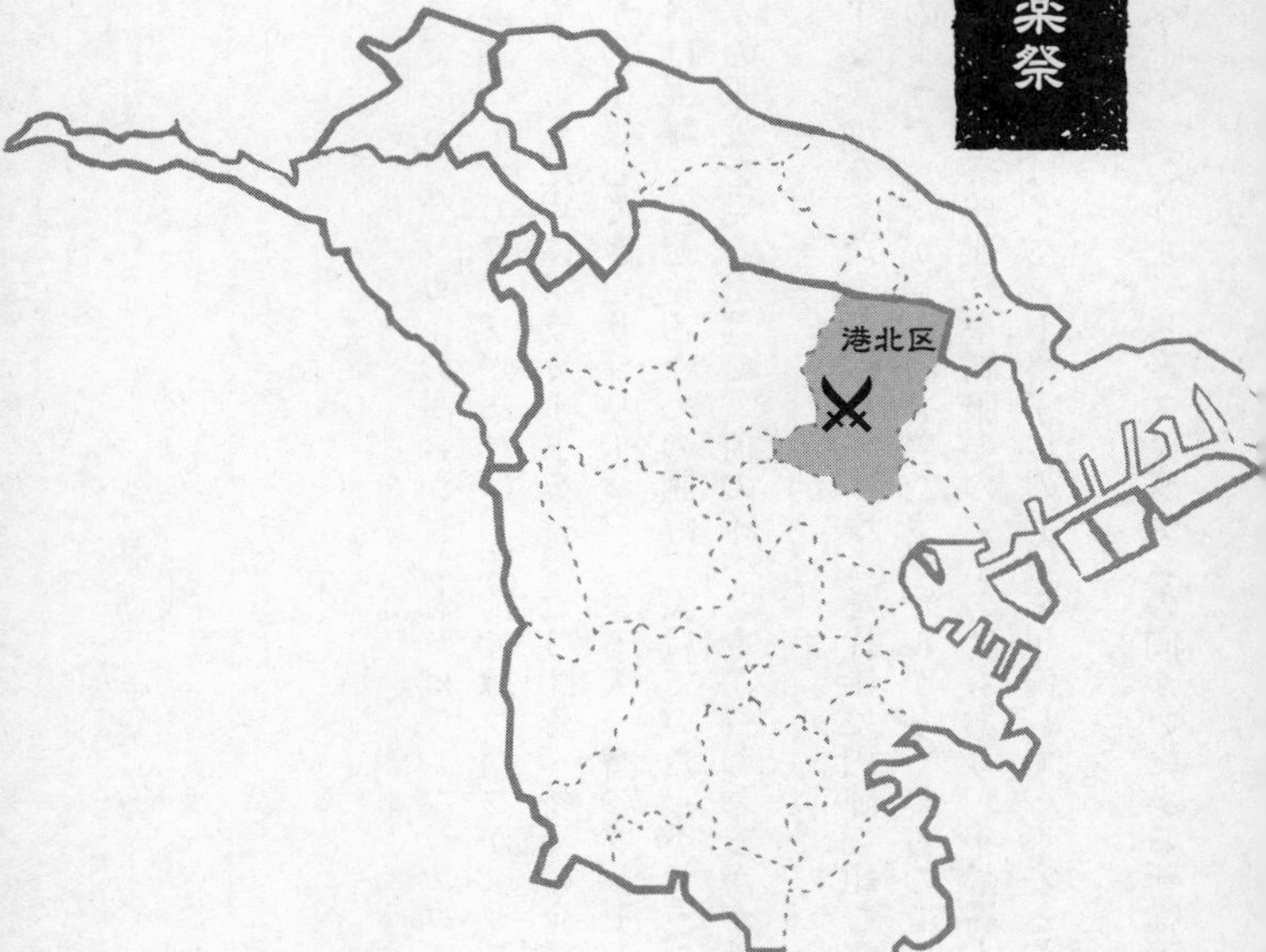

新横浜は、イベントの聖地である。サッカーの試合が行われれば、レプリカユニフォームを着た観客が集い、横浜アリーナでライブがあれば、駅前ではファンがグッズを交換したり、チケットを譲ってもらうためにプラカードを持ったりする。多くの企業が軒を連ねる新横浜では、関西から出張してきたサラリーマンによる大一番のプレゼンや交渉も行われ、新横浜駅の駅員は混雑を回避するための誘導に長けていた。ベテランの駅員ともなれば、行き交う人々の服装を見るだけで、何のイベントが行われるかが手に取るように分かった。

今日は別だった。ライブTシャツを着た人々がサイリウムを片手に円陣を組む姿を見ているとアイドルのライブのようだったが、浴衣を着たカップルが多くいるので男性向けのイベントというわけでもない。家族連れや制服姿の学生の姿もあり、年齢層も客層もバラバラな事で、駅員たちの間にはイベント終了後の混雑を想像して、不安と若干の期待が生まれていた。

人の波は駅から、鶴見川へ進んでいった。日産スタジアムの向かいにある新横浜公園の広場には、中央のステージを囲うように、出店が並んでいる。アイスクリームにかき氷、串焼きや焼きそばにたこ焼きなど、屋台の定番の他にもホットドッグや家系ラーメン、シウマイに中華の出張販売など種類は多岐にわたり、夕方の公園は賑わっている。

中央のステージでは、朝からライブが行われており、アイドルグループの他にもロックバンドからポップシンガー、演歌歌手にマジシャンや大道芸に至るまで、エンターテインメントの闇鍋の様相を呈《てい》している。有名なアーティストの誘致に成功していたので、人の流れは途切れるどころか、鶴見川の対岸の土手にまで人があふれていた。

設営スタッフとして会場に入っていた川崎の神は、広場でグルメを堪能しながらライブを楽しむ客たちを中央ステージの舞台袖から見つめていた。

「よくもまぁ、ここまで集めたもんだな……」

青葉の神のデビューライブというよりは、横浜のグルメフェスと言ってもおかしくない出店の数だった。入場無料とあって、ファン以外にも人が押し寄せてきている。

出演するアーティストが時間ごとに変わっていくので、ファンの入れ替わりも激しい。グルメフェスとロックフェスがごちゃまぜになった空間は、上空に雲ができそうなほど熱気に満ちていた。短期間でここまで集客したことに、川崎の神は驚きを隠せなかったが、神奈川の神は冷静だった。

「すべてが青葉のファンというわけではない。この中に一割でもファンがいてくれれば充分」

「オメーにしちゃずいぶん謙虚じゃねえか」

神奈川の神は、ステージで踊るアイドルグループを見つめていた。観客席から統率の取れたかけ声が響き渡る。

「新人アイドルがいきなりこれほどのライブ会場を埋めることは難しい。それに、『青葉の神』はただのアイドルではない。土地ドルだ。横浜の民と共に天下を取ると宣言した以上、市内の企業や他のアイドルグループも参加して、儲かってもらわなければならない。安っぽい挑発だったが、思った以上のアーティストに参加してもらえたのはありがたい限りだ」

「食いもの屋の数もハンパないな」

「これだけ出店数が増えたのは、南の人徳だ。彼女が掛け合ってくれたから、普段はケータリングを行わない店も協力してくれている」

神奈川の神は手帳を開いた。

「重要なのは、人を集め、知名度を上げることだ。青葉に興味はなくとも、グルメフェスとなれば動く人の数は変わってくる。グルメフェスにきたついでに、青葉を覚えて帰ってもらえれば、それだけで意味はある。ライブの途中では花火も上がる。人混みが嫌いでも、花火が上がればあれは何だと噂になり、青葉の名前は知れ渡っていく。都筑のマーケティングは隙がない」

プロデューサーとしての辣腕を見せる神奈川の神に、川崎の神は呆れていた。

「ここを使う許可とか、誘導員の確保とか、イベントそのもの以外にもとんでもなくやることが多かったんじゃないのか」

神奈川の神は笑った。

「僕は都筑のシナリオ通りに動いているだけだ。今は、彼女が用意した時限爆弾が爆発したに過ぎない。この結果を彼女が見られないのは残念だが、これまでのプロモーションに不備はない。つくづく、恐ろしい女神だよ、都筑は」

神奈川の神がプロデューサー業にのめり込んでいるように見えた川崎の神は、話を切り替えた。

「今夜、青リンゴがライブを盛り上げれば『喰々獏々』はやってくるはずだ。町田から『喰々獏々』を奪えるかどうかは、青リンゴのパフォーマンスにかかってる。きちんと仕上がってるんだろうな？」

川崎の神にすごまれても、神奈川の神は動じない。

「何度も言わせないでくれ。町田様との戦いなど、どうでもいい。僕はつまらない仕事をしない主義なんだ」

「オメー、仮にも土地神だろうが！」

川崎の神は、設営用のパイプで殴りたくなるが、神奈川の神はライブを終えて戻ってきたアイドルたちを舞台袖に誘導しながら答えた。

「青葉を邪魔しに来ようとする町田様を、君たちが守り抜くというのは画的に興味深い。

ボディーガードは何人いても困ることはないからな。どうせ戦うのなら、派手にやるといい。会場にはプロジェクションマッピングも用意してあるから、多少のドンパチなら演出として僕が何とかしよう」

プロデューサーというスタンスを崩さない神奈川の神に、川崎の神は見切りを付けた。

「青リンゴに成功してもらわなきゃなんねぇのはアタイも同じだ。アタイの仲間も、元に戻してやらなきゃなんねえ。こっちは好きにさせてもらう」

川崎の神の去り際に、神奈川の神は一言告げた。

「神獣はどちらの歌がお好みかな」

控え室では、いつものようにメイクアップアーティストとスタイリストが青葉の神を仕上げにかかっていた。フリルのついた白とブルーのワンピースに、エナメルのヒールを履いた青葉の神は、髪飾りの調整に余念がない。今朝もベッドから目を覚まして、シャワーを浴び、ホテルからタクシーで現場入りするところまで、途切れることなく生配信は続いている。カメラを持った南の神も、本番が近いとあって緊張感に包まれている。

南の神の手が震えていることに気付いた青葉の神は笑った。

「どうして南さんが緊張しているの？」

カチコチになった南の神を映そうと、青葉の神はカメラを奪おうとする。南の神はそれを拒んで青葉の神を映し続けた。

「あたしはいいんだよ、映さなくて。いよいよ本番だね。緊張してないかい？」

「南さん見てたら、緊張感なくなってきたよ」

「そりゃ悪かったね」

ライブ直前でもリラックスしている青葉の神を見て、コメント欄も賑わっていた。

「ここまで偉そうなことを言ってきたのは、今日のこの日のためだ。最高のライブをお届けするよ」

内に秘めた思いをすべてさらけ出すことはできなかったが、言葉を選んで話をする青葉の神を見ているだけで、南の神には思いが伝わってくる。

「神奈川にとっ捕まって、あんたの密着動画を撮れと言われた時は、まさかこんなことになるなんて思わなかったよ。本来のあんたは控え目な性格だ。人前でライブをするなんて大丈夫なのか、不安だったのは事実さ」

「それは営業妨害だよ」

青葉の神が怒ってみせると、南の神は背中をぽんと叩いた。

「みんなのために歌うことを決めたあんたは、少しずつ表情が頼もしくなっていった。それは、一番近くで見てたあたしだからこそ、よく分かる。たくさんの仕事をこなして、みんなを楽しませようとするあんたのことを、あたしは見直したよ」

横浜対川崎の戦いだけでなく、町田の大神との戦いまで、青葉の神に背負わせてしまうことで、南の神は心を痛めていた。初めは同情し、自らを責める気持ちが強かった南の神も、二十四時間監視されながら準備に励む青葉の神を見るにつれて、応援する気持ちが増していた。

「あんたは、楽しみにしてくれる人たちのために、思いっきり楽しんでおいで」

「もちろん！　ねえ、泣かないでよ、南さん。まだ始まってもいないんだからさ」

目頭を押さえた南の神をからかって、メイクアップアーティストやスタイリストも泣きながら笑っていた。

そのやりとりを控え室の入り口でこっそり見ていた川崎の神は、中の神に言った。

「声、かけてやらなくていいのか？」

「カメラに映るわけにはいきませんから。わたしたちは裏方として、精一杯働きましょう」

中の神は、青葉の神が気になっている川崎の神の顔を覗き込んだ。

「何だよ？」

「気になりますか？」

ぷいっと川崎の神は目をそらし、中の神はにやりと見つめる。

「さすが、勝負事に慣れているだけはありますね。全然緊張しているように見えません」

「勝負は準備がすべてだ。青リンゴは、やれるだけのことをやった。アタイたちも、やることをやるだけだ」

「青葉の努力を認めてくれるのですね？」

川崎の神はすたすたと歩き出す。

「あれだけ働きゃ誰だって認めるしかないだろうが。開演、一時間前だ。持ち場につくぞ」

中の神は口に手を当てて笑った。

「はい」

青葉の神の出番が近づくと、客足も増え広場は祭の客やファンですし詰めになっていた。無料ライブで撮影も可能とあって、カメラやスマホを持った客が最前列で待ちわびている。舞台袖では、バンマスも兼任する高津の神が集めたスタッフが、青葉の神と共に円陣を組んでいた。

「今日から新たなアイドルの神話が始まる。座長、みなを鼓舞するメッセージを」

高津の神は、青葉の神にうやうやしく頭を下げた。

唐突に決まった土地ドルデビューから、怒濤のスケジュールで楽曲制作やプロモーション活動が行われてきた。プライベートが一切封じられた中で、高慢なアイドルを演じ、内心はヘトヘトだった。これから舞台に立って歌を披露するのが、夢のようにも思えてくる。

もはや夢だと驚いてはいられない。星が降ってこようが、太陽が爆発しようが、座長としてまっすぐ立っていなければならない。小さく息を吸って、青葉の神はバンドメンバーを見た。

「ぼくは今日、みんなの夢になる！　いくぞ！」

青葉の神の合図と共に、高津の神たちは声を上げた。スタッフから拍手が起こり、準備万端が整った。

暗転したステージで、高津の神たちが楽器の元へ歩いていく。ざわめきが静まり、舞台袖から青葉の神が歩いてくると歓声が起きた。四方からスポットライトが青葉の神に当たると、ステージ前から炎が上がる。

「瞬き禁止だァ！」

青葉の神が叫び、一曲目『２４６』が始まった。会場が青いサイリウムの光で照らされる中、ステージ裏で監視をしていた川崎の神は、鶴見川の上にふわりと何かが浮かんでいるのを見た。インカムでつながった中の神に、川崎の神は連絡をする。

「早速お見えになったぜ」

「予想より接近が早いですね」

「ああ。どうやら『喰々獏々』もフェスに参加してぇみたいだが、させるかよ！」

バックステージから、裏手の池を飛び越えて土手に向かった川崎の神は、鶴見川上にいる『喰々獏々』を見た。バルーンのように浮かぶ『喰々獏々』の頭上では、町田の大神が『弦界突破』を握ったままライブ会場を見つめている。

「アイツ、空から乗り込むつもりか！」

川崎の神は土手から鶴見川に飛び込み、着水する瞬間に『鞭ノ知』で水面を叩いた。水叩かれた川の水が、太い水の柱となって空中に浮かんだ『喰々獏々』に襲いかかる。水の柱は飛んできた火球で水蒸気となり、霧散していった。

「鶴見川で暴れ回るとはいい度胸だな！」

川の上を走ってきた鶴見の神は、再び水の柱を起こそうとしていた川崎の神に殴りかかっていく。

「パチモンに用はねぇ！」

川崎の神は川に沈む前に水面を叩いて、水の刃を鶴見の神に当てていく。体勢を整えようと土手に戻ろうとした時、川縁に穴が開いているのが見えた。そこに気付いた瞬間、穴から『硬球必打』を握った保土ケ谷の神が殴りかかってくる。

「無駄なあがきは止すんだな！」

「オメーまで籠絡されるとは情けねぇ話だな、保土ケ谷！」

川崎の神は身体を反転させて、保土ケ谷の神の頭を『鞭ノ知』で狙おうとするが、巨大な碇が見えて攻撃を控えた。土手から、『神之碇』の鎖を握った西の神が、川崎の神を狙っている。空中に飛び上がった川崎の神に、町田化された神々が襲いかかってくる。足に泉の神の『絹ノ糸』が絡みついてきたので、『鞭ノ知』で断ち切ろうとすると、影が身体を引っ張ってきて川に引きずり込まれた。泉の神だけでなく、都筑の神も遠くから川崎の神を狙っていた。

「オメーらの舞台も開演したってわけか」

自分の影に抱きしめられたまま、川崎の神は川底へ沈んでいく。『鞭ノ知』で川底を叩こうとするが、都筑の神が出した『狐狗狸傘』の影の力は強く、このままでは反撃どころか、溺れ死んでしまう。

川崎の神が、川で死ぬのはしゃれにならない。くだらないことを考えながら、冷静さを保とうとしていると、川崎の神は影ごと水面へ引っ張られていく。影が抵抗していたので、これは敵側の攻撃ではなかった。

水面から引っ張り上げられた川崎の神は、逆さになったまま周囲を窺うと、空中に白いサッカーボールが浮いているのが見えた。

「ヘッ、キミらしくもないゼ！　あんなボコボコにされている姿、友人として見てられないナ！」

鼻の下を指でこすりながら、橋の欄干に立っていた中原の神は笑った。なぜか中原の神は瀬谷の神を背負っている。『一日千蹴』に助けられ、体勢を整えた川崎の神は、瀬谷の神を見た。

「オメー、なに遊んでんだよ」

瀬谷の神は、中原の神の背中で暴れる。

「これのどこが遊んでるように見えるのさ！　僕はもう何度も下ろしてくれって言ったのに、中原くんが言うことを聞いてくれないんだ！」

中原の神はリフティングをしながら『喰々獏々』を見た。

「何を言ってるんだ、キミは！　ただでさえオレらの勢力が減っているのに、むざむざキミまで町田サマに差し出すこともないだろ？　かつては刃を交えたキミを背負ったまま、横浜の神々、いや、町田化してしまった神々を打倒するなんて、こんなに燃えることはないゼ！」

「早く下ろして……」

中原の神の登場に気付いた鶴見の神が、水上を走って襲いかかろうとしている。泉の神や都筑の神も、遠くから狙いを定めていた。

「キミは『喰々獏々』を仕留めるんだ！」

中原の神は川崎市民にとってのアウェイ、日産スタジアムを見た。

「フッ、今日は場外でのキックオフというわけだな。川崎魂、見せてやるゼ！　かかってこい、ハマの神々！」

中原の神は『一日千蹴』を蹴り上げて、接近する神々の自由を奪っていく。神々が集められる中、川崎の神は土手を走って『喰々獏々』へ近づいていった。すでに港北インターチェンジを越えて、会場へ接近している。

飛び上がっただけでは届きそうになかったので、水の刃を飛ばして町田の大神を狙うしかない。川の水を『鞭ノ知』ですくい上げようとすると、土手が揺れた。川底から巨大化した港南の神が、川崎の神につかみかかってくる。

「この連携は、ニセモノの保土ケ谷あたりが考えたのか？　捕まったんなら、おとなしくしてろや！」

川崎の神は港南の神の指にしがみつき、段違い平行棒のように身体を反転させて巨人の身体を登っていった。

「ここなら行けるな」

空を飛ぶ『喰々獏々』を射程に捉えた川崎の神は、『鞭ノ知』で港南の神の頭を思い切り叩き、その反動で空へ飛び上がった。この勢いのまま『喰々獏々』に突っ込めば、町田の大神を狙える位置にたどり着くが、川から『発車往来』で呼び出された電車が蛇のように伸びて、飛んでいる川崎の神を狙い落としにかかってくる。

「宮前もどこかで狙ってやがるな！」

『鞭ノ知』で電車を跳ね返すわけにもいかなかったので、車両をつかんで屋根に着地し、先頭車両まで走ってもう一度勢いを付けて跳ぼうとした。

斜塔のように川から延びる電車を登っていると、背後からエンジン音が聞こえてくる。

「無茶しやがる！」

電車の上を、赤いスカイラインが川崎の神めがけて突っ込んできていた。ジャンプをして避ければ、勢いを失って川に落ちるだけ。悩んでいる暇はない。川崎の神は『鞭ノ知』で突っ込んでくる赤いスカイラインを叩いた。勢いを殺すことはできず、車は川崎の神に衝突する。運転席の港北の神は、仕留めたかと思っていたが、川崎の神はボンネットにしがみついていた。

「ついでだ。オメーに町田のところまで連れて行ってもらう」

電車の上から勢いよく飛び出した赤いスカイラインは、宙を舞っていた。額から血を流した川崎の神は、車を叩いて川に墜落させ、その勢いで『喰々獏々』の頭上に舞い上がる。

「町田ァ！」

ぷにぷにした触感の『喰々獏々』の頭上に立った川崎の神は、『鞭ノ知』を持って町田の大神へ襲いかかろうとする。町田の大神は『弦界突破』でレッド・ホット・チリ・ペッパーズの『アラウンド・ザ・ワールド』のフレーズを奏でたまま、表情を崩すことはない。

「やっぱり、オマエはバカだな」

町田の大神に罵られた瞬間、川崎の神は身体が動かなくなった。甘い香りが、川崎の神の鼻腔《びこう》をくすぐる。倒れ込む川崎の神を見るように、町田の大神の背後から、麻生の神が姿を現した。

「ニセモノもおつむが足りないみたいね」

町田の大神は同意した。

「少し考えれば分かることだろ？　アサオが近くにいれば、直接攻撃なんて簡単に封じられるんだ。単騎で攻め込むなんて、所詮はニセモノだな」

川崎の神は、『鞭ノ知』で『喰々獏々』の頭を叩くことしかできなかった。その抵抗を見て、町田の大神は笑う。

「オレサマに当てなきゃ意味ないぜ」

倒れ込んだ川崎の神は笑った。

「この『鞭ノ知』が調教用の鞭だということを忘れてるみてえだな」

「何言ってんだオマエ?」

「今のオメーが身の丈に合わない強さなのは、『喰々貘々』が力を分け与えているからだ。『喰々貘々』は、オメーの妄想を原動力にし、互いに補完し合っている。『鞭ノ知』は、知恵を奪うだけじゃねえ。バカになっちまった頭を冷やす力もある。オメーのくだらない夢から目を覚まして、『喰々貘々』は正気に戻った。オメーはアタイをナメていたみたいだが、『喰々貘々』にとって『鞭ノ知』は天敵なんだよ」

町田の大神は『弦界突破』をかき鳴らすが、『喰々貘々』のコントロールが利かなくなっていた。

「何だと?」

「『喰々貘々』は音に惹かれる。オメーは青リンゴを食わせるために『喰々貘々』をコントロールしていたみたいだが、コイツは青リンゴの歌に引き寄せられているんじゃないのか?」

「そんなワケあるか!」

町田の大神は『弦界突破』で起こしたソニックブームで、川崎の神を吹き飛ばした。『粧柿』の拘束を受けていたので、空中に放り出された川崎の神は、受け身の体勢が取れないまま地面へ落下していくが、笑っていた。

「どっちの歌が本物か、『喰々獏々』に聞かせてやれ。青リンゴ」

ライブ会場はどよめいていた。ステージ横に設置されたモニターに、川崎の神の戦いが映し出されており、鶴見川から轟音が鳴り響き、何か事故が起こったのではないかと声も上がる。そのどよめきは、上空に白黒の巨大なバクが現れたことで大きさを増した。バンドは『喰々獏々』が登場したにもかかわらず、演奏をやめなかった。青葉の神も歌い続けていたが、音は『弦界突破』のギターソロで上書きされた。

双眼鏡を手にした観客がギターソロの旋律と『喰々獏々』の上に乗っている町田の大神を見て、叫び声を上げた。

「『三律廃藩置県』のMACHIだ！」

青葉の神のライブを『三律廃藩置県』がジャックしようとしていることに人々が気付くと、どよめきが歓声に変わる。町田の大神はギターソロから、『リパブリック・オブ・町田』の演奏へ切り替える。伝説のミュージシャンが久々に登場し、音楽通は沸き上がっていたが、その音の厚みは『三律廃藩置県』を知らない観客も魅了していく。

当の町田の大神は歌いながら、焦っていた。会場に近づいたら『喰々獏々』で周囲を眠りに誘い、青葉の神を食らわせようと考えていたのに、コントロールが利かなくなっている。町田の大神は、青葉の神の歌をかき消すように演奏を続けたが、『喰々獏々』は青葉の神に引き寄せられている。歌い終わった青葉の神は、町田の大神を見上げた。

「ぼくのデビューライブを潰しにくるなんて、いい度胸しているな『二律廃藩置県』！　どうやら君は、ぼくら横浜の土地ドルをすべて町田の支配下に置こうとしているようじゃないか！」

ギターを奏でながら、町田の大神は青葉の神のMCに答えた。

「ふざけるな！　横浜も川崎も、すべて町田のモノだ！　オマエたちは、オレサマを売った裏切り者のクセに！」

「裏切り者だって？」

青葉の神が問いかけると、町田の大神は演奏に力をこめる。

「廃藩置県の後、オレサマの先輩、南多摩の大神は神奈川県に配属された。八王子から横浜港に至る中継基地として栄えた町田は、神奈川に縁が深い歴史を過ごしてきた。一方で、北多摩や西多摩の地は玉川上水の水源確保や管理のため東京府に移管し、三多摩の一つである南多摩の地も東京に属すべきだという議論が浮かび上がった。自由民権運動の根拠地であった町田を疎ましく思っていた当時の神奈川は、活動家を弱体化させるため、町田を東京に丸投げして、裏切ったんだ！」

町田の大神の演説は、演奏と相まって鬼気迫っていた。

「神奈川から東京に編入させられた南多摩の大神は、ひどい屈辱を味わった。神奈川からはつまはじきにされ、東京からはよそ者扱い。そんな南多摩の大神は、地上に顕現したオレサマを迎え入れ、育ててくれた。南多摩の大神は、オレサマに言った。東京でも、神奈川でもなく、町田の大神として生きなさい、と。町田の大神として顕現したオレサマも、辛酸をなめた。東京のハミ出しもの、神奈川の属国。オレサマは、町田の民を愛そうとしているだけなのに、なぜ、苦しまなければならないのか。オレサマは気付いたんだ」

町田の大神は『リパブリック・オブ・町田』のギターソロを奏でた。

「この世界は間違っている！　オレサマの居場所は、東京でも、神奈川でもない。町田県だ！　オレサマを売った神奈川も、オレサマを仲間外れにした東京もニセモノだ！　オレサマは奪われた神奈川を併呑し、ふんぞり返っている東京も飲み込んで、町田こそ日の本の中心であると思い知らせてやる！」

町田の大神の演説を受けて、会場は歓声とブーイングに包まれる。真に迫った町田の大神の叫びで観客たちは盛り上がっていたが、青葉の神は足が震えていた。町田の大神の演奏をかき消すように、青葉の神は叫ぶ。

「君がどれだけ屈辱を味わおうと、そんなのは関係ない！」

「何だと？」

「ぼくたち土地ドルは、何があっても民の隆盛を見守ることしかできない。たとえ、どんな経緯で町田が神奈川から引き裂かれてしまったとしても、土地神である君は、決して干渉してはいけないんだ」

「裏切り者の分際で何を言う！」

町田の大神が『弦界突破』を弾くと、衝撃波が巻き起こった。ライブのセットがぐらぐらと揺れる。踏ん張りながら、青葉の神は反論する。

「ぼくたちは、民が選んだ道を、尊重するだけだ。君が勝手に町田県を名乗って、ぼくらに襲いかかろうとするのは、自分たちの意見だけを推し進めて、町田を売り払ったかつての神奈川と同じことだ！」

「黙れ！」

町田の大神の演奏は激しさを増し、『喰々貘々』は鼻を揺らし始めた。

「いけない！『喰々貘々』と呼応している！」

青葉の神は頭がクラクラした。

「オマエたちの悪夢は今日で終わりだ！　目を覚ましたら、オマエたちは町田の民として、胸を張って生きられる！」

会場の歓声が静まっていく。『喰々貘々』が放った睡魔に、客たちは抗えずに地面へ倒れ込んでいった。青葉の神もステージに膝をつき、眠気に抗えなくなる。

「青葉、立て！　歌い続けるのだ！　演奏を止めるな！」

まぶたに洗濯ばさみをつけた高津の神はバンドに命じて、四曲目の演奏を始めた。

「盛り上げなきゃ……！」

青葉の神は、自らを奮い起こすように歌い始める。新しい曲が流れてきたのを耳にして、客たちはサイリウムを杖代わりに立ち上がろうとするが、町田の大神は『リパブリック・オブ・町田』で演奏をかき消す。

「急ごしらえのオマエが、オレサマの演奏をかき消そうなんて、おこがましいんだよ！『喰々獏々』！　アオバを食って、この悪夢を終わらせろ！」

上空から下りてきた『喰々獏々』は、ステージ上の青葉の神に近づいた。伸びてきた鼻が、青葉の神の身体へ巻き付いていく。客たちの目を覚まそうと、青葉の神は力を込めて歌おうとするが、どれだけ振り絞っても声が出なくなっていた。

「ここまで頑張ったのに、ダメなの……？」

町田の大神は、演奏を続けていた。その勢いで、高津の神率いるバンドも、眠気に襲われ力を失っていく。

「これで終わりだ！」

青葉の神は『喰々獏々』の鼻に捕らえられ、今まさに食べられようとしていた。都筑の神がどれだけ綿密な計画を立て、高津の神のレッスンを受け、舞台に立てるアイドルとして仕上げたとしても、町田の大神が積み上げてきたものには敵わない。町田の大神の野望は妄想だったとしても、思いの強さは本物だった。

目を閉じ、手からマイクが落ちそうになる。もう一度民の目を覚ます歌はないのか。自分たちは横浜の土地神なのだと、横浜の地を強く想わせる歌さえあれば。

そんな歌が、一つだけあった。横浜の土地神として、民の目を覚ますには、この曲しかない。青葉の神は、マイクを握り直して歌い始めた。

「わが日の本は島国よ」

青葉の神が歌った瞬間、『喰々獏々』の動きが止まる。

「何？」

町田の大神は『弦界突破』を弾くが、『喰々獏々』は青葉の神の歌に気を取られていた。

「朝日かがよう海に」

歌うことで、青葉の神の眠気がすっと覚めていく。その忌まわしい歌に、町田の大神は覚えがあった。

「横浜市歌[39]だと！」

町田の大神は、『弦界突破』で青葉の神に殴りかかろうとするが歌声は止まらない。それどころか、町田の大神は、足に力が入らなくなり、強い睡魔が襲ってきていた。

「オマエまでオレサマを裏切るのか！」

「連《つらな》りそばだつ島々なれば」

青葉の神は『喰々獏々』の鼻から解放され、眠気が飛んでいく。会場を見ると意識を失っていた観客が目を覚まし、横浜市歌を歌う青葉の神を不思議そうに見ている。

「みんなも歌って！」

いつ青葉の神が横浜市歌を歌い始めたのかまるで分からなかったが、バンドが伴奏をすると観客たちは笑いながら口ずさんだ。なんでアイドルのデビューライブに横浜市歌を歌うのか。場違いなようで、この場にぴったりのようにも思える歌は、市民の多くが刷り込みのように知っている曲だった。

合唱の声が眠っていた人々を起こしていき、『喰々獏々』は鼻を回していた。

「こんな偽りの歌に騙されるな！　オレサマの歌を聴け！」

町田の大神は負けじと演奏を再開し、横浜市歌の合唱を『弦界突破』のギター音と激しいシャウトでかき消そうとする。町田の大神の激しい演奏と、横浜市歌の合唱がいびつに交じり合い、『喰々獏々』は震え始めた。二つの強烈な音が不協和音となり、『喰々獏々』は鼻を下に向けて呼吸が荒くなる。

「オマエは、オレサマの夢を叶えてくれるんじゃないのか！」

町田の大神は『喰々獏々』を音で支配しようと、衝撃波を放ちながら音を重ねていく。もはや音楽と呼べる代物ではなかった。ノイズに耐えかねた『喰々獏々』は、よだれをたらしながら口を開いた。心配になった町田の大神は『喰々獏々』の口の中を覗き込むと、口の奥から何か聞こえてきた。

「……この横浜にまさるあらめや」

人間たちに比べると、やけっぱちにも聞こえるその合唱に、町田の大神は覚えがあっ

39　**横浜市歌**　一九〇九年の開港五〇年紀念大祝賀会式典で初めて歌われる。作詞は森鷗外。横浜市立の学校では、開港記念日や卒業式などで広く斉唱されている。

た。それは、『喰々獏々』に食べられた神々の歌う声だった。

「死に損ないめ！　歌うのをやめろ！」

口の奥から聞こえてくる歌は、どんどん大きくなり、観客たちの合唱とも重なると、いつの間にか『喰々獏々』はガスタンクのように膨らみ、白目をむいていた。

「おい！　どうしたんだ！」

町田の大神が演奏を止めて『喰々獏々』に近づいた瞬間、口から虹色の液体が滝のようにあふれ出てきた。壊れた水道管から噴出されたように虹色の液体は会場中に降り注ぎ、スポットライトを反射してきらきらと輝いていた。

「これは？」

会場に降り注ぐ虹色の雨を青葉の神が不思議そうに見つめていると、『喰々獏々』は身体をさらに膨らませて何か大きなものを次々と吐き出した。ぽんと飛び出してきたものは人の形をしており、青葉の神は見間違えようがなかった。

真っ先に『喰々獏々』から吐き出されたのは、着物を身にまとい、涙を浮かべている都筑の神だった。青葉の神に気がつくと、都筑の神は両手を広げながら抱きついてきた。

「都筑！」

青葉の神に受け止められ、都筑の神は首に顔を埋める。

「……あなたなら、きっとわたくしのプランを遂行してくれると信じていましたよ」

都筑の神は言葉を失い、青葉の神に身体を預けて泣いた。青葉の神は、都筑の神の頭に手を置く。どれだけ優秀な妹だったとしても、自分が夢の中に閉じ込められていれば、不安になるのは当然だった。

「ありがとう、都筑」

小声でそう言った後、青葉の神は唖然とする客に向かってわざとらしく叫んだ。

「『二律廃藩置県』に捕まっていた、他の土地ドルがどんどん復活している！　みんなの歌が届いたんだ！　もっと一緒に歌おう！」

もはやヒーローショーのようだった。青葉の神が横浜市歌を続けるうちに、『喰々獏々』から続々と食べられた神々が吐き出されていく。

「お、溺れる！　誰か助けてえ！」

吐き出されて水たまりになっているところで、身体をジタバタさせていた保土ケ谷の神は、西の神に頭をはたかれていた。

「さっさと立たんか、恥さらしめ！」

港北の神と緑の神は寄り添いながら、なぜ自分たちが舞台に立っているのか理解できずにいる。泉の神と栄の神は、目をこすりながら身体を起こした戸塚の神を見て、胸をなで下ろしていた。

「……む、ここは」

戸塚の神の横で、幸の神はノートパソコンをいじっていた。

「おははっぴー。あれだけみんなで合唱したのに目を覚まさないなんて、君は筋金入りのねぼすけだねー」

「合唱?」

戸塚の神は枕を抱えたまま、状況を把握できていなかった。濡れた髪をかき分けながら、多摩の神が近づいてくる。

「ワタシたちに横浜市歌を歌わせるなんて、いい度胸しているわ」

それを聞いた鶴見の神は笑った。

「ハッ、よく言うぜ。テメェが一番でけぇ声で歌ってたじゃねえか」

「と、とにかく、みんな戻ってこられて、よ、よかった」

港南の神がそう口にすると、みな黙ってうなずいていた。

駅帽をかぶり直した宮前の神は、会場を見て驚いている麻生の神に声をかけた。

「どうしましたか、麻生」

大型のライブ会場に集まった無数の観客。会場を包んでいる熱気。ステージの中央に立ってマイクを持っている青葉の神。

夢の中に閉じ込められた麻生の神は、戦いに敗れ、川崎の地を離れる覚悟をしていた。真っ先に『喰々貘々』に食べられたはずの都筑の神は、夢の中で双子の妹が自分の計画を実行すれば勝機はあると諦めていなかった。夢の中に歌が聞こえてきたら、一緒に歌おうと誘われた時でさえ、麻生の神は半信半疑だったが、結果は『喰々貘々』から脱出できて、青葉の神はステージに立っていた。

「本当に、青葉がやったというの……?」

衣装を着た青葉の神は、堂々としていた。あれだけ自信がなく、引っ込み思案だったのに、計画を実行したのだという自負が、背中を通して伝わってくる。双子は、見えないところでつながっている。それを自覚したような立ち振る舞いに、鳥肌が立つのを麻生の神は感じた。

青葉の神は、都筑の神に抱きしめられながら『喰々貘々』を見つめていた。先ほどまで膨れ上がっていた『喰々貘々』は、神々を吐き出すと猫ほどのサイズになり、今はぴいぴい鳴きながら最後に吐き出された谷戸の神に頭をこすりつけていた。

「たぬっころ！　久しぶりだなあ！　元気だったかあ！」

谷戸の神は、『喰々貘々』を持ち上げて顔の近くに寄せた。何千年ぶりかの再会に、『喰々貘々』の鳴き声は大きくなる。

「ようやく会えたみたいだね」

青葉の神がほっとしたのもつかの間、麻生の神は小声で言った。

「観客を放っておくつもり?」

神々が戻ってきたことで、気が抜けていた青葉の神だったが、ライブは終わっていない。ステージでは、町田の大神が『弦界突破』を奏でようとしていた。

「もうやめるんだ」

「……オレサマは、諦めちゃいない！」

叫んだ町田の大神を見て、帰還した神々は殺気だったが、青葉の神は動じなかった。『喰々獏々』は持ち主の元へ帰った。古代神器の揺り戻しを受けて、もう指を動かすのさえ辛いはずだ」

町田の大神は、ステージを拳で殴りつける。

「あとは、オマエさえ食べれば、すべてが町田になるはずだったのに！　なんでいつも、世界はオレサマにそっぽを向く」

町田の大神はツートンカラーの髪を揺らしながら、ボロボロ涙をこぼしている。その切迫した泣き声に、観客たちは静まりかえっていた。青葉の神はうつむく。

「ぼくが、町田様に勝るものなんて、何もない。神器は比べものにならないし、迫力のある歌声、踊るようなギターの音色、目を引くファッションに、人を引きつけて止まないカリスマ性。神奈川と東京の狭間で、もがきながら民を思い続ける力は、ぼくが背伸びしたって届きっこない」

「こんなの、悪い夢なんだ！」

青葉の神はうなずいた。

「町田様は最大の武器を生かせなかった」

「最大の武器だと？」

「歌だよ。もし、町田様がロックフェスを主催して、ぼくらを一堂に集めていたら一網打尽にされただろうけど、町田様は自分の歌ではなく、神器に頼った。歌は、神器を使わずに民から力を受け取れる最大の武器だ。土地ドルとしてパフォーマンスをすることが、みんなを助けることにつながるなんて信じられなかったけど、応援してくれる人が増えて、その声に応えたいという気持ちが、ぼくを強くしてくれた。これはぼくの功績じゃない。民が、助けてくれたんだ」

横浜対川崎、さらには横浜・川崎対町田の戦いが起きていることなど、観客は何も知らなかったはずなのに、拍手が起きていた。

「……オマエには才能がある。それが認められたんだ。オレサマは違う。もう何年も新作を出せていないし、ライブだってできずにいる。落ちぶれたオレサマの歌には、力なんて残されていないんだ」

「そう思っているのは、町田様だけかもしれないよ」

青葉の神は視線を観客に移した。群衆は、スマートフォンを掲げて音楽を鳴らしている。それは、『二律廃藩置県』の『リパブリック・オブ・町田』だった。他の観客たちも、スマートフォンの音楽アプリを開いて、続々と『二律廃藩置県』の曲を流し始める。

「ライブ、待ってるからな！」

「小学生の頃から、ずっと聴いてるよ！」

「かっこいいぞ！」

青葉の神のライブだったが、『二律廃藩置県』のファンが熱いメッセージを送っていた。長らく舞台に立っていなかった町田の大神は、『弦界突破』にしがみつく。

「何だよ、オレサマはオマエたちを裏切ったのに……」

観客の声援が強まる中、青葉の神は前を向いた。

「一度夢を見せたら、その結末まで案内するのがぼくらの役目だ。ぼくは、このステージという夢を、最後まで導いてみせる。それが終わったら、今度は町田様の番だ。町田様の夢の中で生き続けている人たちを、結末まで導いてあげて欲しい」

マイクを持った青葉の神は、ステージの中央に立った。

「最後の曲になります。聴いてください。『真夜中のロリポップ』」

ステージが暗転し、高津の神はピアノを演奏し始める。しっとりした曲調で青葉の神が歌うと、再びステージ上に青いサイリウムの光が輝き出した。間奏に差し掛かったところで、上空に大きな花火が上がり、歓声が起こる。花火の音にかき消されないよう青葉の神が歌い続ける中、舞台袖から旭の神と金沢の神が入ってきた。

「さ、今のうちに兄者たちは舞台から離れるのだ」

ぼうっと花火を見ていた保土ケ谷の神は、旭の神の肩を叩いた。

「ずいぶん粋な演出をするじゃねえか。この花火は？」

「拙者が目を覚ましたとき、磯子殿がせっせと花火玉に火薬を詰めておった。もしかしたら、とんでもない仕掛けが隠されているかもしれないぞ」

「……あいつ、俺たちがいないのをいいことに好き放題やってないといいがな」

一方の金沢の神は、両手を広げながら舞台の前方に出ようとした。

「ようこそ、ムシュー・マドモワゼル！　この私のオンステージが、これよりはじ……」

「あなたはすっこんでいなさい！」

　麻生の神にはたかれた金沢の神は、嬉しそうに舞台袖へ引っ張られていった。まだうなだれていた町田の大神に肩を貸したのは、合流した川崎の神と中原の神だった。

「青リンゴに感謝するんだな」

「ライブバトル……興奮したぜ！　オレも歌のレッスンを始めるべきかな？」

　町田の大神は何も言わなかったが、川崎の神は笑った。

「歌で民を味方に付けて、今度こそ横浜へ殴り込みに行こうぜ」

　舞台裏に連れて行かれた町田の大神を待っていたのは、二人の男だった。

　パイプを咥え、サングラスにスーツ姿の男、神奈川県横浜市を司る土地神・横浜の大神は、足を組んで椅子に座っていた。逆立つ炎の髪に、タンクトップ姿の筋骨隆々な男は、齢こそ重ねているものの黒光りした肌に厚い胸板、白い歯はここにいるどの土地神よりも若々しく、神奈川県川崎市を司る土地神・川崎の大神にふさわしい威厳だった。

　二人の大神の周囲だけ、とげとげした空気に包まれ、ライブのスタッフは恐れをなして近づけずにいる。

「ヨコハマ、カワサキ……！」

　戦意を喪失し、『喰々獏々』を支配するのも終わり、疲労が押し寄せていた町田の大神からは、抵抗する気力が失われていた。二人の大神の前に立った町田の大神は、吐き出すように言った。

「……好きにしろ。オレサマはもう」

町田の大神がそう言いかけると、横浜の大神が口を挟んだ。

「ご苦労だった、町田」

その言葉は町田の大神だけでなく、その場にいた横浜と川崎の土地神も驚かせた。

「ご苦労、だと？」

町田の大神がそう言うと、横浜の大神は立ち上がった。

「此度《こたび》は、かねてから所在不明だった古代神器『喰々獏々』が突如として覚醒し、自ら率先して取り憑かれた町田は、暴走を抑え続けた。『喰々獏々』が完全に目覚めていたら、世界は書き換えられていた恐れがある。見事な功績だ」

今回の暴走は町田の大神の意思ではなく、『喰々獏々』の暴走によるもの。すべての責任を『喰々獏々』に押しつけようとする解釈を拒んだのは、町田の大神だった。

「違う！　オレサマは取り憑かれてなんかいない！」

そう町田の大神が叫ぶと、川崎の神が胸ぐらをつかんできた。

「オメーのことを思って、ジジイたちは筋書きを用意したってのに、その態度はねえだろ、おい？　もっと他に言うべきことがあるんじゃねえのか？」

「黙れ！　もうオマエらの都合に振り回されるのはうんざりだ！」

聞く耳を持たない町田の大神の肩をぽんと叩いたのは、川崎の大神だった。

「ご隠居から、話があるようだ」

川崎の大神は、緊張した場の空気とは裏腹に、『喰々獏々』を抱き上げながらニコニコ笑う谷戸の神を見た。

「あ、邪魔しちまったかなあ」

川崎の大神と横浜の大神は、床に膝をついて深々と頭を下げる。谷戸の神は『喰々獏々』を肩に乗せて、二人の大神に頭を上げるよう促した。

「よせやあ。わしゃあ、そんなことされる覚えはねえんだ」

谷戸の神は、改めて集まった土地神を見た。老若男女、色とりどりな神々が一堂に会するのを見ていると、谷戸の神は笑いがこみ上げてくる。

「おめえらが、今のこの辺りを守護してんだなぁ。この辺りも、ずいぶん人が増えたもんだあ」

谷戸の神に近づかれ、町田の大神は目を背ける。

「こいつん中から出してくれて、どうもあんがとなあ」

谷戸の神に撫でられて、『喰々獏々』は嬉しそうに鼻を動かした。

「オレサマは何もしていない。オマエを外に出したのは、ステージで歌ってるやつだ」

まだライブは続いていて、青葉の神の声が聞こえてくる。谷戸の神は保土ケ谷の神たちを見ながら笑みを浮かべる。

「みんなで一緒に歌えば外に出られるなんて、そんな、おとぎ話みたいなことあるかい、って思ったら、ほんとにそうなるんだからびっくりだあ。やっぱり、みんなで歌って踊るのは、楽しいなあ」

保土ケ谷の神は何かを思い出して笑った。

「じいさんが踊り始めた時は、腹がよじれるかと思ったよ。俺たちは本気で歌ってたのに、ありゃないぜ」

谷戸の神が披露した踊りは、みょうにくねくねしていて、見ていた土地神はみな思い出し笑いをしていた。

「久々に披露したもんだから、気合いが入っちまってなあ」

ひとしきり笑いが起きてから、谷戸の神は仕切り直す。

「みんなで歌ったさっきの歌もよかったけんど、たまに聞こえてきた耳がはち切れそうな音も、楽しかったなあ」

「耳がはちきれそうな音？」

町田の大神に問われ、谷戸の神はうなずいた。

「わしゃあ、ずっとこいつの夢の中にいたんだあ。少し前から、耳がちぎれるようなうるさい音が聞こえてきて、天地がひっくり返ったかと思ったよお。よく聞きゃ、そりゃ誰かの歌で、耳を澄ますとなんだか悲しい気持ちになってくるんだあ。その音を聞くようになってからなあ、こいつの中が晴れるようになったんだあ。たぶん、それはさみしかったこいつを慰めてくれていたんだあ。それが、おめえの歌だったんだなあ」

谷戸の神の肩に乗った『喰々獏々』は、鼻をぐるぐると回していた。谷戸の神は、町田の大神の手を握った。

「わしがいない間、こいつのそばにいてくれて、どうもありがとうよお」

「オレサマは、自分のために、コイツを……」

うなだれる町田の大神に、『喰々獏々』はぴいと鳴いた。その鳴き声を耳にすると、町田の大神は腕で顔を覆い何も言わなくなった。

「ご隠居は『喰々獏々』と共に、聴取を受けていただきます」

横浜の大神がそう言うと、谷戸の神は不安そうな顔をした。

「こいつはどうなっちまうんだ？」

「こちらも支援はさせていただくつもりです」

谷戸の神が安堵したのを見て、川崎の大神は手を叩いた。

「片付けは頼んだぞ」

それだけ言い残し、大神たちは谷戸の神と町田の大神を連れて、その場を去ってしまった。保土ケ谷の神はその様子を怒り心頭の思いで見ていた。

「ジ、ジジイども、用件だけ片付けてあっさりいなくなりやがった……。ふざけんな！またろくすっぽ説明もしないで美味しいとこだけ持って行きやがって！　今日という今日こそ、ぶっ飛ばしてやる！」

追いかけようとする保土ケ谷の神を、旭の神は笑いながら止めていた。

「わっはは！　その前に、今日は最大の功労者を祝ってやろうではないか！」

花火が上がる中、ステージ上の青葉の神は最後の挨拶を終えて、舞台袖へ戻ってきた。長らく続いてきた密着生放送からも解放され、歌いきった青葉の神は、ぼうっとした表情でもみくちゃにされていた。

「頑張ったねえ！　あんたはほんとに輝いていたよ！」

「ちょっと南さん！　近すぎますわ！　青葉から離れてください！」

南の神は、都筑の神が引き剝がそうとしても、なかなか青葉の神から離れようとしなかった。

青葉の神に、タオルを渡したのは麻生の神だった。

「あなた、最後の曲のラスサビ前、少しトチってたでしょ。どうしてイヤモニを付けなかったの？」

「ごめん、戦いの最中に外れちゃったみたいで」

「たとえ戦いがあるとしても、あなたはステージに立っている歌手なのよ」

舞台終わりにいきなり説教が始まり、都筑の神は殴りかかろうとしていたが、麻生の神は笑みをこぼした。

「あなたの歌、素敵だったわ。今度、一緒に歌ってくれるかしら？」

照れくさそうに手を差し出した麻生の神に、青葉の神は飛びついた。

「もちろんだよ！」

「青葉！　その女狐から離れなさい！」

都筑の神をよそに、青葉の神の肩を川崎の神が小突いた。

「やったな」

「川崎さんが『喰々貘々』を正気に戻してくれたから勝てたんだよ。ありがとう」

下げかけた青葉の神の頭を、川崎の神はわしづかみする。

「アタイこそ、オメーを甘く見ていた。『喰々貘々』は正気に戻った瞬間、真っ先にオメーの歌に惹かれていったんだ。アタイもオメーの歌が聞こえて、いけるって思ったよ。レッスンではうまくいっても、本番じゃてんでダメなことは珍しくない。オメーは本物だよ。ありがとな、青葉」

川崎の神にも褒められて、青葉の神は泣き出しそうになる。川崎の神々となじんでいる青葉の神を、都筑の神は見ていられなかった。

「青葉は、わたくしの妹なんですのよ？　あんまりベタベタと近づかないでもらえます？」

青葉の神を引き剝がそうとする都筑の神だったが、高津の神の拍手に遮られた。目からは滝のように涙が流れている。

「都筑、素晴らしいプロデュースだった。君がここまでのステージを生み出せるなんて、我輩、感動で前が見えない。ぜひ、今後も青葉の神プロジェクトを邁進させていこうではないか。我輩に名案がある。今すぐ会議をしよう」

「ちょ、ちょっと、わたくし、まだ青葉と何も話を……！」

音楽祭に感動した高津の神は、都筑の神を引っ張っていってしまった。それを見て、多摩の神は花冠を青葉の神に載せる。

「アイドルを独り占めしようだなんて、抜け駆けは許されないわよね？」

幸の神はノートパソコンに先ほどのライブ映像を映して、編集を始めている。

「都筑はまさかこれだけやっておいて、自分の手から離れちゃうこと、考えなかったのかなー？」

「都筑も独り立ちする時がきたのね」

大きな笑いが起こり、横浜の神々も騒動の終焉を祝していた。それを見て、保土ケ谷の神は小さくつぶやいた。

「やり遂げたな、青葉」

喜びの雰囲気に包まれる中、神奈川の神だけは会場を駆け回り、撤収《てっしゅう》の指示を出していた。ステージが終わっても、フェスはまだ終わっていない。日が変わる前に片付けを終えなければならなかったので、神奈川の神の仕事はこれからが本番だった。慌ただしそうにする神奈川の神を見つけた中の神は、そっと声をかけた。

「ご苦労様でした、神奈川」

神奈川の神はインカムで指示を出しながら、中の神を見た。

「僕の仕事が片付いているように見えるか？　君もヒマなら手伝いたまえ」

「あなたの働きがなければ、この結果には至りませんでした」

神奈川の神は肩をすくめる。

「僕は特別なことなど何もしていない。言われたことを、言われたとおりにやっただけだ。賞賛すべきは青葉と都筑だろう。都筑の極めて私的な欲望が、結果として争乱を収めることになったのだ。これは計算してできることではない。彼女たちは、もうとっくに横浜を支えられる土地神だ。僕たちが前面に出て問題を解決する時代は、終わりだな」

「これで少しは楽ができるかもしれませんね」

神奈川の神は笑う。

「そう思うのなら、僕の手伝いをすることをオススメする。手の空いている連中を連れてきたまえ」

「ええ。少し人前に出すぎましたしね」

手を叩いた中の神は、青葉の神をもみくちゃにする神々に声をかけた。

「さ、撤収しますよ！」

夜が明ける頃、広場にライブの余韻はすっかり消え、犬を散歩させる老人があくびをしていた。

終章

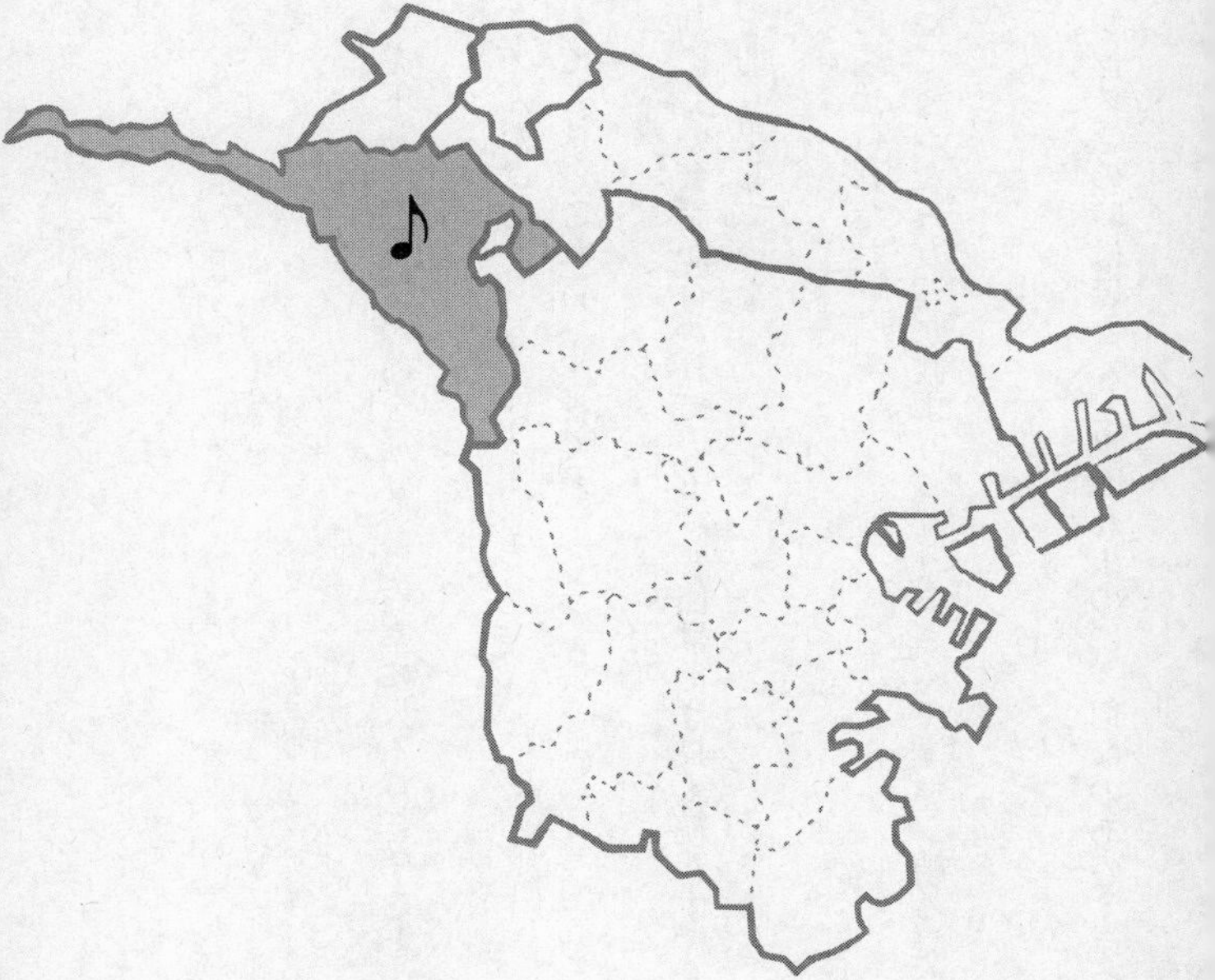

雑居ビルのエレベーターを下りて、受付の前を通り、更衣室に入ろうとすると中から声が聞こえてきた。

「またあの子の広告出てきてんだけど」

「ゴリ押しにもほどがあんでしょ。これ百パー枕だわ」

「うわ、エグ」

またしても更衣室に入りにくい会話が行われている。悪口はそう長く続かず、どちらからともなくあの日の話を切り出していた。

「例のライブ、観た？」

「あー、あれお兄ちゃんに観せられたわ」

「あたしも同じ教室の子って言ったら友達が観ようってうるさくて。マジ観る気なかったんだけど」

「どうだった？」

「キャラ全然違くね？　レッスンの時はほとんど喋んねーのに、何なのあのオラついたキャラ。もしかして今まで猫かぶってた？　土地ドルってなんだよ、ワケわかんねーし」

「自分の生放送ん時もしょっちゅう服脱ごうとしててクソあざとかったわ。コメント増えると、露骨に尻尾振って媚びてるし」

「レコーディングとか、撮影風景見せつけるの、当てつけ？　アンタたちとは住む世界違うんですけどオーラビンビンにでてるし」

「そうそう！　……てかさ、アンタめっちゃ観てんじゃん」

「そういうお前こそ、チェックしてんじゃんかよ！」

二人のため息がドア越しに聞こえてくる。

「今からさ、マジダサいこと言うわ」

「どしたの急に」

「生まれてから、こんなに気にくわなかったことねえわ。突然めっちゃ仕事もらって、ＣＭとか雑誌出まくって、あり得ないくらいちやほやされて、あたしと同じレッスン通ってて、何ならあたしの方がダンスうまいのに、なんであの子ばっか注目されるのか、今でも全然納得いってねえ。結局、愛想とコネなんじゃねえかって思うと、クソ萎えてくる。だけど」

ロッカーを殴る音が聞こえてきた。

「ライブ、めっちゃうらやましかった。あの子が真剣に土地ドルをやろうと頑張ってたのはすげー伝わってきたし、途中で『二律廃藩置県』のヴォーカルを説得してるとこなんて、マジで土地神なんじゃねえかって思うくらい、本気の芝居だった。ゴリ押しで、枕で、運に恵まれて、調子に乗ってるいけ好かないアイドルだけど、じゃあ、あたしが同じことをやれって言われると、たぶん無理。なんかそう思ったら、あたしがこれまでやってきたことって、何だったんだろってさ……思っちゃうじゃん」

泣き声は二人から聞こえてきていた。青葉の神はドアに寄りかかって、ため息をつくことしかできない。

「やっぱあたし踊るの好きなんだわ。マジ理不尽で、なんであたしがオーディション落ち続けなきゃいけないのか理解できないけど、ダンスは嫌いになれねえ。ダンスを本気で好きなのはぜってーあたし。だから、やめない。あたしを見抜けなかったやつが、手のひらを返して足をナメさせてくれって言うまで、踊り続けてやる」

「どんな状況だよ。キモ」

「は。なに笑ってんだし」

「嫉妬丸出しで、ほんとクソダサいこと言うじゃん」

「うっせえ」

「でも、あたしより先にぶっちゃけたアンタの方が少しだけかっけーわ。あんな子に先行かれるのはあたしも納得できない。ダンス好きならあの子にもアンタにも負けねーし」

「やるか、お？」

更衣室から笑い声が聞こえてきて、青葉の神は一安心だった。頃合いだろうと判断し、青葉の神は扉をノックする。

「やべっ」

慌てる声が聞こえる中、青葉の神はダンス仲間に挨拶をした。

「おはようございます」

ロッカーの扉を開けて着替えていく。さっきまで悪口を言っていた相手が突然現れて、二人は気まずさに耐えかねている。Tシャツとジャージに着替えた青葉の神は、スタジオへ向かおうとするが、一人が話しかけてきた。

「ライブ、観たよ。それで……」

言い切る前に、青葉の神は笑顔を浮かべた。

「ありがとうございます。一つだけ言っておきますね」

二人はきょとんとしている。

「ぼくは、人間の男がおいそれと手を出せるような安い女じゃないから」

「はあ?」

「聞いてたのかよ、お前!」

真っ赤になった二人を置き去りにして、青葉の神はレッスンスタジオへ向かった。デビューをしたからと言って、基礎レッスンの内容は変わらない。悪口を言っていた二人のダンスは、青葉の神が見てもキレがあり、闘志が宿っている。陰口をたたかれていたはずなのに、共に踊っていると相手の気持ちや考えが伝わってきて、つまらないことなどうでもよくなる。それが、他の生徒たちにも伝わっていたようで、コーチは熱の高まりを感じていた。

レッスンを終えた青葉の神がダンススタジオを出て明治通りに出ると、赤いスカイラインが止まっていてぎょっとした。運転席から顔を出した港北の神が、サングラスを外して呼びかけた。

「お疲れさま」

「……本物だよね？」

青葉の神が恐る恐る問いかけたのが、港北の神はおかしかった。

「私は横浜をこよなく愛する土地神さ」

それを聞いて安心した青葉の神が車に乗ると、原宿方面に進み出した。

「ここへ来る途中、何度か君の看板を見かけたよ。いつの間に都筑はこれだけの仕事を取り付けたんだろうな。あまり青葉の仕事を入れすぎると、未来のアイドルの芽を摘んでしまうことになりかねないぞ」

「それ、パパが言えること？」

港北の神は笑った。

「私も緑と一緒に生放送のアーカイブを観たよ。緑がしょっちゅう一時停止するものだから、全部観るのに一週間もかかってしまった。あれだけの仕事をやりきるのだから、都筑も青葉も、私の血を継いでいるのだね」

「明らかにやりすぎたって今は反省してる。あのペースでPRすることが新人アイドルの基準になったら、人間の女の子たちは過労死しちゃう。パパの血は継ぐものじゃないね」

「ひどいこと言うなぁ」

スカイラインは国立競技場の横を通って、外苑料金所から首都高に入った。その景色を青葉の神がぼうっと見つめていることに、港北の神は気付いた。

「保土ケ谷も神奈川も驚いていたよ。君が町田様相手にここまでやってのけるなんて想像できなかったと。横浜や川崎が飲み込まれていても、おかしくない危機だった。うちや川崎の大神様の力をもってしても、古代神器である『喰々獏々』は一筋縄ではいかない。神器での戦いに勝ち目がなかったからこそ、大神様たちは私たちが何か奇策に転じるのを狙っていたんだろうね」

「……先生が大神様たちのこと好きじゃないの、ぼくも少しだけ分かったよ」

「大神様たちは私たちを信頼してくれているからこそ、この作戦を委ねてくれたとも考えられる。いい上司というのは、あれこれ口出しせず、部下を自由にしてくれるものだ。まあ、その自由のせいで、私は『喰々獏々』に食べられてしまったけどね」

港北の神にそれを気にする様子はまるでない。

「都筑は念願だった君のデビューも叶えられた。最近、ずっとイヤフォンを付けっぱなしにしているのは、君の生放送を死ぬまで聞き続けるためらしい。私も親として、君がファンに支持されるのは嬉しい限りさ」

　青葉の神はため息をつく。

「不服かい？」

「ぼくが都筑の作戦に乗ったのは、みんなを助けるため。土地ドルとしてデビューしたかったわけじゃない。町田様が元に戻った今、続ける意味って何なんだろうって思って」

「土地ドルをやめたいと思っているのかい？」

　答えが出てこなかったので青葉の神は、港北の神に問いかけた。

「パパはどうして仕事をしているの？」

「そんなの、楽しいからさ。与えられたタスクを、最も効率のよい順序で処理していき、人材の能力を判断して、適材適所に配置し、決められたスケジュールがパズルのようにクリアされていくのは快感だし、トラブルが起きたときにどう対応するかを考えるのは、何にも勝る悦楽……」

「パパに聞いたぼくがバカだった」

　青葉の神はふて寝しようとする。

「私は人間が好きなんだ。仕事をしていると、いろんな人間に出会う。仕事ができる人、できない人。仕事が好きな人、嫌いな人。仕事を人生の基本と考えている人もいれば、おまけだと考えている人もいる。個性の違う人々が、仕事とどのように向き合っているかを観察するのは、土地神最大の仕事と言っても差し支えない。国や時代によって、生き方が変わる人間の有り様こそ、興味深い研究対象さ。私は仕事をしすぎだとよく怒られるけれど、実際は人間観察のついでに仕事をしているだけなんだ」

「そのわりには、しょっちゅう転職してるけど」

「それはご愛敬というものさ。君は、土地ドルの仕事は楽しくないのかい？」

「これでいいのかな、って。ぼくも先生と同じで、あんまり人間界に出るべきではないと思っているから」

「それを言うには、もう遅すぎるかもしれないね」

「だから困ってるんじゃん」

またため息をつく青葉の神を見て、港北の神は笑った。

「いいとか悪いではなく、君がどう感じるかで考えたらどうかな」

「どう感じる？」

「ライブの時の君は、とても楽しそうだった。これまで見たことないくらい、生き生きとしていた。土地神だって、地上での生活を謳歌《おうか》する権利はあるし、欲望を内にため込みすぎると町田様のようなことにもなりかねない。もし君が人前に出る仕事をして、それを楽しいと思ったとしても、後ろめたく思う必要はないよ。楽しくしているのを邪魔される権利は、誰にもないからね」

「土地ドルとして生きていく！　とははっきり言えないよ。やっぱり土地神と人間は違う生き物だし、やりすぎちゃったら何か起きるかもしれない」

「迷うことがマイナスに働く場合もあるけれど、君は悩みを表現に置き換えることができる。迷うのなら、とことん迷えばいい」

「それ、悩み相談の回答として、あんまり頼もしくないんだけど」

「仕方ないさ、君はそういう土地神なんだから。それに、過信はよくない」

「過信？」

「そうさ。まるで自分が本気を出せば、アイドル界を牛耳ってしまうと思っている口ぶりじゃないか。アイドルの世界も一筋縄ではいかないと思うよ。人間の想像力は時に土地神を凌駕する。私も、人間に驚かされたことは少なくない。やりすぎちゃうと心配する前に、まずはアイドル界を焦土にしてみせるんだね」

都筑の神は、港北の神の性格をよく受け継いでいると、青葉の神は思ってしまった。

「そう言って、ぼくにもっといろいろやらせようとしてるでしょ？」

「さあ、どうかな？」

首都高から中央自動車道を進んでいた車は稲城で一般道に出て、町田市へ入っていった。山を越え、農道が見えてくると谷戸の入り口で車を止めた。他にも幼稚園バスやバイクが止まっている。静かな農村にしては、車両の種類が豊富だった。あぜ道を進んでいくと、広場で鶴見の神が手を振っていた。

「おおい！　こっちだ！」

広場には、鶴見の神だけでなく、横浜と川崎の土地神も全員集合していた。背もたれのない椅子に座った一同は、中央で機材の確認をする神々を見ている。

「稲城様に多摩様！」

ドラムセットの前に多摩の大神が、ベースを片手に稲城の大神が、それぞれチューニングをしていた。ギターをぶら下げ、エフェクターをいじっている町田の大神の姿もある。スピーカーや音響機材を幸の神と高津の神が調整して、西の神はマイクテストをしていた。場の雰囲気に緊張していた青葉の神だったが、路上ライブのセッティングのような光景を見て疑問が口から飛び出ていた。

「『御身送り』って、もっとかしこまったものだと思ってた」

横に座っていた鶴見の神が笑った。

「ハッ、儀式としては単純なモンだからな。あそこにわらの道ができているだろ？」

鶴見の神が指さしたところには綱が置かれ、土俵を半分に切ったような輪っかへ続いていた。輪の中央にはたき火が煙を上げており、その前に谷戸の神と『喰々獏々』が立っている。

「帰還する土地神があの煙に触れ続ければ、天界へ還っていく。昔は一日がかりでやっていたみたいだが、最近は帰還する土地神のリクエストに応えるのが主流だな。まぁ、最近と言っても、俺様も都筑様や橘樹様を『御身送り』して以来だから、久々になるな」

「その時は、どんな様子だったんですか？」

前の席に座っていた栄の神が問いかけてきた。

「ハッ、中も保土ケ谷もぎゃあぎゃあ泣きやがってな。笑って『御身送り』しようって打ち合わせまでしたのは何だったんだか」

聞き捨てならなかった保土ケ谷の神は、鶴見の神をにらみつけた。

「一番泣いてたのはお前だからな！　橘樹様にしがみついて、お前まで天界に送られそうになっているのを助けてやったのは誰だと思ってんだ？」

「ちょっと、大人しくしていてください」

中の神が注意すると、磯子の神も同意した。

「あっひゃっひゃ！　あまり昔話をするのは川崎の大神様のためにもよくありませんからね！」

一同が川崎の大神を見ると、大きな身体を小さく揺らしながら、指で目頭を押さえていた。

「おい、何泣いてんだよ、ジジイ」

川崎の神に問いかけられても、川崎の大神は泣いていた。

「橘樹様の話はよせ。思い出しただけで辛い」

普段は寡黙な川崎の大神が泣いているのを見て、中原の神は肩をぽんぽん叩いていた。

「分かるゼ、ボス。男には誰だって、泣きたくなる時はあるってもんサ」

宮前の神にハンカチを手渡され、川崎の大神は大きな音を立てて鼻をかんだ。それを見て麻生の神は目を閉じる。

「どこまでも粗野な方々ね」

戸塚の神が青葉の神に声をかけてきた。

「いつかお主も誰かを『御身送り』する時がくるじゃろうからな。よく見ておくがいいぞ」

セッティングが終わり、町田の大神はギターを軽く鳴らしてマイクに近づいた。

「あー、テステス」

町田の大神の声が農村に響き渡った。

「今から、ヤトの神の『御身送り』を始める。本人の希望で、オレサマたち『二律廃藩置県』がレクイエムを担当することになった。よろしく頼む」

ぺこりとお辞儀をし、神々から拍手が起こる。

「多摩様、カワイイわよ！」

「が、がんばれえ」

客席から多摩の神や港南の神の声援が飛び、町田の大神は青葉の神を見た。

「アオバ、来い」

「え、ぼく？」

視線を浴びて戸惑う青葉の神の背中を押したのは、緑の神だった。

「行っておいで」

そのまま青葉の神はマイクの前に立たされた。町田の大神はギターに徹しようとしていたが、青葉の神に止められた。

「どういうこと?」

「オマエはヤトの神を助け出した張本人だ。『御身送り』をするにふさわしい」

「だけど……」

「ヤトの神のリクエストでもある。そうだろ?」

そう問いかけると、たき火の前に立っていた谷戸の神はにこりと笑った。

「待ってましたあ!」

のんきに拍手されてしまったので、青葉の神は気が抜ける。

「『リパブリック・オブ・町田』、歌えるだろ? ヤトの神が地上で歌を聴けるのはこれが最後だ。他ならぬオレサマではなく、オマエをご指名なんだ。できないとは言わせねえぞ」

「ぼくが『リパブ』を歌うのはマズイでしょ」

それを聞いて町田の大神は笑った。

「それがヤトの神のリクエストならば仕方あるまい。客はコイツらだけだ。バレやしねえよ。と、演奏の前に」

町田の大神は谷戸の神を呼び寄せた。

「ヤトの神から挨拶だ」

谷戸の神は『喰々獏々』を抱いたまま、深々とお辞儀をした。神々も頭を下げる。

「このたびは、『喰々獏々』が迷惑をかけちまって、すまなかったなあ。助け出してくれてどうもありがとう。天界へ戻る手続きをしてくれた、横浜の大神や川崎の大神にも感謝してる。今は、昔よりもずっと神器の扱いが厳しくなってんだなあ。わしとこいつは冥界に送られたって仕方なかったのに、みんなでわしたちを支えてくれて、とっても嬉しいよお」

谷戸の神は農村を見た。

「少しばかり、街に連れてってもらったけんど、でっかい建物がいっぱいできて、鉄の塊があっちこっちに動いてるんだから、わしの土地もずいぶん変わっちまったあ。ここみたいな場所が、まだ残されててほっとしたよお。わしの時代はとっくに終わってたんだなあ。わしはほっとしたよお。みんな立派な土地神で、わしの頃とは比べものになんねえ。今はやっちゃなんねえことも多いだろうから、苦労も絶えねえだろうけど、おめえたちなら安心して任せられる。なんてったって、このきかん坊を抑え込んだんだからな」

谷戸の神に抱かれた『喰々獏々』は、神々を眠らせたことなど気にも留めず、丸くなっている。

「最後に、歌を聴けるなんてこんな嬉しいこたあねえよ」

長い間夢に閉じ込められ、『喰々獏々』もまた主人との再会を待ち焦がれてきた。無事に再会を果たし、帰還が決まった今、自分にできることを精一杯やろう。覚悟を決めた青葉の神は、『二律廃藩置県』に目配せをすると、多摩の大神がスティックを掲げ、ハイハットを叩いた。重低音が鳴り響き、青葉の神を電気が走ったような感覚が襲う。

これまで、高津の神のバックバンドでライブを行っていたが、『二律廃藩置県』の音は、ステージに立っていられなくなるほど勢いがあった。がむしゃらに音が大きいわけでも、乱暴に弾いているわけでもないのに、身体の奥が揺さぶられる。これは、心地よく谷戸の神を送るのんきなレクイエムではない。大神が集ったレジェンド・バンドから挑戦状をたたきつけられていた。

キーが高い『リパブリック・オブ・町田』だが、原曲には芯の強さがある。町田の大神を真似してみても、似たような音は出なかった。これはカラオケではなく、コラボレーション。青葉の神として、アンセムをどうカバーするか。青葉の神が『リパブリック・オブ・町田』を歌うことがおかしかったのか、麻生の神や幸の神はふざけてブーイングをしている。農村のど真ん中でハードコアな曲を歌うのは、風変わりではあったものの、当の谷戸の神は笑っていた。

横浜の大神は、たき火の前で手を合わせている。青葉の神が夢中で歌っている間に、谷戸の神はたき火へ近づいていった。それを見て、神々は騒ぐのをやめ、じっと見入ってしまい、青葉の神も気を取られた。それを、町田の大神が叫んで止めた。

「歌い続けろ、アオバ!」

気を取り直した青葉の神は、激しくシャウトしながら谷戸の神を見つめた。谷戸の神は改めて神々に頭を下げてから、たき火の煙に手を伸ばした。するすると天に伸びている煙に触れ、谷戸の神の全身が白くなった。どんどん薄くなっていく谷戸の神は、小麦粉が舞い散るように煙に姿を変えると、たき火の煙と混ざり合って天へ昇っていった。

それは一瞬のことで、たき火の前に谷戸の神がいなかったように、跡形もない。

『二律廃藩置県』は演奏を続け、青葉の神が歌いきった時、横浜の大神はたき火に水をかけた。じゅっと音を立てて、残りの火も消える。

余韻に浸る中、演奏を終えた町田の大神は機材の電源を落として、ギターをケースにしまおうとしていた。

「どこ行くの?」

「どこって、『御身送り』はこれで終わりだ。オレサマは帰る」

「帰るって言ったって……」

町田の大神は、神々が集まったこの場に居心地の悪さを感じているようだった。周りの気遣いが重荷だった町田の大神は、自分から切り出した。

「ヨコハマやカワサキが立ち回ったおかげで、オレサマのことは不問になった。『喰々獏々』に操られ、一時期横浜と川崎が町田の支配下になったが、アオバの神をはじめとする土地神の尽力で暴走は抑えられた、と。これが、天界に提出した筋書きだ。実際は違う。『喰々獏々』は力こそ与えてくれたが、オレサマはずっと正気だった。操られてなどいないし、横浜と川崎を町田にしようとしていたのだって、本当だ」

「丸く収めようってのに、自分から蒸し返すこともねえだろうよ」

保土ケ谷の神はそう言ったが、町田の大神は首を振った。

「ヤトの神も、『喰々獏々』も元に戻って一件落着だけど、オレサマがのけ者なのに変わりはない。また、ひとりぼっちだ。恥をさらして、オマエたちの信用も失って、大神としての面目は丸つぶれ。引きこもりたくなってきた。闇の世界が、オレサマを呼んでいる……」

落ち込む町田の大神に向かって、青葉の神は肩をすくめた。

「よく言うよ」

「何だと」

町田の大神はむっとして、青葉の神をにらみつけた。

「のけ者だって？　冗談じゃない。町田様は今の『リパブリック・オブ・町田』を聞いてなんとも思わなかったの？」

「アオバ、最後のサビ音程間違えてたな」

青葉の神は顔を赤くする。

「そ、それは後で反省するとして……。って、そうじゃないよ！　多摩様と稲城様とはどれくらいリハしたの？」

「今のがぶっつけ本番だけど」

「久々にドラムぶったたくの、快感」

青葉の神は頭を抱える。

「あのね、とてもそうとは思えない厚い音がぼくに襲いかかってきてたんだよ？　町田様はこんな音の前で歌ってるわけ？　ありえないよ。叫んでも音に負けそうになるのに、きちんと発声できてるのってどういう仕組み？」

「オマエ、何が言いたいんだ」

町田の大神に呆れられているのがしゃくだった。

「ライブが久々だったのに、これだけ音がバッチリ合ったのは、多摩様や稲城様が町田様のことをずっと思っていてくれたからだよ」

多摩の大神はスネアを叩いた。

「それは、長くやってたから……」

「『二律廃藩置県』の音は、生きてるんだよ、まだ」

町田の大神はもじもじしていた。

「オレサマはオマエらを……」

「町田様とステージで歌い合ったとき、すごく楽しかったんだ。それは、レッスンでは感じられないものだった。実を言うと、青葉の神プロジェクトはこれでおしまいでもいいかな、って思ってたんだ。でも、町田様と演奏をして気が変わった。ぼくは、もっと音楽のことを知りたいし、人を楽しませたい。ワクワクすることを、もっとやりたい」

「オマエは才能がある。努力すれば必ず、スターになれるよ」

「なら、ぼくがスターになるために、町田様の力を貸してよ。町田様だけじゃない。『二律廃藩置県』とコラボさせてほしい。このバンドを眠らせておくのはもったいないよ。ぼくをより高みに連れて行ってほしい」

青葉の神は手を差し伸べた。弱気になっていた町田の大神はまだ握手できずにいる。それを見た青葉の神は、にやりと笑った。

「一つ聞きたいんだけど、町田様は横浜と川崎を支配して、どうするつもりだったの?」

「『リパブリック・オブ・町田』にある通りだよ。横浜と川崎を支配して、町田県になったオレサマは、多摩や稲城、八王子たちを配下に従えて、東京へ殴り込みに行くんだ。油断した東京のやつらを全部飲み込んで、この辺り一帯は町田県から町田都に生まれ変わる! やがては、地球のすべてを町田に変え、星の呼称を地球から町田に変える! オマエがさっき歌ったとおりさ」

青葉の神は大笑いした。

「何がおかしいんだ」

「ううん、そうじゃないよ。もし、東京に殴り込みにいくつもりなら、どうしてぼくたちに一言声をかけてくれないのさ」

「はあ?」

きょとんとする町田の大神をよそに、青葉の神は横浜と川崎の神々を見た。

「きちんと相談してくれれば、話に乗らない神がいないわけじゃないと思うけどな。そうでしょ、先生?」
保土ケ谷の神はにやついた。
「内輪もめならともかく、相手が東京となれば話は別だ。戦は、相手が油断していれば
しているだけ、こちらが有利になる。日の本で、最も自分の天下が安寧だと思っている
のは、どこの連中だろうなあ?」
この手の話題になると、横浜の神々も川崎の神々もみな、黙って口角を上げるのだっ
た。
「オマエら……」
不気味な笑みを浮かべる神々に、町田の大神はぞっとする。
「ぼくは、横浜の土地ドルで終わるつもりはない。東京に攻め込まなければ、海外への
道もない。そのために、大きな花火を上げに行こう」
青葉の神は、無理矢理町田の大神の手を握った。
その時だった。突如としてスポットライトが当たり、カメラを持った南の神が近づい
てくる。照明の近くに神奈川の神が見えたが、それよりも気になるのはリポーターに扮
した都筑の神が急接近してきたことだった。
「都筑! 今までどこに行ってたの?」
「次のライブに向けて、『一律廃藩置県』とのコラボライブが決定し、それにあわせて
連続生放送を行うとのことですが、今の意気込みについて聞かせてください」

「は？　ぼく、そんなのやるなんて一言も……」

農村に、都筑の神が呼び寄せた取材陣や、生放送を聞きつけていたファンが、駆け付けてきていた。自分は考えが甘かった。都筑の神を本気にさせるということは、ブレーキのない車に乗るということなのだ。

今は、さすがに疲れ切っている。青葉の神は町田の大神の手を握ったまま走り出していた。

「おい、どこへ行くんだ？」

「少しくらいゆっくりしないと、本当に過労死しちゃう！」

「青葉が逃げました！　地の果てまで追いかけてください、南さん！」

「任せときな！」

専属カメラマンとしての責務に目覚めた南の神は、農村の奥へ消えていく青葉の神を追いかけていった。その後に取材陣やファンの群れが続き、土煙が舞う。ドタバタ騒ぎで消えていった青葉の神たちをひとしきり笑った後、保土ケ谷の神はあきれ果てた川崎の神に声をかけた。

「よし、飲みに行くぞ」

川崎の神は、中の神と肩を組みながら笑った。

「川崎対横浜の戦いは、ここからが本番だ」

「あっひゃっひゃ！　こんなこともあろうかと、すでに準備は整っていますよ！」

大きな樽を持った磯子の神と金沢の神が、農村にやってきた。

「せっかく気持ちがいい場所にいるのだ！　今夜は月見酒と行こうではないか、ムシュー・マドモワゼル！」

農村に、小さな明かりがともる。騒ぎを聞きつけたタヌキやリスが木から明かりに目をやると、神々が飲んで歌って騒ぐ姿が目に見えた。野生の獣たちは、そんな景色を見たことがなかったはずなのに、ずっと昔にもそんな光景を見た気がしていた。

騒ぎが収まらないことを諦めた獣たちは、いつもより少し遠いねぐらを求めて、闇夜に包まれる町田の谷戸へ消えていくのだった。

神々名鑑

旭の神

【生年】一九六九年
（保土ケ谷区から分区）
【身長】一九五㎝
【職業】動物園職員
【人口】約二四万人（市内六位）
【面積】約三三㎢（市内四位）
【名所】よこはま動物園ズーラシア、
戸塚カントリー倶楽部など
【神器】『化鳥風月《かちょうふうげつ》』（刀）
動物と感覚（視覚、嗅覚など）を
共有することができる

【主な特徴】
●同期の神は、港南の神、緑の神、瀬谷の神。
●保土ケ谷の神は兄。
●横浜の獣を司る神。
●引きこもりがちの兄とは対照的に、社交性に溢れ、気さくで頼りがいがある。
●尊敬する人はムツゴロウさん。
●三日くらい何も食べなくても死にはしないタイプ。

保土ケ谷の神

【生年】一九二七年
【身長】一七三㎝
【職業】無職（名目上は大学生）
【人口】約二一万人（市内九位）
【面積】約二二㎢（市内一一位）
【名所】横浜国立大学、保土ケ谷球場、旧程ケ谷宿など
【神器】『硬球必打《こうきゅうひつだ》』（金属バット）
どんな悪球もホームランにする魔法のバット

【主な特徴】

●横浜最古参の土地神の一人。
●同期の神は、鶴見の神、神奈川の神、中の神、磯子の神。
●旭の神は弟。
●横浜の学問を司る神。
●いつも昼頃に目を覚まして大学の講義をさぼっている。
●飲み会の参加率は九割。
●土地神の人間界への干渉に消極的。
●偏屈ではあるが、人心掌握に長け、軍師としての才に秀でている。
●カナヅチ。

西の神

【生年】一九四四年（中区から分区）
【身長】一八〇㎝
【職業】バーテンダー
【人口】約一一万人（市内一八位）
【面積】約七㎢（市内一八位）

【名所】横浜駅、横浜ランドマークタワー、横浜美術館、マークイズみなとみらいなど
【神器】『神《かみ》之《の》碇《いかり》』（碇）伸縮自在の巨大な鎖
【主な特徴】
●戦中生まれの神。
●中の神は姉。
●横浜の海運を司る神。
●寡黙で感情を表に出さないが、姉である中の神を敬愛している。
●生真面目な性格で、あまり社交を好まない。
●やや自暴自棄な傾向。

中の神

【生年】一九二七年
【身長】一七〇㎝
【職業】シスター
【人口】約一五万人（市内一四位）
【面積】約二一㎢（市内一二位）
【名所】横浜赤レンガ倉庫、横浜中華街、山下公園、元町、伊勢佐木町、関内、山手など
【神器】『銃《じゅう》王《おう》無《む》尽《じん》』（銃）
命中率の高い銃

【主な特徴】
●横浜最古参の土地神の一人。
●同期の神は、鶴見の神、神奈川の神、保土ケ谷の神、磯子の神。
●西の神は弟。
●横浜の慈愛を司る神。
●思いやりがあり、横浜の土地神の精神的支柱。
●他者への愛を優先するあまり、自分をおろそかにしがち。
●本気で怒るととっても怖い。

港北の神

【生年】一九三九年（神奈川区と都筑郡から分区）
【身長】一八二㎝
【職業】商社マン
【人口】約三六万人（市内一位）
【面積】約三一㎢（市内五位）

【名所】新幹線新横浜駅、日産スタジアム、横浜アリーナ、新横浜ラーメン博物館など
【神器】『閃光一車《せんこういっしゃ》』（鍵）
自動車の最大限のパフォーマンスを引き出すキー
【主な特徴】
●同期の神は、戸塚の神。
●緑の神は妻、都筑の神と青葉の神は娘。
●横浜の家内安全を司る神。
●ワーカホリックであり、人間界に紛れてバリバリ働く。
●働き過ぎるあまり出世も早すぎて重役になってしまうので、転職を繰り返している。
●趣味はドライブであり、愛車は日産スカイライン。

緑の神

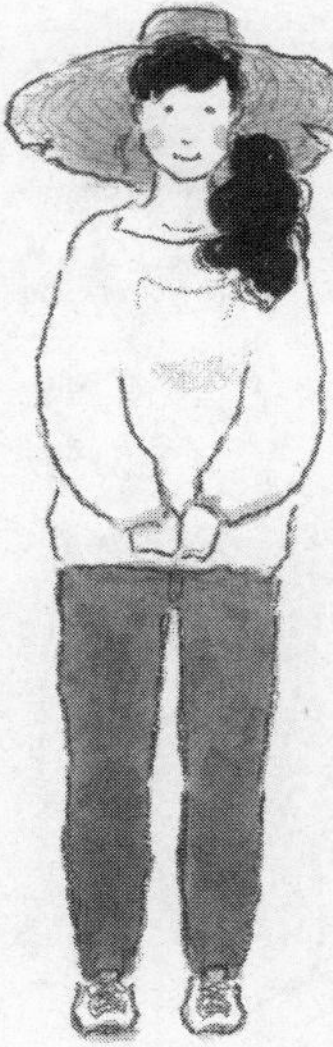

【生年】一九六九年（港北区から分区）
【身長】一五八㎝
【職業】農家
【人口】約一八万人（市内一二位）
【面積】約二六㎢（市内八位）
【名所】四季の森公園など
【神器】『森林沃《しんりんよく》』（帽子）
植物の成長を促す帽子

【主な特徴】

- 同期の神は、旭の神、港南の神、瀬谷の神。
- 港北の神は夫、都筑の神と青葉の神は娘。
- 横浜の豊穣を司る神。
- おっとりとして鈍くさく、それでいて憎めないタイプ。
- 料理上手であり、自宅の庭で沢山の野菜を育てている。
- 得意なスイーツはにんじんプリン。

栄の神

【生年】一九八六年（戸塚区から分区）
【身長】一四八㎝
【職業】考古学者
【人口】約一二万人（市内一七位）
【面積】約一九㎢（市内一五位）
【名所】田谷の洞窟、横穴墓群、横浜自然観察の森、大船駅（南側は鎌倉市）など
【神器】『匙《さじ》下《か》減《げん》』（スコップ）
いっぱい掘れるスコップ
【主な特徴】
●同期の神は、泉の神。
●戸塚の神は姉、瀬谷の神は兄、泉の神は双子の姉。
●横浜の地脈を司る神。
●土地柄が地味なことをコンプレックスに思っており、勉強熱心。
●感情に正直であり、裏表のない性格。
●酒癖に難あり。

戸塚の神

【生年】一九三九年
【身長】一四〇㎝
【職業】手芸職人
【人口】約二八万人（市内四位）
【面積】約三六㎢（市内一位）

【名所】旧戸塚宿、東海道線戸塚駅、横浜薬科大学（横浜ドリームランド跡地）など
【神器】『夢《ゆめ》見《み》枕《まくら》』（枕）
己の夢に土地神を引き込む枕
【主な特徴】
●同期の神は、港北の神。
●栄の神と泉の神は妹、瀬谷の神は弟。
●横浜の眠りを司る神。
●戸塚三姉妹の姉であり、他の神々に対しても面倒見がいい。
●東海道の繋がりもあり、保土ケ谷の神とは縁が深い。
●かつてはドリームランドで着ぐるみの中に入って働いていたこともあった。
●可愛いものに目がなく、自分で作ってしまうタイプ。
●お酒は苦手。

泉の神

【生年】一九八六年（戸塚区から分区）
【身長】一七二㎝
【職業】インストラクター
【人口】約一五万人（市内一五位）
【面積】約二四㎢（市内一〇位）
【名所】清水製糸場跡、相鉄線いずみ中央駅など
【神器】『絹《きぬ》ノ糸《いと》』（糸）七色に光る頑丈な糸
【主な特徴】

●同期の神は、栄の神。
●戸塚の神は姉、瀬谷の神は兄、栄の神は双子の妹。
●横浜の縁を司る神。
●筋トレマニアであり、大食漢。どれだけ食べても筋肉になる。
●身体能力の高さは女神随一であり、足の速さは横浜一。
●鳥の行水タイプ。

港南の神

【生年】一九六九年（南区から分区）
【身長】二〇五㎝
【職業】幼稚園の先生
【人口】約二二万人（市内八位）
【面積】約二〇㎢（市内一三位）
【名所】京急上大岡駅、神奈川県戦没者慰霊堂など

【神器】『大平星《だいだらぼし》』（ネックレス）
自身を巨人化する

【主な特徴】
●同期の神は、旭の神、緑の神、瀬谷の神。
●横浜の子を司る神。
●南の神に息子のように教育を受ける。

●図体の割に気弱で、流されやすい。
●いつも金沢の神や磯子の神の悪事に巻き込まれる。
●グルメであり、市内の名店を熟知している。
●子供に懐かれる。

金沢の神

【生年】一九四八年（磯子区から分区）
【身長】一七九㎝
【職業】医者
【人口】約二〇万人（市内一一位）
【面積】約三一㎢（市内六位）
【名所】金沢文庫、八景島シーパラダイス、金沢動物園など
【神器】『金技文庫《かなわざぶんこ》』（本）
すべての神器をコピーする本
【主な特徴】
●戦後初めて顕現した横浜の土地神。
●磯子の神は兄。
●横浜の医療を司る神。
●横浜きっての女好きであり、医者という立場を利用して日々合コンに明け暮れる。
●何でも一番でないと気が済まず、他の神々にちょっかいを出す。
●趣味はサーフィンと日サロ通い。

磯子の神

【生年】一九二七年
【身長】一七八㎝
【職業】科学者
【人口】約一七万人（市内一三位）
【面積】約一九㎢（市内一四位）

【名所】横浜こども科学館、製紙工場、セメント工場、石油工場など

【神器】『魔《ま》放瓶《ほうびん》』（試験管）溶かしたり爆発させたり昏睡させたりする薬品が入っている

【主な特徴】
- ●横浜最古参の土地神の一人。
- ●同期の神は、鶴見の神、神奈川の神、保土ケ谷の神、中の神。
- ●金沢の神は弟。
- ●横浜の科学を司る神。
- ●享楽主義者であり、楽しくなるのであれば手段は選ばない。
- ●事情通でもあり、大体のスキャンダルは耳に入っている。
- ●どんな逆境でも笑い、プレッシャーという感覚とは無縁。
- ●主食はコーラとスニッカーズ。

南の神

【生年】一九四三年（中区から分区）

【身長】一六〇㎝

【職業】惣菜屋

【人口】約二〇万人（市内一〇位）

【面積】約一三㎢（市内一七位）

【名所】横浜橋通商店街、弘明寺商店街など

【神器】『鮮客《せんきゃく》万来《ばんらい》』（鍋）揚げ物から炒め物までなんでも可

【主な特徴】

●戦中生まれの神。

●横浜の食を司る神。

●港南の神の母親代わり。

●気っぷがよく、家庭的な料理は天下一品。

●横浜橋通商店街で惣菜屋を営んでいる。

●肝っ玉母ちゃん。

鶴見の神

【生年】一九二七年
【身長】一八五㎝
【職業】建設業
【人口】約三〇万人（市内三位）
【面積】約三三㎢（市内三位）
【名所】キリンビール横浜工場、火力発電所、總持寺など
【神器】『百火繚乱《ひゃっかりょうらん》』（革の手袋）自在に炎を操る
【主な特徴】
●横浜最古参の土地神の一人。
●同期の神は、神奈川の神、保土ケ谷の神、中の神、磯子の神。
●横浜の火を司る神。
●直情径行型の神であり、嫌みのないタイプ。
●けんかっ早く、お祭り好き。
●女子受け高し。

神奈川の神

【生年】一九二七年
【身長】一七八㎝
【職業】公務員
【人口】約二五万人
（市内五位）
【面積】約二四㎢
（市内九位）
【名所】三ツ沢球技場、横浜市中央卸売市場、旧神奈川宿、浦島太郎伝説発祥の地
【神器】『飛《ひ》光《こう》亀《き》』（光る亀）
時の流れを操る
【主な特徴】
●横浜最古参の土地神の一人。
●同期の神は、鶴見の神、保土ケ谷の神、中の神、磯子の神。
●横浜の時を司る神。
●超弩級の面倒くさがり屋で、融通が利かない。
●お役所体質であり、時間外労働をこよなく憎む。
●遊び上手。

青葉の神

【生年】一九九四年（港北区と緑区から分区）
【身長】一四五㎝
【職業】中学生
【人口】約三一万人（市内二位）
【面積】約三五㎢（市内二位）
【名所】東急青葉台駅、東急たまプラーザ駅、こどもの国など
【神器】『思《し》春《しゅん》旗《き》』（旗）
土地神を子供の姿に変える旗
【主な特徴】
●横浜で最も若い土地神の一人。
●同期の神は、都筑の神。
●港北の神は父、緑の神は母、都筑の神は双子の姉。
●横浜の開拓を司る神。
●都筑の神とは同い年ではあるが、容姿の幼さから、主に小学校や中学校に潜って子供たちを調査している。
●早く一人前に見られたい気持ちから、背伸びしがち。
●異性よりも同性にモテるタイプ。

都筑の神

【生年】一九九四年（港北区と緑区から分区）
【身長】一五五㎝
【職業】高校生
【人口】約二二万人（市内七位）
【面積】約二八㎢（市内七位）
【名所】ららぽーと横浜、横浜市歴史博物館、大塚・歳勝土遺跡など
【神器】『狐狗狸傘《こっくりさん》』（傘）
この世ならざるものを呼び寄せる傘
【主な特徴】
●横浜で最も若い土地神の一人。
●同期の神は、青葉の神。
●港北の神は父、緑の神は母、青葉の神は双子の妹。
●横浜の安息を司る神。
●青葉の神より大人びていて、高校や大学に忍び込んで若者の調査を行っている。
●才色兼備であり、武道の心得もある。
●わりと男気がある。
●一途。

瀬谷の神

【生年】一九六九年（戸塚区から分区）
【身長】一六五㎝
【職業】樹木医
【人口】約一二万人（市内一六位）
【面積】約一七㎢（市内一六位）
【名所】海軍道路の桜並木、相澤良牧場、相鉄線瀬谷駅、瀬谷八福神など
【神器】『内憂外管《ないゆうがいかん》』（聴診器）樹木の調子を感知できる聴診器
【主な特徴】
●同期の神は、港南の神、緑の神、旭の神。
●戸塚の神は姉、栄の神と泉の神は妹。
●横浜の運を司る神。
●幸運と悪運の両方に愛され、肝心な時は悪運が作用し、後がないときに絶対の幸運に恵まれる、厄介な神。
●キワモノ揃いの神々の中では常識的な方。
●趣味は数独。

川崎の神

【生年】一九七二年
【身長】一六八㎝
【職業】調教師
【人口】約二三万人（市内四位）
【面積】約四〇㎢（市内一位）
【名所】川崎駅、川崎大師、川崎競馬場、川崎競輪場、富士通スタジアム川崎（旧川崎球場）、川崎マリエン、ラチッタデッラ、銀柳街商店街など
【神器】『鞭《むち》ノ《の》知《ち》』（鞭）
知性を増減させる鞭
【主な特徴】
- 同期の神は、幸の神、中原の神、高津の神、多摩の神。
- 川崎の水運を司る神。
- 姉御肌の性格だが、涙もろいのを隠している。
- 趣味はバイク。
- 女性ファンが多く、誕生日には大量の人参がトラックで運ばれてくる。
- 朝が早い生活なので、夜更かしが苦手。

幸の神

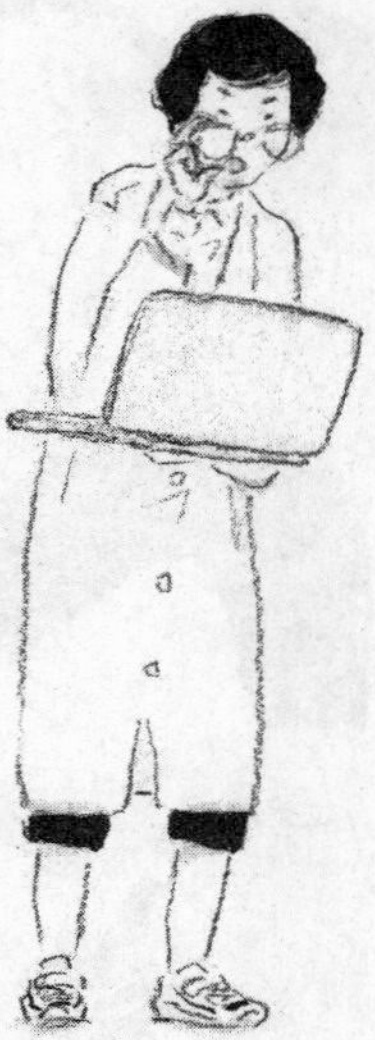

【生年】一九七二年
【身長】一四三㎝
【職業】研究員
【人口】約一七万人（市内七位）
【面積】約一〇㎢（市内七位）
【名所】ラゾーナ川崎、河原町団地、小向トレーニングセンター、川崎幸市場、夢見ヶ崎動物公園、東芝未来科学館など
【神器】『二者卓一《にしゃたくいつ》』（電卓）
那由多の位まで計算できる電卓
【主な特徴】
●同期の神は、川崎の神、中原の神、高津の神、多摩の神。
●川崎の算術を司る神。
●卓越した計算力を持つが、説明するのは苦手。
●趣味は写真撮影と団地巡り。
●ネトゲのオフ会に参加すると、いつも小学生と間違えられる。
●足でタイピングができる。

中原の神

【生年】一九七二年
【身長】一八七㎝
【職業】サッカーコーチ
【人口】約二六万人（市内一位）
【面積】約一五㎢（市内六位）

【名所】等々力陸上競技場、新城サンモール商店街、ブレーメン通り商店街、オズ通り商店街、法政通り商店街、武蔵小杉駅、丸子橋など

【神器】『一日千蹴《いちじつせんしゅう》』（サッカーボール）
重力を無視できる球

【主な特徴】
●同期の神は、川崎の神、幸の神、高津の神、多摩の神。
●川崎の運動を司る神。
●自信家であり、仕切り屋で、割り勘の計算も速い。
●川崎フロンターレの応援にはフル出場中。
●リフティングのギネス記録に挑戦しようとしたが、周りに止められて断念。
●酒が入ると三〇分で爆睡。

高津の神

【生年】一九七二年
【身長】一六五㎝
【職業】音大教授
【人口】約二三万人（市内二位）
【面積】約一七㎢（市内五位）
【名所】緑ヶ丘霊園、久地円筒分水、溝の口駅、洗足学園音楽大学、橘樹神社、多摩川緑地など
【神器】『指揮《しき》折々《おりおり》』（指揮棒）
音の調和を生み出す指揮棒
【主な特徴】
- 同期の神は、川崎の神、幸の神、中原の神、多摩の神。
- 宮前の神は弟。
- 川崎の音を司る神。
- 楽器にとどまらず、物音や雑踏の音も愛している。
- 整ったものが好みであり、カレーを混ぜて食べる人が許せない。
- 鳴き声だけで野鳥の種類が分かる。
- 神奈川の土地神きっての酒豪。

多摩の神

【生年】一九七二年
【身長】一八一cm
【職業】フラワーアーティスト
【人口】約二二万人（市内五位）
【面積】約二〇㎢（市内三位）

【名所】生田緑地、よみうりランド、藤子・F・不二雄ミュージアム、川崎市岡本太郎美術館、専修大学、明治大学、日本女子大学、二ヶ領用水宿河原堰取水口など
【神器】『多摩結《たまむすび》』（裁縫針）緻密な裁縫が可能な裁縫針
【主な特徴】
●同期の神は、川崎の神、幸の神、中原の神、高津の神。
●川崎の開花を司る神。
●麻生の神は妹。
●朝食は自宅の養蜂園で取れたハチミツのトースト。
●美の求道者であり、メイク動画のチャンネル登録者数は四〇万人超え。
●いつでも祝福できるよう常に花束を持ち歩いている。
●好きなフルーツは桃。

宮前の神

【生年】一九八二年（高津区から分区）
【身長】一七六㎝
【職業】駅員
【人口】約二三万人（市内二位）
【面積】約一九㎢（市内四位）
【名所】鷺沼車両基地、電車とバスの博物館、川崎有馬温泉、カッパーク鷺沼、東高根遺跡、聖マリアンナ医科大学など
【神器】『発車往来《はっしゃおうらい》』（笛）
あらゆる電車を自由に操れる笛
【主な特徴】
●同期の神は、麻生の神。
●川崎の陸運を司る神。
●高津の神は兄。
●ダイヤの乱れを調整していくのが生きがい。
●肺を鍛えるため、週二でプールに通い、高津の神とジャズバンドを組んでいる。
●年に一度の大山詣は欠かさない。
●激辛好き。

麻《あさ》生《お》の神

【生年】一九八二年（多摩区から分区）
【身長】一六七㎝
【職業】女優
【人口】約一八万人（市内六位）
【面積】約二三㎢（市内二位）
【名所】新百合ヶ丘駅、ヨネッティー王禅寺、王禅寺ふるさと公園、日本映画大学、昭和音楽大学、川崎市アートセンター、マイコンシティなど
【神器】『粧柿《しょうかき》』（香水）
相手を魅了し自由を奪う香水
【主な特徴】
●同期の神は、宮前の神。
●川崎の表現を司る神。
●多摩の神は姉。
●プライドが高く、負けず嫌いで役にのめり込むタイプ。
●メディアでは潔癖症を売りにしているが、田植えが得意。
●片付けが苦手で、しょっちゅう多摩の神が掃除にやってくる。
●得意スイーツは柿のコンポート。

町田の大神

【生年】一九五八年
【身長】一四九㎝
【職業】ミュージシャン
【人口】約四三万人
【面積】約七二㎢

【名所】町田駅、町田リス園、南町田グランベリーパーク、町田市立国際版画美術館、町田GIONスタジアム、桜美林大学、昭和薬科大学、玉川大学、和光大学、東京家政学院大学、法政大学、国士舘大学など

【神器】『弦界突破《げんかいとっぱ》』（ギター）ソニックブームを起こせるギター

【主な特徴】

●町田の音を司る神。
●ロックバンド『二律廃藩置県』のギター兼ボーカル。
●余力を残さない性格で、ライブが終わった後丸一日ベッドから動けなくなる。
●画数の多い漢字に詳しい。
●左右別のスニーカーを履くのが好き。
●作曲前のエネルギー補給は必ずラーメン。

稲城の大神

【生年】一九七一年
【身長】一五五㎝
【職業】ゴルフコーチ
【人口】約九万人
【面積】約一八㎢
【名所】城山公園、稲城中央公園、Tama Hills Recreation Center、多摩カントリークラブ、東京よみうりカントリークラブなど
【神器】『絶孔球《ぜっこうきゅう》』（ゴルフボール）質量を自在に操れる球
【主な特徴】
●多摩の大神は同期。
●稲城の健康を司る神。
●ロックバンド『二律廃藩置県』のベース。
●家にこもりがちな町田の大神の専属トレーナーも兼任。
●東京都内土地神ゴルフコンペ上位入賞者の常連。
●普段着もミニスカート多め。

多摩の大神

【生年】一九七一年
【身長】一四九㎝
【職業】キャンプ講師
【人口】約一五万人
【面積】約二一㎢
【名所】サンリオピューロランド、聖蹟桜ヶ丘駅、多摩センター駅、多摩中央公園、多摩美術大学美術館、稲荷塚古墳など
【神器】『一心同袋《いっしんどうたい》』（寝袋）三〇分で八時間睡眠の効果がある寝袋
【主な特徴】
●稲城の大神は同期。
●多摩の好奇心を司る神。
●ロックバンド『二律廃藩置県』のドラム。
●手ぶらで山に入り、一ヶ月生き延びたサバイバル技術を持つ。
●『二律廃藩置県』の楽器は多摩の大神お手製。
●活動限界になると道ばたでも容赦なく寝る。

川崎の大神

【生年】一九二四年
【身長】二〇〇㎝
【職業】運送会社社長
【人口】約一五四万人
【面積】約一四四㎢
【神器】『運否転賦《うんぷてんぷ》』（ハンドル）
不運を必ず回避するハンドル

【主な特徴】
●川崎の交通を司る神。
●寡黙で、部下の自主性を重んじる性格。
●情にもろいのに、泣ける映画が好き。
●趣味は、東京湾の穴子釣り。
●外国語に堪能。

単行本　二〇二二年四月　文藝春秋
DTP制作　言語社

文春文庫

横浜大戦争《よこはまだいせんそう》 川崎《かわさき》・町《まち》田《だ》編《へん》

定価はカバーに表示してあります

2024年5月10日　第1刷

著　者　蜂《はち》須《す》賀《か》敬明《たかあき》

発行者　大沼貴之

発行所　株式会社 文藝春秋

東京都千代田区紀尾井町 3-23　〒102-8008
TEL　03・3265・1211㈹
文藝春秋ホームページ　http://www.bunshun.co.jp

落丁、乱丁本は、お手数ですが小社製作部宛お送り下さい。送料小社負担でお取替致します。

印刷・大日本印刷　製本・加藤製本

Printed in Japan
ISBN978-4-16-792216-0

文春文庫　最新刊

他者の靴を履く　アナーキック・エンパシーのすすめ　ブレイディみかこ
エンパシー×アナキズムで、多様性の時代を生き抜く！

飾結び　新・秋山久蔵御用控（十九）　藤井邦夫
飾結びの菊結びにこめられた夫婦愛…久蔵の処断が光る

馬駆ける　岡っ引黒駒吉蔵　藤原緋沙子
甲州黒駒を乗り回す岡っ引・吉蔵の活躍を描く第2弾！

神と王　主なき天鳥船　浅葉なつ
琉劔たちは、国民から「狗王」と蔑まれる少年と出会う

いつか、アジアの街角で　中島京子　桜庭一樹　島本理生　大島真寿美　宮下奈都　角田光代
あの街の空気が語りかけてくるような、珠玉の短編6作

朝比奈凜之助捕物暦　美しい女房　千野隆司
色恋を餌に女を食い物にする裏組織を、凜之助が追う！

その霊、幻覚です。　視える臨床心理士・泉宮一華の嘘3　竹村優希
失恋した姫の怨霊に、少女の霊との命懸けのかくれんぼ

横浜大戦争　川崎・町田編　蜂須賀敬明
川崎から突然喧嘩を売られ…横浜土地神バトル第三弾！

万葉と沙羅　中江有里
通信制高校で再会した二人を、本が結ぶ瑞々しい青春小説

クロワッサン学習塾　謎解きはベーカリーで　伽古屋圭市
学校って、行かなきゃダメ？　親と子の想いが交錯する

ナースの卯月に視えるもの　秋谷りんこ
病棟で起きる小さな奇跡に涙する、心温まるミステリー

ここじゃない世界に行きたかった　塩谷舞
SNSで大反響！　多様性の時代を象徴する新世代エッセイ

高峰秀子の引き出し　斎藤明美
生誕百周年。思い出と宝物が詰まった、珠玉のエッセイ

箱根駅伝を伝える　テレビ初の挑戦　原島由美子
〝箱根〟に魅せられたテレビマンが前代未聞の中継に挑む

台北プライベートアイ　紀蔚然　舩山むつみ訳
元大学教授が裏路地に隠棲し私立探偵の看板を掲げるが…

精選女性随筆集　白洲正子　小池真理子選
骨董に向き合うように人と付き合った著者の名文の数々